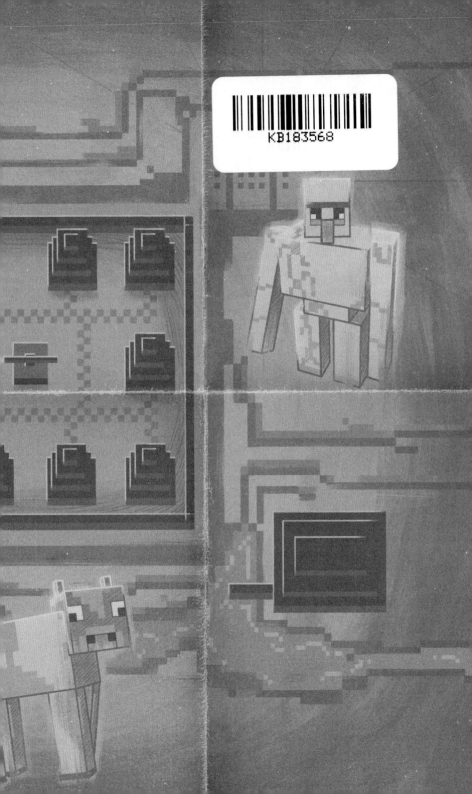

KB183568

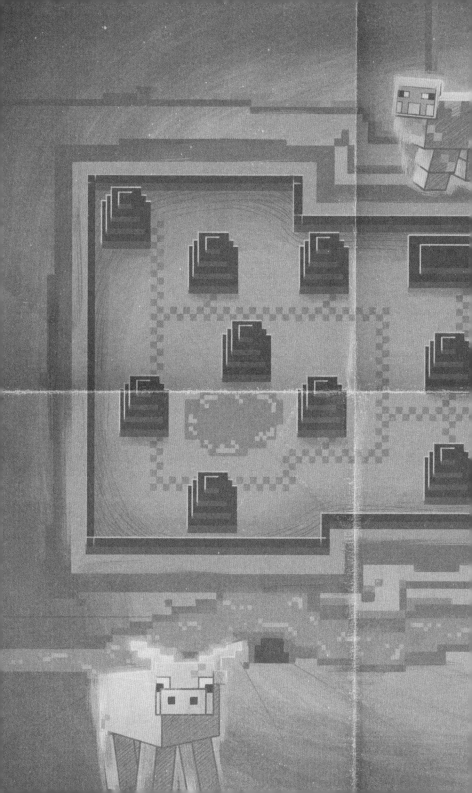

MINECRAFT

좀비 섬 최후의 날

MOJANG
STUDIOS

좀비 섬 최후의 날

MINECRAFT

마인크래프트

맥스 브룩스 글
윤여림 옮김

전쟁 지역의 아이들에게.
여러분의 아이들은 평화만을 알기를.

MINECRAFT

프롤로그

안녕. 나는 가이의 친구 서머다.

가이는 어디에 있냐고? 걱정하지 않아도 된다. 가이는 지금 다음 여행을 위한 짐을 싸고 있다. 그동안 내가 먼저 펜을 잡았다. 미리 말해 두지만 이 책은 가이의 이야기다. 이따가 또 잠시 내가 이야기하는 부분이 나오긴 하지만.

이 글은 앞서 가이가 쓴 두 권의 책을 읽지 않았거나, 혹은 너무 오래전에 읽어서 기억이 가물가물한 사람들을 위한 글이다. 읽으면 큰 도움이 될 것이다.

가이는 오래전 이곳, 낯선 블록 세상에 나타났다. 당시에는 아무런 기억도 없는 데다가 생존하는 법도 전혀 몰랐다. 그래서 첫 번째 책에는 섬에서 살아남는 방법에 대해 썼다. 단순히 불이나 도구의 발견 같은 게 아니라, 생존에 대한 지식을 두루두루 갖출 수 있도록 말이다. 그리고 그 섬에서 배운 교훈 중 마지막 교훈인 "성장은 편할 때 이룰 수 없다. 편안함을 버릴 때 성장할 수 있다."는 아직까지도 실천하고 있다.

가이는 집으로 돌아갈 방법을 찾기 위해 섬을 벗어나 새로운 세계로 탐험을 떠났다. 그렇게 배를 타고 바다를 건너던 중 얼음덩어리 육지를 발견했고, 거기서 나를 만난 것이다.

나 역시 가이처럼 아무것도 모르는 상태로 이 세상에 떨어졌고, 생존을 위해 치열하게 살았다.

우리의 첫 만남은 순조롭지 않았다. 또 서로 친구가 되는 법을 배우느라 오랫동안 힘겨운 시간을 보내기도 했다. 하지만 함께 네더를 탐험하면서 우리는 떼려야 뗄 수 없는 사이가 되었다. 그래서 가이가 탐험을 계속하기로 결정했을 때 나도 가이를 따라나서기로 한 것이다. 물론 쉽지 않은 결정이었지만.

이 이야기는 우리가 새로운 여정을 떠나는 순간부터 시작한다.

그럼 이제부터 가이에게 이야기를 넘기겠다.

1장

"이 방향으로 가는 게 맞아?"

서머는 자신의 산속 집을 나서자마자 내게 물었다.

"몰라."

나는 어깨를 으쓱해 보였다.

"이 길을 따라오다 너를 만났으니까 맞을 거야."

우리는 서쪽을 향해 눈 덮인 침엽수림 지대를 저벅저벅 걸어 갔다. 등 뒤에서는 차디찬 바람이 불어왔다.

"이 방향으로 헤엄쳐 와서 내 섬에 도착했고, 섬을 떠날 때도 다시 이 방향으로 노를 저어서 네가 있는 곳에 도착했잖아."

"반박할 수가 없네."

서머는 눈앞에 있는 땅덩어리를 주의 깊게 보며 말했다.

"어두워지기 전에 갈 길이 멀군."

첫날 계획은 지금 우리가 걷고 있는 침엽수림 지대를 건너고

숲을 지나 그다음 침엽수림과 맞닿은 숲의 끝자락에서 야영을 하는 것이다. 둘째 날은 정글까지 가야 한다. 정글은 서머가 집을 떠나 가장 멀리까지 갔던 곳이다. 그 너머에는 미지의 세계가 펼쳐져 있다.

계획은 단순했다. 따라서 아무런 문제가 없다면 실현될 가능성도 높다. 하지만 떠난 지 얼마 안 되어 눈이 내리면서 시야 확보가 어려워졌다. 이른 시간부터 숨어 있는 크리퍼나 지난밤 운 좋게 나무 그늘로 몸을 피한 몹과 맞닥뜨릴 수도 있다.

이런 곳은 눈에 보이는 몹만 위험한 게 아니다. 가루눈 같은 함정도 있다. 처음 이곳에 떨어진 날 밤, 나는 가루눈에 빠졌다. 그때만 생각하면 온몸이 떨린다. 얼음장 같은 어두운 연못에 빠진 나를 향해 해골이 화살을 퍼부었던 그때를 말이다.

이 세계에는 기존의 위협과 더불어 새로운 위험이 추가되었을 수도 있다. 이곳은 언제나 변화한다. 서머를 만난 후로 두 번의 변화가 있었다. 새로운 동식물이 생겨나고, 네더처럼 완전히 새로운 환경이 조성되기도 한다.

그동안 우리는 레드스톤 조명으로 산에 전기를 공급하는 일에 몰두한 나머지, 집 근처 강가에 헤엄치러 나간 적조차 없었다. 그래서 변화가 있었는지 알 수가 없다. 하지만 이 세계가 변했다면 변한 대로 거기에 맞춰 적응하면 된다. 세상이 변하면 나도 따라 변해야 한다는 건 섬에 있을 때 이미 깨달았다.

매번 나는 변화해 왔다. 첫 번째 변화는 내가 왼손에 방패를 쥘 수 있게 해 주었다. 가장 최근에 생긴 변화로 오른손에 쥔 석궁을 얻었다. 나는 전부터 사용해 온 활보다 이 새 무기가 마음에 들었다. 무엇보다 장전한 채 가지고 다닐 수 있다는 점이 좋았다. 활을 쏠 때는 시위를 잡아당기거나 움직이는 속도를 늦춰야 했기 때문이다. 게다가 지금처럼 화살이 부족한 상황에서는 더욱 마음에 들었다.

화살을 더 만들면 되지 않느냐고? 나는 더 이상 필요에 의해 동물을 죽이지 않기로 했다. 섬에서 닭 떼를 죽이고 난 뒤 나는 죄책감에 시달렸다. 하지만 이 세계에서 살아남으려면 화살이 필요했고, 닭 털 없이는 화살을 만들 수 없다.

이미 오래전에 이상을 실현하려면 때로는 타협을 해야 한다는 걸 배웠지만, 아직 마음의 준비가 되지 않았다. 그래서 석궁을 쓰며 화살을 아끼려는 것이다.

갑자기 이야기가 다른 데로 샜다고 불평하지 말았으면 좋겠다. 이 도덕적 딜레마가 삶에서 얼마나 중요한지 여러분도 나중에 알게 될 것이다.

그날 아침, 다행히 아무런 위험도 나타나지 않았다. 새로운 몹이나 동식물도 없었고, 가루눈 함정 같은 위험 요소도 없었다. 별 탈 없이 서머와 내가 처음 만났던 이글루에 도착했다. 그리고 계속해서 하얀 눈밭과 경계를 이루는 숲을 가로질렀다.

지난 변화 이후 생긴 달콤 열매 나무 앞에 멈춰 서서 맛있는 간식을 먹었다. 길을 떠나기 전 식량을 많이 챙기기는 했지만, 가능하면 가는 길에 발견한 먹을거리로 허기를 채우는 걸 원칙으로 세웠다. 개인적으로 서머가 열매로 배를 채워서 다행이라고 여겼다. 그렇지 않았다면 서머는 주변의 동물을 잡아 허기를 달랬을 테니까.

"음매."

소다. 섬에 있을 때 나의 가장 친한 친구였던 '음매'와 같은 저 소 무리를 예전에도 본 적이 있다. 소에게 '음매'라는 이름이 전혀 기발하지 않다는 건 인정한다. 하지만 서머도 내가 남자라는 이유로 남자라는 뜻의 영어 단어 '가이'라고 이름을 붙였다. 단순하지만 의미는 있다. 여름날 바람 같은 웃음 때문에 내가 '서머'라고 이름을 붙여 준 것처럼 말이다.

"메에에에에."

"양들아, 오랜만이야."

나는 양을 보고 외쳤다. 양들이 모여 있는 걸 보니 기뻤다. 그중에는 쿠키도 있었다. 쿠키는 내가 쿠키의 엄마와 아빠 양에게 먹이를 줘서 태어난 갈색 양이다.

"잠시만."

서머가 불쑥 말하더니 작은 언덕을 올랐다.

"어딜 가려고?"

나는 서머를 향해 손을 흔들며 외쳤다.

"오래 안 걸려."

서머가 어깨 너머로 대답했다.

문득 내리던 눈이 멈춘 걸 알아차렸다. 그제야 서머가 언덕에서 무얼 하려는지 알 수 있었다.

서머는 자신의 산이 있는 방향으로 돌아서서 앞뒤로 조금씩 움직였다. 이 세상에서는 이상하게 멀리 있는 사물은 항상 안개에 가려져 있는데, 앞뒤로 한 발자국씩 움직이다 보면 사물이 명확히 보이는 지점이 나타난다. 서머는 자신의 산이 보이는 지점을 찾아 앞뒤로 움직이고 있었다.

"서머는 지금 인사를 하고 있는 거야. 그 영화처럼 말이야."

나는 쿠키에게 말했다.

"메에에?"

작은 갈색 양이 물었다.

"아, 너는 모를 거야. 작은 사람들이 위대한 원정을 떠나는 영화인데, 초반에 주인공이 '이제 한 발자국만 더 떼면 나는 내 평생 집을 떠나 가장 멀리까지 온 거야.'라는 대사를 하거든."

"메에에."

"정확하게 말하자면 서머는 집을 떠난다기보다는 오히려 진짜 자신의 집을 찾아 떠나는 거긴 하지. 하지만 서머에게 저 산은 전부였어. 직접 땅을 파서 집을 짓고 거길 자신의 온기로 채웠으니까. 저 산도 오랫동안 서머를 안전하게 보호해 줬지. 이제 서머는 저 산을 뒤로하고……."

"메에에."

쿠키의 말에 배 속이 뒤틀렸다.

"서머가 '진짜'로 떠난다면? 그게 무슨 말이야? 서머는 당연히 나와 떠날 거야. 우리가 함께 동의한 일이라고. 서머는……."

"메에에."

나는 한숨을 쉬었다.

"맞아. 처음엔 나도 섬을 떠나지 않을 이유를 만들어 냈어. 마침내 섬을 떠났을 땐 배를 돌려 도로 섬으로 돌아갈 뻔도 했고. 그리고 겁을 먹은 서머가 편안함에서 벗어나지 않으려고 해서 우리 우정에 위기가 닥치기도 했지."

혼자 언덕에 서서 우리가 지나온 동쪽을 바라보고 있는 서머에게 시선을 돌렸다.

"편안함 속에서는 성장할 수 없으니 반드시 떠나야 한다는 걸 서머에게 다시 말해 줘야겠어."

나는 스스로 다짐하며 쿠키에게 말했다.

"음매!"

이번에는 소가 우리 대화에 끼어들었다.

"누가 너한테 물었어?"

나는 방어적으로 쏘아붙였다.

"그러면 서머가 저렇게 뒷걸음치도록 그냥 놔두라고?"

"음매."

소는 내 친구 음매처럼 말했다. 그리고 그만큼 현명했다.

"그래, 네 말이 맞아. 친구라면 서로의 선택을 존중해야 해."

나는 이렇게 툴툴댔다.

"서머가 떠날 수 있는 건 스스로 결심을 했기 때문이야. 그래야만 서머가 이 모험을 끝까지 제대로 마칠 수 있어. 서머의 인생이고, 서머의 선택이니까."

"그 말을 들으니 기운이 나네."

"아, 왔구나."

갑자기 들려온 서머의 목소리에 몸을 돌렸다.

"나는 그냥……."

"알아. 저 위에서 네가 하는 말 다 들었거든. 맞아, 작별 인사를 하고 왔어."

서머는 내 말을 잘랐다.

"아, 어, 그랬구나……."

나는 말을 더듬거렸다.

"이제 가자. 어두워지기 전에 침엽수림에 도착해야지."

서머는 숲속으로 걸어가며 외쳤다.

"어, 그렇지."

내가 작게 중얼거렸다.

"있잖아, 가이."

서머는 나를 쳐다보지 않은 채 말했다.

"고마워."

나는 대답하지 않았다. 서머에게는 이런 침묵이 필요하다는 걸 알기 때문이다. 서머는 속마음을 털어놓는 데 익숙하지 않다. 서머가 처음 이 세상에 떨어진 이후 어떻게 지내 왔는지에 대해 들은 뒤로 서머를 제대로 이해할 수 있었다. 만약 내가 서머처럼 얼어붙은 침엽수림 지대에 떨어져 좀비 고기나 먹으면서 매일같이 몸과 싸워야 했다면 결코 살아남지 못했을 것이다. 서머에게는 감정을 느낄 여유가 없었다. 몸뿐만 아니라 마음에도 단단한 갑옷을 입혀야 했으니까. 그래서 굳이 서머가 지금 어떤 기분인지 캐묻지 않기로 했다. 나와 함께 길을 떠나는 것만으로도 감사한 일이었다.

하지만 그 안도감은 오래가지 않았다.

"더는 못 가겠어."

숲의 끝자락에 거의 다다랐을 때, 나보다 조금 앞서 가던 서머가 얕은 산등성이에 서서 말했다.

"뭐라고? 대체 왜?"

나도 모르게 날카롭게 언성을 높였다. 이미 함께 결정을 내린 일인데 왜 또 마음을 바꾼 걸까?

"네가 와서 직접 봐."

서머가 네모난 팔을 휘두르며 말했다.

바뀐 것은 서머의 생각이 아니라 이 세상이었다. 우리 앞에는 침엽수림 대신 높은 언덕이 가로막고 있었다. 서머와 나는 듬성듬성 솟아 있는 짙은 가문비나무와 눈 블록으로 뒤덮인 가파른 산등성이를 한동안 말없이 쳐다봤다.

"어두워지기 전에 건너는 건 불가능하겠어."

잠시 생각에 잠긴 듯한 서머가 말했다. 그러더니 침대를 설치할 만한 적절한 장소를 찾으며 물었다.

"어떻게 생각해? 이글루가 나을까, 동굴이 나을까?"

"통나무집은 어때?"

내가 제안했다.

"더 편하기도 하고 남겨 두면 나중에 여행객들이 지나가다가 쉬어 갈 수도 있잖아."

주변에 잔뜩 솟아 있는 나무를 향해 두 팔을 벌렸다.

"게다가 여기서 재료를 구해서 집을 지으면 되니까 우리가 챙긴 재료는 아낄 수 있고. 그렇지?"

나는 최대한 주변 환경을 이용해서 살아남는 전략을 세웠다. 넉넉한 양의 식량과 도구 그리고 여분의 횃불에 블레이즈 막대까지 챙겼지만, 언제 동이 날지 모를 일이다.

"당연하지."

서머는 고개를 끄덕이며 최근에 얻은 네더라이트 도끼를 꺼냈다. 네더라이트는 새로운 물질이다. 우리는 네더에서 얻은 네더라이트 파편과 금 주괴를 섞었다. 그런 다음 네더 보루에서 발견한 책에 따라 네더라이트 주괴와 서머의 다이아몬드 도끼를 합쳤다. 그 덕분에 서머는 기계처럼 나무를 벨 수 있었다.

"집을 만드는 데 필요한 나무를 순식간에 모을 수 있을 거야."

나무 자르는 소리 너머로 서머의 외침이 들렸다.

"가이, 네가 굴뚝을 만들어."

이번에는 마력을 증진한 내 도구를 쓸 차례였다.

이것은 네더라이트를 발견한 낡은 요새에서 내가 찾아낸 마법이 부여된 곡괭이다. 반짝이는 광택을 보고 있으면 마치 내가 마법사가 된 것 같은 기분이 들었다. 부릴 수 있는 마법이라고는 돌을 빠르고 손쉽게 부수는 것뿐이지만 말이다. 이 마법의 곡괭이 덕분에 나는 금세 통나무집 굴뚝을 만드는 데 필요한 자갈을 마련했다.

"나쁘지 않은데?"

서머는 7×9 크기 벽의 첫 번째 블록을 세우며 말했다.

"나머지 블록도 금방 다 세울 수 있겠어."

서머는 나머지 벽을 세우고 문을 설치한 후, 얇은 가문비나무 판을 뾰족하게 세워 지붕을 올렸다.

"이제 유리창만 달면 되겠다."

마지막 나무판을 고정시키면서 내가 말했다.

"글쎄, 나라면 굳이 안 할 거야. 안전하지 않을 것 같아."

서머가 반대하고 나섰다.

"안전을 생각해서야."

내가 맞섰다.

"유리창도 없이 나무로 된 통 안에 있으면, 내일 아침 크리퍼가 밖에서 우릴 기다리고 있는지 아닌지 어떻게 확인할 거야?"

서머는 고민에 빠진 듯 잠시 말이 없더니 곧 이렇게 말했다.

"그럼 다락문 창문은 어때?"

서머가 이어 설명했다.

"창문틀에 다락문을 다는 거야. 창문을 위로 닫으면 추위를 피할 수 있고, 창문을 아래로 열면 밖을 살필 수도 있잖아."

"오, 정말 좋은 생각이다."

나는 고개를 끄덕이며 말했다.

"고마워."

서머는 굴뚝 바깥에 설치한 사다리를 타고 내려와서 나와 함께 창문을 만들었다.

"내가 생각해 봤는데 말이야. 새롭게 생겨난 저 언덕들은 우리가 곧 새로운 아이템을 발견할 거라는 걸 의미하잖아."

내가 창문틀을 자르며 말했다.

"가능성이 있는 이야기네."

서머가 창문을 달면서 대답했다.

"시간이 되면 실험해 보고 싶어."

나는 네더랙 블록을 난로 속에 넣고 부싯돌로 불을 붙였다. 그러고는 추위를 떨치기 위해 난로 가까이 다가갔다.

엄청난 추위였다. 이 세상에서 얼어 죽지는 않겠지만, 덜덜 떨리는 이와 경직된 근육, 시린 눈, 얼얼하다 못해 타들어 갈 것처럼 아픈 코와 귀, 손가락은 정말이지 끔찍하다.

난로의 열기로 척추에 서려 있던 마지막 추위까지 가시자 겨우 한숨을 돌렸다.

"통나무집도 완성됐고 해도 졌으니 다른 할 일은 없잖아."

"잠잘 일이 남았지."

서머는 한쪽 벽에 침대를 설치했다.

"너는 어떨지 몰라도, 나는 푹 자지 않고는 내일 저 험준한 산등성이를 넘을 자신이 없거든."

"반박할 여지가 없네."

나는 순순히 물러나 반대편 벽에 내 침대를 설치했다.

"잘 자, 가이."

서머가 이불 속으로 들어가며 말했다.

"잘 자, 서머."

나도 몸을 누이며 대답했다.

다만, 내 머리는 쉬지 않았다. 새로운 도구를 조합할 생각으로 머릿속이 가득 찼다.

'그래, 몇 번만 해 보는 거야.'

작업대를 바라보며 마음을 먹었다. 평온하게 코를 골며 자는 서머를 뒤로하고 침대에서 나와 작업대에 재료를 늘어놨다.

'어쩌면 스웨터나 긴팔 상의를 만들 수 있을지도 몰라! 재료를 한두 개 섞으면 될 거야.'

스무 번 이상 조합을 시도해 본 나는 탄성을 내질렀다.

"우아! 됐어!"

간단한 조합이었다. 막대기, 통나무, 석탄. 하지만 이것들을 한데 합치면 인류 최초의 업적을 만들 수 있다.

모닥불! 모닥불은 횃불처럼 가지고 다닐 때 타지 않지만, 난로에 모닥불을 올리면 불이 붙는다. 또 횃불처럼 영원히 꺼지지 않는다. 따뜻하고, 밝고, 냄새도 '화장실 지린내'가 나는 네더랙을 태울 때보다 훨씬 낫다.

"분명 더 있을 거야. 계속 시도해야 해!"

나는 곤히 잠든 서머를 보며 말했다.

그렇게 계속해서 실험을 이어 갔다. 잠까지 포기하면서 만든 것이 광선총, 제트팩 같은 멋진 아이템이었다면 좋겠지만, 실제로 만든 것은 사소한 도구 몇 개가 전부였다. 게다가 그마저도 당장 쓸모가 있어 보이지도 않았다.

내가 이미 갖고 있는 것과 조금 다르게 생긴 아이템을 만들긴 했다. 네모난 통, 숫돌 그리고 용광로가 그것들이다. 용광로는 기존의 화로를 작업대에 올리고 주변에 철 주괴를 놓은 후 밑에는 매끄러운 돌을 추가해서 만들 수 있었다.

또 기능이 향상된 아이템도 만들었다. 양털과 염료를 합쳐 다양한 현수막을 만들 수 있는 베틀과 둥근 톱이 달려 있어 돌을 정교하게 다듬을 수 있는 석재 절단기였다.

"신이 날 만큼은 아니지만, 그래도 좋군."

이 글을 읽고 있는 여러분은 이 세계에서 산 지 오래돼서 이런 특별한 도구들을 이미 만들 수 있을지 몰라도, 나는 그렇지 않다. 도서관에서 원하는 지식을 배울 수 있는 것도 아니니까. 그러니까 시도하고, 실패하면서 실력을 키우는 것이다.

마지막으로 나무와 종이로 지도 제작대를 만들었다. 지도에 종이를 한 장 더하니 기존 지도의 범위가 더 넓어졌다. 뿐만 아니라 빈 지도를 넣으니 복사도 할 수 있었다. 이건 우리 같은 길 잃은 여행자들에게 엄청난 일이다.

"썩 나쁘지 않은 야근이었어."

나는 콧노래를 흥얼거렸다.

"밤새 바빴던 모양이네."

뒤를 돌아보니 어느새 서머가 일어나 있었다.

"이 멋들어진 새 작품들에 대해서는 나중에 이야기하자."

서머는 다락문 창문을 내렸다.

"지금은 일단 저 언덕을 올라가야 하니까."

나는 아침이 된 것도 몰랐다. 새벽녘 타들어 가는 좀비의 비명 소리도 못 들었을 만큼 온통 실험에 정신이 팔려 있었다.

"그럼, 그래야지."

나는 네모난 통에 지도 복사본을 넣으며 말했다.

"가 보자."

한숨도 못 잔 탓에 조금 졸렸지만, 이른 아침의 찬 공기를 마시니 정신이 번쩍 들었다.

우리는 통나무집을 나와 험준한 산등성이를 올랐다. 새벽녘 숲은 언제나 위험하다. 그늘에 숨어 있는 몹이 많기 때문이다. 우리는 무기를 들고 천천히 조심스럽게 올라갔다.

꼭대기에 도착하기 직전, 뭔가 냄새를 맡았다. 차고 메마른 바람 사이로 풍겨 올 만한 냄새가 아니었기에 낯설었다. 한편으로는 서머의 부엌 나무 기둥에서 맡아 본 냄새였기에 익숙했다. 그것은 짙은 가죽 냄새였다.

"나도 맡았어."

코를 치켜세우고 킁킁대는 나를 보며 서머가 말했다.

언덕 꼭대기를 쳐다본 나는 입이 떡 벌어졌다. 네 블록짜리 두꺼운 나무들과 그 아래로는 키 작은 나무들이 펼쳐져 있었다. 그리고 위로 쭉쭉 뻗어난 덩굴의 줄기는 푸르게 빛나는 잎사귀들 사이로 거미줄처럼 얽혀 있었다.

"맞아, **정글**이야."

서머는 내가 묻지도 않은 질문에 대답을 했다.

이가 떨리도록 추운 이곳에서 당장 벗어나 정글로 달려가고 싶었다.

"가자!"

나는 이렇게 외치고는 언덕을 내려갔다. 그리고 주변에서 몹이 나타나는지 주의를 기울였다. 깨끗하고 보송보송한 눈길을 선택한 것이 만족스러웠다.

하지만 눈길에 한 발을 내딛자마자 넘어지고 말았다. 눈에 숨겨져 있던 구멍 속으로 말이다!

구멍 속으로 빨려 들어가듯 떨어졌다. 숨이 막히고 한기가 느껴졌다. 뒤를 돌아 서머를 찾으려 했지만 흰색 말고는 아무것도 보이지 않았다. 점점 어두워지더니 구멍이 닫히듯 시야가 좁아졌다.

'무서워.'

나는 눈으로는 서머를 찾는 동시에 빠져나가기 위해 발버둥을 쳤다. 점프도 하고 헤엄도 쳤다. 하지만 등줄기부터 가슴팍까지 서린 추위에 보이지 않는 손이 나를 잡고 흔들기라도 하는 듯 온몸이 떨렸다. 폐 속까지 침투한 추위가 심장을 움켜쥐는 듯했다.

그러다가 갑자기 몸이 따뜻해지면서 졸렸다. 더 이상 아무것도 하지 않고 그저 자고만 싶었다. 황홀한 기분이었다. 마치 보드라운 흰 이불을 둘둘 말고 있는 것만 같았다.

'잠깐 낮잠을 자야지. 이 평온함 속에서 몇 분만 쉬자.'

나는 내가 얼어 죽고 있다는 경고도 알아차리지 못했다.

2장

"가이!"

서머의 목소리가 멀리서 어렴풋이 들렸다.

"가이, 어디 있어?"

서머는 내 위에 있었다. 자박자박 빠르게 눈 밟는 소리가 들리더니 점점 커졌다.

"가이!"

밝은 햇살에 나는 눈을 찡그리며 어렵사리 입을 뗐다.

"서……."

코앞에 서머의 얼굴이 있었다. 따뜻한 입김이 느껴졌고 서머의 눈과 마주쳤다.

"가이, 일어나! 정신 차려! 일어나야 해!"

"나……."

입술, 혀, 뇌까지 꽁꽁 얼어 버린 듯했다.

서머는 눈을 감고는 한숨을 쉬며 사과했다.

"정말 미안해."

서머의 날쌘 주먹이 느닷없이 날아와 내 코를 내리쳤다. 날카로운 고통이 느껴졌다.

"서머!"

정신이 번쩍 든 나는 사시나무처럼 몸을 떨었다.

"날 따라와! 어서!"

서머는 이렇게 외치고는 뒤에 있는 흰 벽 속으로 들어갔다.

나는 휘청거리며 서머의 뒤를 따라가려고 했다. 그러나 다리는 여전히 납덩이 같았고, 눈도 거의 뜨지 못했다.

"저…… 눈…….."

나는 말을 더듬거렸다.

"이겨 내야 해, 가이!"

서머는 서둘러 삽질을 하면서 외쳤다.

"저……."

서머는 내 말을 들으려고도 하지 않고 말을 끊었다.

"말하지 마! 나만 따라와!"

나도 노력했다. 만화에서 커다란 로봇을 조작하는 장면을 상상해 보자. 그게 바로 내 심정이다. 안 그래도 굼뜨게 움직이는 로봇을 발로 차고 욕하고 싶은데, 갑자기 로봇에서 온갖 빨간 경고등이 번쩍이는 것 같았다. 이 추위 속에서 대체 얼마나 더 기다려야 하는 걸까?

불빛이다! 네모난 하늘이 보였다.

서머가 벽을 통과하고 잠시 후 나도 통과했다. 머리 위로 햇살이 비추었고, 아래로는 정글이 보였다.

서머는 주먹으로 내 등을 때리며 나를 언덕 아래로 밀었다.

"계속 가!"

나는 다리를 절뚝거리며 비틀비틀 언덕 아래로 걸어갔다. 그러자 갑자기 황홀할 정도로 따뜻해졌다!

거짓말이 아니다. 좀 전까지는 분명 다리가 떨어져 나갈 정도로 추웠는데 지금은 덥고 끈적한 공기가 내 몸을 감쌌다.

"후유……."

숨을 깊게 들이마시자 순식간에 추위가 몸을 빠져나갔다.

"이건 예상하지 못한 거네."

서머가 숨을 내쉬며 말했다.

"근처에 이렇게 후덥지근한 생물 군계가 있어서 다행이야."

"마, 맞아."

급격한 온도 변화의 충격에서 벗어나지 못한 내가 말했다.

"앞으로는 정말 조심해야 할 것 같아."

서머는 잔뜩 우거진 숲을 살폈다.

"새로운 변화가 우리한테 늘 유리한 건 아닌 것 같아."

"그래도 서머 너는 이 정글에 와 본 적 있지?"

내가 물었다.

"그게, 가장자리만 둘러본 정도야."

서머가 헛기침을 하며 말했다.

"그 '가장자리'라는 게 정확히 어느 정도인데?"

"이 정도?"

서머는 내가 서머의 부엌에서 본 카카오 열매가 자라는 나무 밑에 서 있었다.

"산으로 돌아가기 전에 이 열매들을 주워 가곤 했거든."

"그렇다는 건……."

나는 고개를 끄덕이며 석궁을 힘 있게 잡았다.

"지금 우리 앞에 미지의 땅이 펼쳐져 있다는 뜻이네."

서머는 정글을 향해 몸을 돌렸다.

"도전하는 자만이 성취할 수 있다는 거지."

이것이 내가 얻은 교훈을 서머가 해석하는 방식이었다. 위험이 클수록 보상도 큰 법이다. 미지의 정글 속으로 들어가면서 나는 위험에 대해 생각하지 않으려고 노력했다.

고작 몇 분 정글을 걸었을 뿐인데 극심한 온도 변화 때문에 고통스러웠다. 지독한 열기와 습기. 처음 내 섬 아래의 용암 폭포가 흐르던 동굴을 발견했을 때가 떠올랐다. 끈끈하고 찝찔한 땀이 흘러 눈까지 따끔거리는 통에 이동하기가 힘들었다. 바닥은 수풀로 뒤덮여 있었다. 정확히는 키 작은 나무였는데, 이 때문에 바닥이 울퉁불퉁했다.

나는 땀을 뻘뻘 흘리며 툴툴댔다.

"내 운명은 왜 이래. 이번엔 쪄 죽는 고통을 받다니."

"방금 뭐라고 했어?"

서머가 어깨 너머로 물었다.

"아니야. 그냥 경치를 즐기고 있었어."

나는 서머를 의식해 작게 말했다.

"굉장히 멋지다."

서머는 산을 떠난 이후 처음으로 흥분한 듯 보였다.

"찜통더위도 참을 만하네. 안 그래?"

나는 어떻게 서머가 저리도 발랄할 수 있는지 도무지 이해할 수가 없었다. 이런 상황에서 저런 강인함이라니.

"정오까지 계속 걸으면 될 것 같아."

서머가 밝은 목소리로 말했다.

"그런 다음 높은 나무에 올라가서 시원한 바람이나 쐬며 점심을 먹고 주변을 살펴보자."

"저 나무에 올라가자고?"

나는 구름에 닿을 만큼 키 큰 나무들을 쳐다봤다.

"저 정도 높이까지 올라갈 사다리를 만들려면 하루 종일 걸리지 않을까?"

"사다리는 필요 없어. 덩굴을 타고 올라가면 돼."

서머가 말했다.

시원한 바람을 쐴 생각을 하니 마음이 약간 놓였다.

"네더의 메마른 열기가 그리울 줄은 상상도 못 했네."

나는 갑옷을 벗기 위해 잠시 멈춰 서며 말했다.

"나라면 벗지 않을 거야."

서머가 경고했다.

"조금 시원하자고 안전을 포기할 순 없지."

"오븐 안에 들어간 버터 같은 상태도 안전한 건 아니잖아?"

나는 고르지 않은 지면을 가리키며 말을 이어 갔다.

"그리고 이렇게 걷기도 힘든데 굳이 갑옷이 필요하겠어?"

"아, 이렇게 해 보자."

서머는 철 주괴 두 개를 꺼내어 큰 가위를 만들었다. 그리고 가까이에 있던 잎사귀 블록을 향해 몸을 돌렸다.

싹둑.

"좋았어!"

가위질을 하며 걸어갈 길을 만드는 서머의 뒤를 쫓아갔다. 잘려 나간 잎사귀 블록은 벨트 주머니에 넣으면서, 우리는 느리지만 꾸준하게 올라갔다. 여전히 땀범벅이었지만, 적어도 물속은 아니었기에 이 멋진 생물 군계를 감상할 수 있었다.

카카오 열매와 수박이 눈에 자주 띄었다. 그리고 사과나무도 있었다.

"여기서 먹을거리를 구할 수 있으니 좋네."

내가 말했다.

"맞아."

서머가 내 말에 동의하더니 갑자기 말을 멈췄다. 그리고 우리는 동시에 무슨 소리를 들었다.

횡.

마치 박쥐가 내는 것처럼 짧고 빠르면서도 작은 소리를 냈는데, 조금 달랐다.

"새야!"

서머가 위를 올려다보며 외쳤다.

형형색색의 앵무새가 나무와 나무 사이를 날아다니고 있었다. 밝은 녹색의 새도 있고 파란색 새도 있었다. 그리고 무지갯빛 털에 붉은 머리, 노란색과 파란색 줄무늬의 날개를 가진 새도 있었다.

"아름답다."

하늘을 날아다니는 새들 덕분에 마음이 편안해졌다. 이 세계에는 닭 말고는 새가 없어서 낯설었다. 예전 내가 살던 곳은 어디서나 새를 볼 수 있었다. 심지어는 도시에도 새가 있었다. 아직도 비둘기들이 부드럽게 구구구 우는 소리, 그들을 향해 종종 빵 부스러기를 던져 주던 기억이 난다.

"새가 있으니까 좋다."

내가 말하자 서머가 주저 없이 답했다.

"맞아, 특히 저녁용으로 말이지."

"제발, 좀!"

내가 화를 내자, 서머는 특유의 미소를 지었다.

"장난친 거야."

그때 내 왼쪽으로 무언가가 날쌔게 움직였다. 나뭇잎 뒤에 작고 빠른 게 숨어 있었다.

내가 재빨리 석궁을 들고 뒤를 돌자, 노란색의 얼룩덜룩한 무언가가 눈에 들어왔다.

"괜찮아. 오실롯이야."

서머가 말했다.

책에서 정글에 사는 작은 고양이에 관해 읽었던 것과 서머가 예전에 여기서 오실롯을 봤다고 말했던 게 기억났다.

"혹시 먹이를 줘도 돼?"

오실롯에게서 눈을 떼지 않은 채 내가 물었다.

"오실롯한테 물고기를 주면 반려 고양이가 된다고 책에서 본 것 같아서."

"그런데 왜 먹이를 주려고 하는 거야?"

서머가 받아쳤다.

"당연히 동물 친구를 만들기 위해서지."

나는 뻔한 걸 왜 묻냐는 듯이 대답했다.

"만약 '음매'가 없었으면, 나는 섬에서 살아남지 못했을 거야."

그런 후 나의 소중한 교훈 중 하나를 읊었다.

"친구는 우리의 마음을 건강하게 지켜 준다."

서머는 다시 걸으며 말했다.

"글쎄, 너를 보면 꼭 그렇지만은 않은 것 같은데."

"아이고, 웃겨라."

나는 비꼬면서 계속 말을 이었다.

"너는 겉으론 센 척하지만 사실은 상처받고 싶지 않아서 그러는 거잖아. 혹시라도 동물 친구에게……."

나는 빼어난 통찰력을 바탕으로 자신 있게 말했다.

서머가 걸음을 멈췄다. 혹시 내가 서머의 신경을 건드린 걸까?

"저게 뭐야?"

서머는 내게 옆으로 오라고 손짓하며 물었다.

서머가 잘라 낸 잎사귀 뒤로 얕지만 커다란 연못이 나왔다.

연못 건너에는 사탕수수처럼 보이는 거대한 숲이 있었다. 다만, 사탕수수보다는 어두웠고 키가 컸다.

우리는 얕은 연못을 건너 가장 가까이 있는 식물의 줄기에 조심스럽게 다가갔다. 내가 도끼질을 하자 줄기가 부서지더니 발아래로 떨어졌다. 하지만 손으로 만져도 사탕수수처럼 달콤한 하얀 결정으로 변하진 않았다. 그리고 줄기 두 개를 같이 붙잡자, 희미한 나무 막대기의 형상이 되었다.

대나무! 분명하다. 예전에 섬에서 사탕수수를 보고 대나무라고 생각했던 적이 있다. 그리고 이제야 실제 대나무를 만났다.

"나, 이게 뭔지 알 것 같아."

내가 말하자, 서머가 줄기 사이를 돌아다니는 무언가를 가리키며 말했다.

"나도 저게 뭔지 알 것 같아."

서머가 가리키고 있는 건 곰이었다. 검은색과 흰색이 섞여 있고 꼬리가 짧고 뭉툭하니 얼굴만 보면 바로 알 수 있는 그런 곰.

"판다야!"

나는 흥분을 누를 수가 없었다.

"완전 끝내준다!"

"절대 달려가서 안지 마. 이 세계의 판다는 어떨지 모르잖아."

서머가 주의를 주듯 나를 타일렀다.

"곧 알게 되겠지."

나는 이렇게 말하면서 앞으로 걸어갔다. 이 세계에 또 다른 규칙이 있을 수 있다는 서머의 말은 일리가 있다. 그리고 책에서 본 적이 없는 걸로 봐서 분명 판다는 방금 생긴 것이란 뜻이다. 즉, 나는 판다를 어떻게 대해야 하는지 모른다.

하지만 판다와 친구가 되고 싶은 건 당연한 일 아닌가.

"저기, 친구야. 너희 이거 좋아하잖아, 안 그래?"

나는 대나무 줄기를 내밀며 말했다.

판다는 덩치가 컸다. 북극곰만큼은 아니었지만 나를 엉망진창으로 만들기에는 충분히 컸다.

"자, 오늘 우리의 첫 만남을 멋진 추억으로 만들어 보자."

나는 판다에게 가까이 다가가며 말했다.

판다는 동그랗게 색칠한 까만 눈을 나를 향해 돌리더니 가까이 다가와서 내가 준 걸 받았다. 그러더니 펑퍼짐한 엉덩이를 바닥에 대고 앉아서는 와그작와그작 대나무를 맛있게 먹었다. 판다가 실제로 저렇게 앉다니, 정말이지 경이로운 세계다!

귀여운 판다는 먹을 걸 다 먹고는 덩치 큰 강아지처럼 풀밭을 데굴데굴 굴렀다.

"저것 좀 봐!"

서머도 판다의 귀여움에 극찬을 늘어놓을 거라 생각했다. 하지만 나는 아직도 서머를 잘 모르는 것 같다.

"판다는 맛이 어떨지 궁금하군."

"서머!"

서머가 웃자, 내 짜증도 흥분으로 바뀌었다.

"또 찾아보자! 교배를 시켜서 판다 가족을 만들어 주자."

나는 주변을 살피며 말하다가 무언가를 발견했다. 판다 뒤로 이곳과 어울리지 않는 색이 보였다. 대나무 줄기들 사이로 보이는 저 잿빛의 단조로운 블록은 분명 건물의 일부였다.

"저기 집이 있는 건가?"

턱으로 가리키며 말했다.

"사원 같아. 만약 모험 영화에 나오는 그런 사원이라면 경계하는 게 좋을 거야."

서머의 말에 어렴풋이 머리가 희끗하고 팔 근육이 빵빵한 액션 영화 주인공이 떠올랐다.

"너도 그 영화 본 적 있어?"

"우리가 서로 다른 나라에서 온 거지, 다른 별에서 온 건 아니잖아."

서머가 코웃음을 치며 말했다.

"가끔은 그런 기분이라."

나는 들릴 듯 말 듯 작게 중얼거렸다.

우리는 대나무 사이를 지나 이끼와 덩굴이 가득 낀 건물로 다가갔다. 그곳은 내 섬에 있던 집만큼이나 넓었다. 네모난 일 층 위에 이 층이 있고, 그 위로 피라미드 모양의 지붕이 있었다. 건물의 각 모퉁이에는 짧은 기둥이 세워져 있었는데 폐허처럼 보였다. 무언가 움직이는 낌새도, 조명도 없었다. 문이 없는 입구 너머로 안을 들여다보자 텅 빈 방이 우리를 맞았다.

가구나 좋은 물건이 가득한 상자 같은 건 보이지 않았다. 이 층으로 이어지는 좁은 계단 두 개와 그 두 계단 사이 어두운 아래층으로 난 넓은 중앙 계단만 보였다.

평소처럼 서머가 앞장을 섰다. 그러고는 나에게 위층으로 이어져 있는 오른쪽 계단으로 올라가라고 손짓한 뒤, 자신은 왼쪽 계단으로 올라갔다. 우리는 각각 계단을 따라 이 층으로 올라갔고, 그곳 역시 일 층처럼 텅 비었다는 걸 확인했다. 그런 후 천천히 지하로 내려갔다.

계단이 끝나자 빛도 사라졌다. 서머가 바닥에 횃불을 설치하니 두 블록 너비의 복도가 드러났다. 그 복도는 계단까지 이어져 있었다. 오른쪽에도 복도가 있었는데, 복도 끝에서 또다시 오른쪽으로 꺾어 들어갈 수 있었다. 왼쪽은 막다른 길로, 가장 가까운 벽에 레버 세 개가 붙어 있었다.

"레버를 작동시키기 전에 오른쪽부터 가 보자."

서머가 말했다.

우리는 모퉁이로 가서 횃불을 하나 더 설치했다.

복도밖에 보이지 않았다. 몹이며 위험 요소도 없었다. 아무래도 저 레버가 수상했다. 예전에 봤던 공포 영화 속 한 장면이 떠올랐다. 영화 속 등장인물 중 가장 멍청한 사람이 꼭 이런 말을 한다.

"우리 이제 안전한 것 같아."

그러면 다음 장면에서 바닥에 난 구멍 속으로 떨어진다. 분명 서머도 그런 장면을 본 적이 있는지, 우리 둘 다 머리에서 보내는 경고 신호를 감지했다.

"저기다!"

저 멀리 무언가를 가리키며 서머가 속삭였다. 자세히 보니 한 블록짜리 정사각형이 복도 끝에 있었다. 가운데에는 커다란 구멍이 나 있었고, 그 위로는 두 개의 점이 있었다.

"발사기네."

내가 말했다.

"저 안에 뭐가 있을지는 모르지만."

"맞아."

서머는 고개를 끄덕였다. 그리고 돌아보며 말했다.

"저 레버가 분명 발사기를 활성화시키는 장치일 거야."

우리는 온갖 방법으로 레버를 작동시켜 보려고 했지만, 아무리 해도 작동하지 않았다.

"휴. 고장 난 건가."

서머는 한숨을 내쉬고는 발사기를 향해 걸어갔다.

"굳이 레버를 작동시킬 필요는 없지."

서머가 발사기의 왼쪽에 서서 말했다.

"가스트가 쏘는 화염구 같은 것만 아니라면 걱정할 건……."

"멈춰!"

내 비명 소리에 서머는 움직임을 멈췄다.

"정면, 아래, 네 오른쪽!"

벽에 미처 보지 못했던 철사 덫 갈고리가 달려 있었다.

"제어 장치가 저기 있어!"

서머는 내 말에 따라 눈을 움직였다.

"잘 찾았어."

서머는 벽에 있는 철사 덫 갈고리를 살폈다.

"저기 반대쪽에 나머지 하나가 있네."

나는 눈을 가늘게 뜨고 유심히 살폈다.

"레드스톤 회로야. 다행히 저건 피했군."

나는 안도의 한숨을 내쉬었다.

내가 말을 마치기가 무섭게 서머는 하필 레드스톤 회로가 있는 첫 번째 블록을 내리쳤다. 동시에 발사기에서 화살이 날아와 서머의 어깨에 꽂혔다.

"딱히 피했다고는 못 하겠는데……."

서머가 얼굴을 찡그리며 말했다.

"다음 거는 내가 할게."

내가 두 번째 블록을 쳤지만 아무 일도 일어나지 않았다.

"다음에도 내가 먼저 할게. 만약 부비 트랩이 또 있으면 이번에는 내가 맞아야 공평하잖아."

나는 서머에게 말했다.

"용감하네."

서머는 내 뒤로 물러서며 말했다.

"자, 간다."

나는 곡괭이를 꺼내 벽에 설치된 발사기를 내리쳤다. 발사기와 발사기에 있던 여덟 개의 화살을 얻을 수 있었다.

"멋진걸."

화살을 보충해서 기분이 좋아진 내가 말했다.

"그래도 저기까지는 안 갈 거야."

서머는 오른쪽을 쳐다보며 말했다.

그 말에 고개를 돌려 보니, 또 다른 레드스톤 회로 너머 새로운 발사기 아래에 있는 보물 상자가 보였다.

"물러서."

나는 레드스톤을 부수며 말했다. 이번에는 트랩이 작동하지 않았지만, 아까처럼 발사기에는 화살이 들어 있었다.

"뭐야, 이 고생을 했는데 이게 전부야?"

서머가 금 주괴와 철 주괴 몇 개를 가리키며 말했다.

"저 레버에 뭔가 더 있을지도 몰라. 이 부비 트랩에 연결된 게 아니라면, 다른 어딘가와 연결이 되어 있다는 뜻이잖아."

나는 복도를 돌아봤다.

"갑자기 커다란 바위가 굴러오는 거 아니야?"

서머가 불안한 듯 공간을 살폈다.

나는 서머와 달리 낙천적이었다.

"아니면 진짜 보석이 있을 수도. 마법의 금 조각상이나……."

순간 또 다른 영화가 떠올랐다.

"혹시 남자 주인공하고 여자 주인공이 정글을 탐험하다가 커다란 에메랄드를 찾은 영화 본 적 있어?"

"그래, 나도 영화에 대해 더 수다를 떨고 싶지만, 우선 문이랑 창문부터 막자. 곧 어두워질 거야."

서머는 내 옆을 지나 계단을 향해 가며 말했다.

"여기에서 자자고? 안 돼. 난 지금 숨도 겨우 쉬고 있다고."

나는 서머의 뜻에 반대했다. 숨 막힐 듯한 정글의 열기는 아무것도 아니었다는 듯, 이 사원의 공기에 질식할 것만 같았다.

"겨우 하룻밤이야."

서머가 잔소리를 했다.

"그래, 그런데 그 하루를 굳이 고생하면서 보내야 해?"

"아니면 좋은 의견이라도 있어?"

"사실 있어."

나는 서머와 밖으로 나와 커다란 나무로 갔다.

"네가 나무 위로 올라가는 방법을 알려 줬잖아."

나는 이렇게 말하면서 덩굴을 잡았다.

솔직히 조금 무서웠다. 흔들리는 가지를 잡고 이 높은 나무를 올라가려니 말이다. 하지만 이건 내가 낸 아이디어였다.

'제발 떨어지면 안 돼. 떨어지지 말자.'

여기서 떨어지면 죽거나 죽고 싶을 만큼 창피할 거란 걸 알기에 식은땀이 났다.

"어때, 초대장이라도 보내 줄까?"

나무 꼭대기에 거의 다다라 서머에게 소리를 쳤다. 그러고는 마저 올라가서 계단을 만들고 꼭대기에 올랐다.

선선하고 건조한 바람이 불었다. 끊임없이 부는 동풍은 이 세계의 장점이다. 나는 눈을 감고 천연 에어컨 바람을 만끽했다.

"나쁜 생각은 아닌 것 같네."

서머가 말했다. 뒤를 돌아보니 서머가 전에 잘라 둔 나뭇잎 블록을 이용해서 계단을 메우고 있었다.

"혹시 누가 내 뒤를 따라 올라올 수도 있잖아."

서머는 언제나 현실적으로 생각한다. 그게 서머다. 우리는 안전하고 안락하게 지는 해와 아름다운 풍경을 감상했다.

"내가 생각한 것보다 정글이 작네."

나는 네모난 주먹으로 징글의 테두리를 가리키며 말했다. 한나절이나 걸려서 가로질러 온 정글인데, 침엽수림에서 몇 분 안 되는 거리임을 보고 있으니 기분이 이상했다. 저 앞에 펼쳐진 새로운 지형이 뭔지는 모르겠지만 말이다.

"저기에도 또 눈이 있으려나?"

"잘 모르겠어. 내일이면 알게 되겠지."

서머는 지는 해의 아래를 바라봤다. 분명 지형이 밝고 나무도 없었지만, 우리가 지나오면서 본 눈보다는 색이 짙었다.

"자, 이제 네가 발명한 지도 제작대를 사용할 시간이야."

서머가 작업대를 꺼내며 말했다.

"좋았어."

나는 네 개의 나무 블록과 종이 두 장을 합쳐 지도 제작대를 만들고는 말했다.

"지금 우리는 이 지도 끝에 있어. 그러니까 곧 새 지도를 만들 준비를 해야 해. 그런 다음 우리가 지나온 길을 탐험할 사람들을 위해 이 지도를 복사해 놓자."

"잠시만. 갑자기 몹이 우리 앞에 나타나면 안 되잖아."

서머가 나무 위 네 모퉁이에 횃불을 설치하며 말했다.

"그래, 대비해서 나쁠 건 없지."

나는 서머의 말에 동의했다.

픽! 무언가 내 어깨를 세게 쳤다. 그 충격에 조금 비틀거리다가 검을 꺼내고 얼른 몸을 돌렸다.

아무것도 보이지 않았다. 좀비가 나타난 것도, 거미가 나무를 올라온 것도 아니었다.

"저게 뭐지?"

"피해!"

당황한 서머가 경고했지만, 이미 늦었다.

또 세게 한 방 맞았다. 이번에는 목뒤였다. 날카롭고 차가운 송곳니가 쉭쉭 듣기 싫은 소리를 내고 있었다.

"저 위야!"

서머는 내 옆으로 달려와 하늘을 향해 활을 겨눴다.

나도 하늘을 올려다봤지만 별만 보일 뿐이었다. 작고 밝은 별들이 한 방향으로 천천히 움직이고 있었는데, 가만히 보니 그것들이 일제히 우리를 향해 다가오고 있었다!

파닥파닥 날갯짓하는 소리가 들렸다.

"저기!"

서머는 다가오는 얼굴을 향해 활을 겨눴다. 그 뾰족한 얼굴은 어두웠고, 눈이 점점 커졌다.

"하아아아아아아!"

서머의 화살이 귀에 거슬리는 그 소리를 멈추었다. 화살을 맞자 고통스러운지 날카롭게 울었다.

"꺄아아아!"

어두침침한 횃불 사이로 그 얼굴의 정체를 볼 수 있었다. 마른 박쥐처럼 생긴 푸른색 생명체가 날려고 발악을 했다.

나는 석궁을 높이 들고 하늘을 살폈다. 서머가 방금 전 맞힌 그 녀석은 빙글빙글 돌며 날아가려고 바둥거렸다. 또 하나는 잽싸게 우리를 향해 날아들었다.

나는 차분하게 집중하며 녀석을 향해 조준했다. 너무 집중한 나머지 내가 잎사귀의 끝에 서 있다는 것도 모른 채 말이다.

"가이!"

이미 늦었다. 세 번째로 날아오던 녀석이 나를 밀어 버렸다.

첨벙!

다행히 아래에 연못이 있어서 살았다.

"하아아아아!"

또 다른 녀석이 나를 향해 다시 돌진했다.

"왜 하필 지금이야!"

나는 석궁을 겨누며 소리쳤다.

석궁을 쏘자 동시에 그 알 수 없는 생명체는 고통스러운 듯 씩씩거렸다. 나는 녀석이 도망치는 모습을 지켜봤다. 그런데 그 뒤로 또 다른 녀석이 날아들었다.

코앞까지 날아온 이 녀석은 납작한 눈으로 날 쏘아봤다.

"까아아!"

뒤에서 서머가 나무에서 뛰어내리면서 다이아몬드 검으로 박쥐처럼 생긴 녀석의 몸을 갈라 버렸다.

"멋졌어!"

나의 구원자가 내 옆에 착지하자 나는 경탄하며 말했다.

"너무…… 많아."

서머가 숨을 헐떡이며 말했다.

"사원으로!"

그제야 내 눈에 해골, 좀비, 거미의 붉은 눈동자가 들어왔다.

"사원으로!"

내가 서머의 말을 따라 외치고는 달려가려는데, 무언가 내 앞에 떨어졌다. 박쥐 같은 생명체에서 떨어진 막처럼 보이는 물체였는데 일단 챙겼다. 당시에는 이게 무엇인지 전혀 몰랐기에, 나중에 그것이 날 살릴 거라고는 상상도 못 했다.

주변에서 날갯소리가 또 들렸다. 나는 뒤를 돌아보지 않은 채 석궁을 집어넣고 검을 꺼냈다.

"하아아아아아!"

내가 휘두른 검이 그 생명체의 얼굴에 정통으로 맞았다.

"좋았어!"

내가 중얼거리던 그때, 갑자기 해골의 화살이 날아들었다.

혹시 잊었을까 봐 말하지만, 나는 지금 갑옷을 안 입고 있다. 즉, 화살 두어 방 혹은 좀비의 공격이면 이 세상과 영원히 작별하게 될 수도 있다는 것이다.

"무슨 일이 있어도 절대 멈추면 안 돼!"

서머가 외쳤다.

"바로 코앞이야!"

하지만 마지막 구간은 언덕을 오르락내리락해야 했고, 길을 빙 돌아서 가야 했다. 좀비의 신음 소리, 달그락거리는 해골, 쓰읍쓰읍 거미 소리로 어우러진 악몽의 합주에 공포의 날갯소리까지 새롭게 추가되었다.

마침내 사원에 다다르자 서머가 외쳤다.

"막아!"

서머는 나뭇잎 블록을 꺼내 사원 문을 막았다.

"창문도 다 막아야 해!"

설령 창문이 없어져서 신선한 공기를 쐬지 못한다고 해도 상관없었다. 죽음의 공포 앞에서 우선순위는 명확했다.

마지막 창틀까지 막은 후 "이제 안전한 것 같아."라고 말하려는 찰나에, 나는 바닥에 난 구멍으로 떨어져 버렸다.

다행히 내가 떨어진 방에는 상자만 있었다.

"서머, 이것 좀 봐!"

나는 서머를 부르며 횃불을 벽에 설치했다.

"음……. 아까는 왜 이걸 못 봤지."

서머의 얼굴이 내 위에서 나타났다.

"어쩌면 못 본 게 아닐지도 몰라. 우리가 레버를 움직여서 열린 것일 수도 있잖아."

내가 말했다.

서머는 고개를 끄덕이더니 내 옆으로 내려왔다.

"저 상자 주변에 있는 부비 트랩도 모두 해제되었으려나?"

그 말에 나는 급하게 갑옷을 꺼내 입었다.

"안에 뭐가 있는지 볼까?"

서머가 상자를 열며 말했다.

서머의 어깨 너머로 낡은 돌 삽, 철 주괴 그리고 커다란 녹색 보석이 보였다.

"에메랄드야!"

나는 소리를 질렀다.

서머는 놀라지도 않고 꼼꼼하게 보석을 살폈다.

"다이아몬드처럼 유용할 거야. 어쩌면 더 강력할 수도 있어."

"당장 알아보자!"

나는 흥분해서 작업대를 꺼내며 외쳤다.

"안 돼. 우선은 푹 자야지."

서머는 곡괭이를 꺼내 계단을 향해 문을 만들었다.

"내일은 정글에 가야 하잖아."

"맞아."

침대를 설치하는 서머를 보며 나는 고개를 끄덕였다.

"그렇지만……. 몇 번만 시도해 볼게."

어제와 달리 오늘은 가능의 수가 별로 많지 않았다. 만약 에메랄드가 다이아몬드를 대체한다면 만들 수 있는 것은 삽뿐이었는데, 그 또한 가능하지 않았다. 나는 다른 재료를 넣어서 새로운 조합을 생각해 보려 했지만 잠을 제대로 못 잔 지 오래된 탓에, 뇌가 마치 시커멓게 탄 벽돌처럼 딱딱해진 것만 같았다.

나는 하품을 하면서 서머의 침대 옆에 침대를 설치했다.

"내일 꼭 알아낼 거야."

3장

다음 날 아침, 서머에게 에메랄드로는 아무런 도구도 만들지 못할 것 같다는 소식을 전했다. 서머는 별수 없다는 듯 어깨를 으쓱했다.

"괜찮아. 분명 해결책을 찾을 수 있을 거야."

우리는 아침을 먹고 짐을 챙겨 사원을 나섰다. 지난밤 나무 꼭대기에 둔 나머지 짐을 챙기고, 지도 복사본도 만든 후 정글의 끝을 향해 걸었다.

나는 이 불쾌하게 끈적거리는 후덥지근한 날씨를 한시라도 빨리 벗어나고 싶었다. 아침부터 비까지 내린 탓에 끈끈함은 최고조에 달해 있었다. 갑옷 위로 뜨끈한 빗방울이 흘러내려 옷을 적셨고, 장화 속에 작은 웅덩이를 만들었다. 발걸음을 뗄 때마다 철벅철벅하는 게 마치 미끌미끌한 스펀지를 밟는 기분이었다.

'보송보송해질 수만 있다면 뜨거운 것도 썩 나쁘진 않을 것 같은데 말이지.'

이럴 때 하는 말이 있었는데. 말이 씨가 된다고 하나?

계속해서 잎사귀와 덩굴 사이를 가르며 걷다 보니, 어느덧 정글의 끄트머리에 다다랐다. 주변의 공기가 달라졌다. 습도는 급격하게 낮아졌지만 온도는 비슷했다. 즉, 저 앞에 있는 지역이 침엽수림은 아니라는 뜻이었다.

"음. 처음 보는 광경이네."

서머는 나를 앞질러 앞을 내다봤다.

풀숲을 헤치고 나오자, 사막이 펼쳐져 있었다. 그곳은 모래와 사암이 언덕과 골짜기를 이루고 있었다. 비도 오지 않았다.

"끊임없이 변화하는군."

나는 눈앞에 펼쳐진 메마른 허허벌판을 넋 놓고 바라봤다.

"눈이 왔다가 찜통처럼 더웠다가, 이젠 사막이라니."

"언제나 놀라워."

서머가 덧붙였다.

"그리고 나도 이런 곳은 처음 봐."

서머는 작업대를 꺼내서 그 위에 철 주괴를 올려놨다.

"예전에는 목말라 죽을 수도 있다는 생각 같은 건 못 했는데, 네가 얼음물에 빠져 죽을 뻔한 사고가 우리에게 물을 반드시 챙겨 다니라는 경고였는지도 몰라."

서머는 이렇게 말하며 완성된 철 양동이를 건넸다.

"그럴싸하네."

나는 서머를 따라 연못으로 갔다. 이곳의 열기는 생명을 위협할 정도는 아니었지만, 시원한 물은 유용할 것이다.

잠깐 동안은 분위기가 꽤 좋았다. 비를 뿌려 대던 하늘도 흐릿한 잿빛으로 변했고, 바닥에도 마른 모래뿐이었다. 몸도 편하고 기분도 상쾌했다. 해가 나오기 전까지는 말이다.

이럴 수가!

지금처럼 그늘이 그리운 적도 없을 것이다. 나는 늘 햇살을 좋아했다. 따뜻하고 온화한 햇살 말이다. 게다가 이 세계에서는 태양을 정면으로 쳐다봐도 눈이 아프지 않았다. 그런데 지금 하늘에 뜬 태양은 우리를 구워 버리려는 듯 뜨거웠다.

나는 속으로 신음을 삼키며 양털 스웨터를 만들고 싶어 했던 지난날을 떠올렸다.

'어째서 이 세계에서는 챙이 넓은 모자를 만들 수 없는 거지?'

"돌아서 가자."

서머는 용암 구덩이를 피해 돌아가며 말했다.

"그래, 우리한테는 열기가 더 필요하니까."

내가 투덜대며 말했다.

"그래도 마른 열기잖아."

서머가 재잘거리며 답했다.

"그건 그렇지."

나는 대꾸하며 주변을 살폈다. 이 세계는 갈색으로 변한 수풀과 짧은 초록 기둥 같은 선인장이 전부였다.

토끼도 있었다. 옅은 갈색의 작은 토끼들이 지글지글 타오르는 듯한 모래사장을 가로질러 달리고 있었다. 그중 한 마리는 침엽수림에 있던 멍청한 녀석처럼 사암의 솟아오른 부분을 뛰어넘다가 고통스러운 신음을 뱉었다.

"덜떨어진 꼬맹이 녀석들."

서머가 웃었다.

"햇살을 피해야 한다는 생각을 못 하네."

'그건 우리도 못 하고 있잖아.'

하루 중 가장 높은 곳에 떠 있는 태양을 보며 나는 생각했다.

아침에 비해 기온이 상당히 올라갔다. 그래서 지금은 정글이나 네더보다 훨씬 더웠다. 가끔 용암이 몸에 닿았을 때를 빼면, 살면서 이렇게까지 더운 적은 처음인 것 같다.

"물도 마실 겸 좀 쉴까?"

이렇게 말하면서 나는 물 양동이로 손을 뻗었다.

"아직 안 돼. 이곳에 온 지 얼마나 됐다고."

서머는 잠시 멈추지도, 날 쳐다보지도 않은 채 앞으로 터덜터덜 걸어가며 말했다.

"프라이팬 안에 있는 달걀이 된 기분이란 말이야."

"조금만 더. 저기 모래 언덕까지만."

서머는 계속 걸어갔다.

나는 아무 말도 하지 않았다. 약한 모습을 보이고 싶지 않았다. 그래서 입을 꾹 다물고 서머의 뒤를 따라 언덕으로 향했다. 하지만 언덕에 도착해서도 서머는 계속 걷기만 했다.

"서머, 우리……."

내가 말을 꺼냈다.

"다음 언덕까지만."

서머는 저 멀리 우뚝 솟은 언덕을 가리켰다.

"저 위에 올라가면 사막의 끝이 보일 거야. 어쩌면 야자수 그늘 아래에서 발을 첨벙댈 수 있는 오아시스가 나올지도 몰라."

서머의 말은 일리가 있었다. 하지만 태양이 점점 우리를 향해 나오고 있었다. 잠시 멈춰 서서 방법을 모색하고 싶은 나와 달리, 서머는 계속해서 걷기만 했다.

이윽고 언덕 위에 도달했지만 여전히 드넓은 사막만이 펼쳐져 있었다. 그럼에도 서머가 계속해서 묵묵히 걷기만 하자, 나도 모르게 버럭 소리를 쳤다.

"그만! 더는 못 가!"

"가이, 대체 왜 그래!"

서머가 화를 냈다.

"서머."

나는 펄펄 끓는 듯한 이 열기 때문에 우리의 우정에 금이 가기 전에 최대한 말투를 부드럽게 바꾸려고 노력했다.

"이 오븐 속에서는 눈도 잘 안 보이고, 머리도 돌아가지 않아. 몸이 말을 듣지 않는단 말이야. 분명 너도 나와 같은 상태일 거야. 그러니까 잠시 쉬면서 물도 마시고, 더 나은 방법을……."

"이제 얼마 남지 않았을 거야. 그러니까 계속 걸어야 해."

서머는 언덕을 내려가며 말했다.

"우리는 이렇게 '계속' 걷기만 하려고 여기까지 온 게 아니야!"

내가 사납게 받아쳤다.

"모험을 위해 떠난 거잖아. 기억 안 나? 네가 산을 떠난 목적은 집으로 돌아갈 방법을 찾기 위해서라고!"

나는 손을 휘둘러 광활한 사막을 가리켰다.

"서머, 네가 이 사막을 극복하고 싶어 한다는 거 잘 알아. 그런데 이건 극복할 과제가 아니야."

서머는 그 말에 가던 길을 멈췄다. 뒤로 돌아서지는 않았지만, 말을 '계속'하라는 용기를 주기에 충분했다.

"네더에서 있었던 일을 생각해 봐."

나는 예전 일을 언급했다.

"네가 지은 냉방이 가능한 '아이스 큐브' 기억나? 집에서 멀리 떨어진 곳에서 모험을 할 때 안락한 전진 기지 없이는 제대로 기능할 수 없다고 네가 그랬잖아."

나는 다시 팔을 펼쳤다.

"우리는 지금 꽤나 멀리까지 모험을 떠나왔어. 그런데 전진 기지가 없으면 어떻게 이 모험을 성공적으로 마칠 수 있겠어?"

나는 서머의 말을 인용하고 거기에 칭찬까지 덧붙이는 새로운 전략을 썼다.

서머는 아무 말도 없었고 움직이지도 않았다. 모래사막에 들어선 이후, 처음으로 땀방울이 뺨을 따라 흐르는 게 느껴졌다.

"알겠어. 그러면 쉴 곳을 만들자."

서머는 나를 향해 몸을 돌렸다.

서머의 손에 정글에서 얻은 잎사귀 블록이 보였다. 내가 허둥

지둥 언덕을 내려가는 동안 서머는 기둥 네 개를 지었다.

"연못은 네가 만들어."

서머는 자신의 물 양동이를 내게 건넸다.

"그늘막은 내가 지을게."

나는 서머가 무얼 하려는지 알아챘다. 완벽한 계획이었다. 이 사막에 천연 오아시스가 없다면, 만들면 되잖아?

잠시 후 서머는 야외 쉼터를 만들었고, 나는 한 블록 깊이의 땅을 판 후 5X5 크기의 구멍을 내서 두 양동이 분량의 물을 채웠다. 그러자 구멍이 가득 찰 정도로 물이 늘어났다.

"물에 몸 안 담글래?"

서머는 갑옷을 벗고 첨벙첨벙 물속으로 들어갔다.

"아, 이 맛이지."

나는 경이로울 정도로 시원한 물속에 몸을 담그며 신음을 내뱉었다.

"한마디 해 줘서 고마워."

서머가 쑥스러운 듯 말했다.

"나도 가끔은 내가 폭풍처럼 휘몰아친다는 거 잘 알아."

"아냐, 지금 네 모습 그대로 완벽해."

나는 목을 적시기 위해 양동이를 들어 올렸다.

"너와 나는 좋은 팀이야. 우리 둘이라면 못 해낼 게 없어."

"이 찜통에서 보내는 우리의 첫날 밤을 포함해서 말이지."

서머는 물속을 천천히 돌며 생각에 잠겼다.

"언덕에 오두막을 짓는 게 어떨까? 방어하기도 쉽고 저녁에는 바람이 불어서 선선할 거야. 다른 재료는 다 있으니까 모래만 눌러서 사암으로 만들면 돼."

"멋진걸."

나는 서머의 말투로 놀리듯 대답했다.

서머는 웃으며 손을 철벅이더니 내게 물을 튀겼다. 그러고는 물에서 나가 언덕 위로 올라갔다.

"가이?"

나를 부르는 서머의 목소리가 심각해진 걸 눈치채고는 즉각 서머가 있는 곳으로 갔다.

"무슨 일이야?"

눈을 가늘게 뜨고 서머가 보고 있는 남서쪽을 보았다. 그곳에는 누가 만든 것인지 아니면 자연적으로 생긴 것인지 모를 직사각형 건축물이 있었다.

"한번 살펴보자."

나는 이렇게 말하고는 혹시 모를 위험에 대비해 다시 갑옷을 입었다. 우리는 들끓는 모래 위를 건너갔다. 절반 정도 갔을 때 그 건축물이 누군가 만든 것임을 알 수 있었다. 이윽고 손에 닿을 정도로 가까워지자 건축물 바닥의 중심이 물로 가득 차 있는 걸 발견했다.

"우물이야."

서머가 말했다. 그러고는 빠르게 걸으며 주변을 살폈다.

"다락문에도 레버나 버튼이 없어."

서머는 삽을 꺼내서 모래 블록을 팠다.

53

"비밀 통로도 없고."

"그럼 물밖에 없다는 거지."

나는 양동이의 물을 마신 후 가운데 블록에서 물을 떠서 다시 양동이를 채웠다.

"우리 같은 여행객이 물을 기를 수 있도록 누군가가 지어 놓은 걸 거야."

"그렇다면 그 여행객은 어디로 가는 걸까?"

서머는 다시 천천히 자리를 돌며 생각에 잠겼다.

"그 답은 내일 찾아보자."

오후 해를 바라보며 내가 말했다.

"다시 내려가서 사암 오두막을 마저 지어야 해."

서머는 고개를 끄덕였고 우리는 오아시스를 떠났다. 기온이 떨어지기 시작했다. 많이는 아니지만 몸을 태워 버릴 듯 뜨거웠던 한낮의 열기에 비하면 기분 좋은 변화였다. '탄' 것 같았던 피부가 적절히 '구워진' 정도로 바뀌었다.

주변을 둘러보자 이곳의 아름다움에 넋이 나갔다. 모래의 단순함, 보기 드문 나뭇가지와 선인장.

"있잖아, 사막도 그렇게 나쁘……."

사방을 둘러보던 나는 입이 얼어붙었다.

정남향 방향에 **무언가**가 있었다.

"나도 보여."

이상한 모양의 언덕을 보면서 서머가 말했다. 그것은 사암으로 만들어진 피라미드처럼 보였는데, 안개 끝자락에 자리하고 있었다. 몇 걸음을 옮기자, 안개가 갈라지면서 그 너머로 굵은 기둥이 양 끝으로 보였다.

"가 보자!"

서머는 이렇게 외친 후 앞으로 달려갔다.

거리가 가까워지자 똑같은 모양의 직사각형 건물 두 개가 보였고 각각 입구가 나 있었다. 계단을 올라가 보니 건축물 꼭대기에도 입구가 있었다.

"이제부터 조심해야 해."

서머는 조심스럽게 입구 안쪽을 살폈다. 꼭대기는 분리된 방이었는데, 아무것도 없고 천장과 바닥에 구멍이 나 있었다. 나는 다른 문 안을 살폈다. 그 아래로 크고 어두운 방이 보였다.

"움직이는 건 아무것도 없어."

내가 이렇게 말하자 들뜬 목소리의 답변이 돌아왔다.

"그럼 가 보자!"

우리는 두 개의 탑 중 한 곳으로 이동해 계단을 내려가면서 횃불을 설치했다. 지상에 도착하자 단단한 모래가 우리를 맞았다. 바닥을 파서 입구까지 가 보니 두 갈래 길이 나왔다. 오른쪽에는 모래가 더 많았는데, 왼쪽에는 위에서 내가 발견한 방이 있었다.

천천히 방 안으로 들어서면서 서머는 활을 들었고 나는 그 뒤를 따라 걸으며 횃불을 설치했다. 생각보다 방은 훨씬 컸고, 적이 숨기 좋은 기둥이 많았다.

"좋아, 몹들아."

나는 어두운 바닥을 바라보며 말했다.

"여기 있는 거 알아. 빨리 나와서 우리랑 붙어 보자."

붕대를 칭칭 감고 있는 것들이 나올 거라고 기대했지만, 아무 것도 발견하지 못했다.

"레버 보여? 다락문은?"

서머가 물었다.

"없어. 그리고 상자도 없어."

나는 마지막 기둥에 횃불을 설치하며 말했다.

"다른 뭔가가 있겠지."

서머는 조바심을 내며 말했다.

"그렇지 않으면 이런 곳이 왜 있겠어?"

"어쩌면 진짜 아무것도 없을지 몰라."

나는 어깨를 으쓱했다.

"사막에서의 규칙은 정글과는 다를지도 모르잖아."

"나는 그 말에 동의할 수 없어."

서머는 투덜대더니 우리가 걸어온 길을 되짚으며 레버가 숨겨져 있지 않은지 자세히 살폈다.

"무언가가 어딘가에 있을 거야. 우리가 열심히 안 찾아서 모르는 것일 뿐이지."

"뭘 찾으려는 건데?"

나는 방 안으로 들어가며 물었다. 그곳은 온통 사암뿐이었다. 우리가 밟고 서 있는 바닥 한가운데에는 문양이 새겨져 있었다. 주황색 블록이 바둑판 모양으로 별 모양을 이루고 있었고, 그 별의 가운데에는 파란색 블록이 하나 놓여 있었다.

"저게 뭐 같아?"

내가 곡괭이를 꺼내며 물었다. 이윽고 파란색 블록을 캐자마자 우리는 그 아래 숨겨진 걸 보고 깜짝 놀랐다.

구멍이었다! 구멍은 바닥이 보이지 않을 만큼 깊고 어두웠다.

"우아. 비밀의 방이 여기 있었네."

나는 크게 숨을 내쉬었다.

나는 별 모양 밖으로 나가 다른 블록을 캤다. 예상대로 블록을 하나 더 캐내자 더 많은 사암이 나왔다.

"여기가 가장자리야."

내가 주머니에 사암을 넣으며 말했다.

"저 아래까지 계단을 만드는 데 오래 걸리진 않을 것 같아."

"아니면 말이야. 이렇게 해 보자."

놀랍게도 서머는 양동이를 들고 구멍에 물을 부었다.

"물 엘리베이터는 어때?"

내가 무슨 말인지 몰라 가만히 있자 서머가 설명했다.

"예전에 네가 첫 번째 집이 타 버린 이야기해 줬던 거 기억나? 변기 물을 내려서 거기로 탈출할 수밖에 없었다고 했잖아? 그것과 같은 원리야."

서머는 내 답을 듣지도 않고 그 즉시 물속으로 뛰어들었고, 이내 푸른 어둠 속으로 사라졌다.

"서머, 기다려!"

나는 익사에 대한 공포심을 누른 채, 무엇이 있는지도 모르는 물속으로 뛰어들었다.

나는 천천히 그리고 부드럽게 가라앉았다. 머리 위를 비추던 희미한 불빛은 사라졌다. **바닥까지 내려가려면 대체 얼마나 걸리는 거지?**

빛이다! 서머가 손을 길게 뻗어 벽에 횃불을 설치했다. 물결 사이로 이곳이 사암으로 만들어졌다는 걸 알 수 있었다. 그리고 바닥이 보였다.

횃불을 설치하던 서머는 움직임을 멈추고는 바닥을 유심히 보았다. 갑자기 서머가 내 쪽으로 몸을 휙 돌리더니 물속에서 무어라 외쳤다. 서머는 급히 위로 헤엄쳐 올라오면서 나를 위로 밀었다. 우리는 둘 다 물 밖으로 머리를 내밀었고, 그 순간 서머가 외쳤다.

"뛰어!"

우리는 바닥으로 떨어졌지만 물이 있어서 다치지는 않았다.

서머는 방패를 들고서 무언가를 기다렸다. 나는 아무것도 묻지 않고 따라서 방패를 꺼내 들었다. 긴장 속에서 시간이 흘렀고, 서머는 숨을 크게 내쉬었다.

"이제 괜찮은 것 같아."

서머가 방패를 내리며 말했다.

"무슨 일이야?"

나는 서머 옆으로 다가가서 물었다.

"여길 봐."

서머가 바닥 한가운데를 가리켰다. 우리가 도달했어야 할 곳이었다. 분명 내 눈에도 보였다. 압력판이었다.

"다시 방패를 드는 게 좋겠어."

서머는 이렇게 말하며 곡괭이를 집어 들었다.

"혹시라도 부비 트랩이 작동할 수도 있잖아."

"좋아, 해치워 버리자."

나는 방패 뒤로 숨으며 말했다.

곡괭이를 내리치자 압력판이 분리되었다. 압력판 아래에는 맙소사, TNT가 있었다!

내가 좀비 생성기를 폭파할 때처럼 아홉 개의 폭탄이 가지런히 놓여 있었다. 만약 이것이 폭파한다면, 물이 우리를 보호해 줄 수 있을까? 모르겠다. 아니, 영원히 알고 싶지 않다.

TNT는 기폭 장치가 있어야 작동이 된다는 걸 알면서도 폭탄을 주먹으로 치는 서머를 보면서 움찔할 수밖에 없었다.

"나쁘지 않은 발견이네."

서머는 폭탄을 챙기면서 만족해했다.

"게다가 다른 물건도 있잖아."

서머는 각각의 벽에 놓인 네 개의 상자를 향해 네모난 눈을 깜빡거렸다. 상자에는 뼈와 썩은 살점 말고도 금 주괴, 철 주괴, 다이아몬드 그리고 에메랄드도 들어 있었다!

"이거야! 새롭게 작업할 방법을 찾아내기 위해서는 에메랄드가 하나 더 필요했거든."

나는 초록색 보석을 높이 들어 올렸다.

"일단 돌아가자!"

서머가 다시 물 엘리베이터 안으로 들어가면서 말했다.

내가 물 엘리베이터를 타고 수면 위로 고개를 내밀었을 때, 서머는 이미 쓰러진 몹을 향해 화살을 쏘고 있었다.

밤이다! 우리가 물속에 있는 동안 해가 진 것이다.

"새로운 종류의 몹을 만난 것 같아. 봤어?"

서머가 불화살을 쏘면서 말했다.

"아니, 이미 연기로 변해 버린 뒤였어."

나는 고개를 저었다. 왠지 전과는 약간 다른 신음 소리가 들린 것 같긴 했다.

"괜찮아."

서머는 두 번째 몹까지 해치우며 발랄하게 말했다.

"더 많은 몹이 나타나기 전에 미리 방어를 하자."

나는 복도를 지날 때 모아 둔 모래로 방 문을 막았다. 잎사귀로 천장에 난 구멍을 막으려는 순간, 말라비틀어진 좀비 같은 몹이 내 위로 떨어졌다.

"가아아아."

배를 정통으로 가격당한 몹은 고통스러운 듯 소리를 질렀다.

"난 지금 바쁘다고."

나는 검으로 몹의 배를 가르며 말했다. 천장을 마저 막기 위해 몸을 돌리는데 뒤에서 누군가 나를 공격했다.

"어쩔 수 없군. 너부터 처리해 주지."

나는 검을 휘두르며 날카롭게 말했다.

또다시 검을 휘두르자 "가아아아아!" 하는 소리가 방 안 가득

울려 퍼졌고, 주변에 있던 몹은 모두 사라졌다.

"전진 기지로 안성맞춤인 곳을 찾은 것 같은데?"

서머가 말했다.

"쉽게 방어할 수 있고, 또 좀 손보면 여기서 한동안 지낼 수도 있겠어. 오늘은 이만 쉬자."

"나도 네 말에 동의해. 그렇지만……."

나는 이렇게 말하며 작업대를 꺼냈다.

"자기 전에 몇 번만 시도해 볼게."

내가 애원했다.

"그러시겠지."

서머는 어쩔 수 없다는 듯 한숨을 쉬더니 침대를 설치했다.

"내일 이동하는 동안 눈이 감겨도 내 탓하면 안 돼."

"응. 잘 자, 서머."

나는 인사를 한 후 에메랄드 두 개를 작업대에 올렸다.

위대한 도구, 새로운 장비. 이건 그 열쇠가 될 거야.

하지만 결과는 절망적이었다.

"정말 이럴 거야?"

나는 에메랄드를 향해 징징거리며 말했다.

온갖 도구와 무기 만드는 방법을 시도해 봤지만, 되는 게 아무것도 없었다. 오븐처럼 뜨거운 기온도 도움이 되지 않았다. 사암은 낮 동안 흡수한 햇볕의 열을 지니고 있었다.

'창문이 필요해.'

나는 작업대를 이용해 울타리 기둥을 만들었다. 양쪽에 하나

씩 창문을 만들면 바람이 교차해서 통풍이 될 것이다.

가문비나무 막대를 손에 들고 서쪽으로 난 벽을 두들겼다. 신선한 바람, 아니 차디찬 바람이 불었다. 이제 몇 분만 지나면 이 사원 안은 오전의 침엽수림처럼 추워질 것이다.

"아까는 너무 더웠는데, 이제는 너무 춥네."

그 순간 저 멀리 어두운 사막에서 무언가 반짝이는 게 보였다. 마법이 부여된 내 곡괭이와 흡사한 모습이었다. 그리고 몇 초 후, 그 빛은 밤의 어둠 속으로 사라졌다.

나는 더 생각할 겨를도 없이 현관을 향해 달렸다. 그러고는 계단을 올라 피라미드의 지붕으로 갔다. 높은 곳으로 올라가니 지그재그로 움직이는 별 같은 반짝임이 다시 보였다. 마법이 부여된 아이템이 분명했다! 저 아이템이 무엇이고, 어떤 몹이 들고 있는지 알 수 있다면 좋을 텐데.

"이럴 때 망원경이 있다면 얼마나 좋았을까!"

나는 사막에 이는 바람에 대고 말했다.

"쓰읍."

대답이 들려왔다.

거미가 피라미드를 반쯤 올라오고 있었다. 나는 검을 휘둘러서 거미를 쳤지만, 거미는 쓰러지지 않고 공격해 왔다. 나는 다시 검을 휘둘러 거미를 해치웠다.

"식은 죽 먹기인걸."

나는 웃었다.

그때였다. 거미, 좀비 그리고 해골까지 나를 향해 몰려들었다. 그런데 이곳의 몹은 서머의 말처럼 뭔가 달랐다. 나를 둘러싼 일곱 마리의 몹 중 적어도 다섯은 사막의 모랫빛 같은 넝마를 두르고 있었다. 피부도 녹색이 아니라 갈색처럼 보였다.

"그래, 오늘 너희의 저녁거리가 바로 나였구나."

싸우는 대신 피하기로 결심한 나는 열린 틈으로 피라미드 위층 방으로 뛰어 들어간 다음 그 틈을 막았다. 그리고 문을 막고 있던 잎사귀 블록을 부숴 방 안으로 들어갔다.

"서머, 지상에 마법이 부여된 아이템이 있어!"

나는 자고 있는 서머에게 말했다.

하지만 돌아오는 대답이라고는 좀비의 신음 같은 '흐어어어'가 전부였다. 서머는 자기가 코를 곤다는 걸 모른다. 아마도 나중에 이 책을 읽으면 놀랄 것이다.

나는 침대에 누우며 저 아이템들이 새벽이슬처럼 사라지지 않게 해 달라고 빌었다.

4장

다음 날 아침, 나는 눈을 뜨자마자 침대에서 튀어 나가 벨트 주머니를 뒤졌다.

"마법이 부여된 아이템이 있어!"

의아한 눈으로 날 보는 서머에게 꽥 소리를 질렀다.

"어젯밤에 사막에 있는 걸 봤어!"

그 순간 신속의 물약을 찾았다. 나는 조금의 지체 없이 손을 입으로 가져가 약을 털어 넣었다.

"어서!"

나는 서둘러 사암 블록을 뜯어내고는 밖으로 나갔다.

"사라지기 전에 가야 해!"

서머를 기다리지 못하고 나는 홀로 모래밭을 질주했다.

몹은 보이지 않았다. 햇살에 타들어 가는 모습도 없었다.

그런데 무언가 있었다. 키 작은 건물이 모래밭에 들쭉날쭉 솟아 있었다.

여러 채의 주택이었다. 여섯 채 정도가 모여 있었는데, 지붕이 평평하고 사암 혹은 사암과 붉은 점토를 섞어 지은 단층집이었다. 그중 세 집은 열린 문 사이로 침대가 놓여 있는 게 보였다. 이 건물들은 집이 분명했다.

나는 모퉁이마다 낮은 탑이 있는 집으로 향했다. 이 집에는 문이 없었는데, 이 집의 뒤에 있는 건물이 내 호기심을 더 자극했다. 어쩌면 그 건물이 이 층이고 문이 아래에 세 개, 위에 두 개 총 다섯 개여서 중요해 보였기 때문일 수도 있다.

그런데 그게 전부였다. 아래층에는 물이 채워진 냄비가 있었고 위층은 텅 비어 있었다. 발코니에 나가니 밭이 보였다. 밀이 익어 가고, 밭에는 당근이 자라고 있었다. 그 사이사이로 물줄기가 흘렀다. 건초 더미 블록이 가지런히 놓여 있었고, 그 주변으로 열려 있는 나무 상자들이 보였다. 대체 저 상자는 곡물이 자라는 것과 무슨 연관이 있는 걸까?

그리고 옆에 있는 건물은 그늘진 지붕, 사암으로 지은 울타리, 풀밭과 가운데 높은 지형에 놓인 두 개의 물 블록이 있었다.

나는 집들의 한가운데 위치한 또 다른 특이한 오두막으로 걸어갔다. 기둥 주변에는 사암 블록이 쌓여 있었고, 그 안에는 물이 있었다. 그리고 북쪽에 회색 물체에 노란색 종이 달려 있었다. 초인종인가? 자연스럽게 초인종을 눌렀다.

딩동!

아무 일도 일어나지 않았다.

그리 놀랄 일도 아니긴 했다. 건물들은 하나같이 오래전에 버려진 듯 보였다. 폐광에서 본 것보다 훨씬 굵은 거미줄이 구석구석 쳐져 있었다. 이 광경을 보고 있자니 왠지 슬퍼졌다.

여기는 마을이었다. 사람들이 가족을 이루며 살던 곳. 때론 웃고 때론 울기도 하면서 다 같이 모여 사는 곳 말이다. 그런데 지금은 다들 사라져 버렸다.

사람들은 다 떠난 걸까, 아니면 죽은 걸까? 죽은 것만은 아니기를 바랐다. 만약 그렇다면 마음이 너무 울적해질 것 같다.

'서머를 기다렸어야 했어. 무작정 나 혼자 달려오는 게 아니었는데…….'

갑자기 서머가 보고 싶었다.

"어흐!"

근처에서 소리가 났다. 좀비다!

마법이 부여된 아이템!

새로운 마을을 발견한 후 완전히 잊고 있었다. 나는 밖으로 달려 나가 사방을 둘러봤다.

"어흐!"

모랫빛 넝마를 두르고 갈색 피부를 한, 사막의 좀비가 다가오고 있었다. (나중에 책을 통해 알게 되었는데, '허스크'라고 불렸다.)

나는 소리가 나는 곳을 향해 달려갔다. 그리고 어째서 이전에는 보이지 않았는지 알 수 있었다. 마을 너머에는 낮은 계곡 사이로 강이 흐르고 있었다. 나는 주변을 살피며 검을 들고 내려갔다.

내가 검으로 내리치자, 허스크는 비틀거리며 쓰러졌다.

"하. 이 정도쯤이야."

나는 냉소를 지으며 몹이 일어나길 기다렸다.

"어흐."

그때 뒤에서 쉰 목소리의 신음 소리가 들리더니 순식간에 금이 간 이빨이 내 목덜미를 물었다.

온몸에 고통이 전해졌다. 그리고 **배가 고팠다!**

섬에서 보냈던 처음 며칠 이후 이런 느낌은 처음이었다. 좀비의 썩은 살점을 먹으며 살아갔던 그때 말이다. 좀비에게 물리자마자 걸신이라도 들린 듯 배가 고팠다. 섬에는 해독할 수 있는 음매의 우유가 있었지만 여기는 아무것도 없다.

"어흐!"

몸을 돌려 뻣뻣한 가죽을 향해 검을 휘두르자 주방용 칼로 소고기 육포를 자르는 듯한 느낌이 들었다.

연기가 되어 사라지는 허스크를 보며 신나 할 겨를도 없었다. 나는 허겁지겁 쿠키를 씹어 삼켰다.

"꾸르르르!"

내 배에서 나는 소리가 아니었다. 소리는 강가에서 들려왔다. 물에 퉁퉁 불은 좀비가 강둑을 향해 천천히 다가왔다.

"어떻게 된 거지?"

내 질문과 동시에 화살이 머리 위로 날아오더니 몹의 두 눈 사이에 꽂혔다.

"그 질문은 내가 할 참이었어."

"서머!"

나는 항복의 의미로 두 팔을 들어 올렸다.

"미안. 내가 마법이 부여된 아이템에 홀리기라도 했나 봐."

"그래서, 찾았어?"

"아니."

나는 시선을 아래로 떨구고 고개를 저었다.

"내가 도착하기 전에 몹이 불타 버렸나 봐. 그런데 있잖아."

나는 마을을 향해 팔을 뻗으며 말했다.

"이걸 발견했어."

"엄청난 발견인걸."

서머는 집들이 모여 있는 마을을 향해 돌아섰다.

"돌아볼 시간은 있었어?"

"아니, 하지만 이제부터 둘러보면 돼. 전진 기지로 최적인 것 같아, 안 그래?"

내가 말했다.

"흠. 거미줄을 치우고 구멍은 메우면 되겠네."

서머는 고개를 돌려 각각의 건물을 살폈다.

"마을 전체에 사암 벽을 세워도 좋을 것 같아."

내가 제안했다.

"그러면 밤에도 안전하게 돌아다닐 수 있잖아."

"횃불도 설치하면 몹들이 벽 안에 나타나진 못할 거야."

서머가 말을 보탰다.

"내 말이 그거야!"

이야기를 할수록 점점 더 좋은 생각 같았다.

"밭에서 먹을거리를 구하고, 매일 다른 방향을 탐험하면서 한동안은 여기서 잘 지낼 수 있을 것 같아."

서머는 곰곰이 생각하며 말했다.

"저녁이면 시원한 강에서 수영도 할 수 있잖아."

나는 강을 가리켰다.

"그래. 아니면……."

서머는 강을 바라보며 부드러운 목소리로 덧붙였다.

나는 서머가 무슨 생각을 하는지 알 수 있었다.

"아침에는 탐험을 하고, 오후에는 돌아와서 마을을 고치자."

"좋아."

서머는 고개를 끄덕이더니 강둑으로 내려갔다. 몇 분 후 우리는 배를 타고 천천히 노를 저어 강을 건넜다.

"걷는 것보다 훨씬 좋다. 빠르고 수월하잖아."

내가 말했다.

"내가 살던 나라에는 이런 강이나 운하가 있었던 것 같아. 그래서 사람들이 일상생활에서도 배를 탔던 기억이 나."

서머가 말했다.

"꽤 멋진걸."

나는 보트 하우스의 삶을 상상하며 말했다.

"네가 온 곳에 대해 또 기억나는 거 없어?"

"별로 없어."

서머의 목소리가 조금 떨리더니 다시 힘을 주며 말했다.

"지금은 일단 여기에 집중하자."

서머는 고향 이야기를 꺼낼 때마다 불안해 보였다. 그 때문에 우리의 우정이 끝날 뻔한 적도 있었다. 서머는 그때도 그리고 지금도 자신이 누구였는지, 그곳에서의 삶은 어땠는지를 기억해 내는 걸 두려워했다. 이해할 수 있다. 각자 다른 두려움을 갖고 있기 마련이니까. 절벽에서 주저하지 않고 뛰어내리고, 좀비화 피글린 무리를 소탕하는 서머지만, 예전의 자신을 기억해 내는 것이 이 모든 위험보다 더 무서운 듯했다.

나 역시 고향에서 어떤 삶이 날 기다리고 있을지 전혀 걱정이 안 되는 것은 아니다. 특히 신경 쓰이는 일이 있는데, 이 이야기는 나중에 하도록 하겠다. 우리는 당장 눈앞에 있는 일에 집중해야 하니까.

우리 앞에 비슷한 풍경이 펼쳐졌다. 허허벌판, 언덕, 선인장 그리고 드문드문 보이는 죽은 가지. 강도 특별난 건 없었다. 서머의 산 밖에 있던 것과 비슷했다. 다만, 여기에는 얼음이 없었다. 강바닥에 구불구불한 녹색 풀이 보였고, 종종 짙은 붉은색 연어 무리가 떼 지어 나타났다. 날씨가 더워지면 우리는 잠시 멈춰 물을 마시고 수영도 했다.

정오 무렵, 내가 잠시 쉬어 가자고 제안하려던 찰나 서머가 갑자기 외쳤다.

"나무다!"

강이 휘어지는 지점에 나무가 있었다. 몸통이 삐뚤어진 게 한 번도 본 적이 없는 나무였다. 그리고 색도 여느 나무와는 달랐다. 자작나무, 가문비나무, 참나무 그리고 유난히 빛났던 정글의 나무와 비교했을 때, 이 나무는 돌처럼 회색을 띠고 있었고 갈색 이파리는 힘이 없어 보였다.

노를 저어 다가가자 공기가 차가워지는 게 느껴졌다. 침엽수림의 바람처럼 미칠 듯이 추운 것은 아니었지만, 헤어드라이어를 얼굴에 들이민 양 뜨거웠던 날씨에 비하면 확실히 선선해졌다. 그래서인지 기분이 한결 좋아졌다. 배를 해변에 대고 둑을 올라 나무로 향할 때, 무언가 낯선 기온 변화가 일어났다. 지나치게 덥지도, 춥지도, 축축하거나 건조하지도 않았다. 서머가 말했다.

"딱 좋네."

냄새도 다시 나기 시작했다. 사막에서는 냄새가 거의 나지 않았다. 침엽수림에서처럼 사막에서도 내 코는 할 일이 없었지만, 이제 내 코는 다시 나무, 풀, 흙냄새를 느꼈다.

계곡에서 머리를 쭉 내밀자 공기와 어울리는 지형이 나왔다. 완만한 언덕 위로 녹갈색 잔디가 깔려 있었고, 드문드문 삐뚤어진 나무가 보였다. 그 나무를 보자 어떤 기억이 떠올랐다.

"나 여기 본 적 있어. 내가 살던 곳에도 이런 곳이 있었어."

나는 희미한 기억을 끄집어내려고 노력했다.

"나도 본 적 있어."

서머가 말했다.

"아마 '사바나'라고 불렀던 것 같아. 저런 동물은 없었지만."

서머는 풀을 뜯는 소와 양을 보며 말했다.

"맞아, 기린이나 얼룩말처럼 훨씬 이국적인 동물이 있어야 할 것 같아."

나는 서머의 말에 동의했다.

"얼-룩말."

서머가 내 발음을 고쳐 주었다.

나는 어떻게 우리가 각기 다른 나라에서 왔음에도 비슷한 언어를 구사하는지 늘 궁금했다. 추측하건데 서머와 내가 살던 나라는 같은 언어를 사용하는 것 같다. 하지만 서머가 종종 내가 모르는 낯선 단어를 말하거나 다르게 발음하는 것으로 보아, 서머의 나라 사람들이 내가 살던 곳의 사람들이 발명한 언어를 배워 사용하는 것이 분명했다. 서머가 부디 이 부분은 안 읽었으면 좋겠다. 진실은 아픈 법이니까.

"얼룩말이든 얼-룩말이든 찾을 수 있을지 몰라."

나는 육지를 보며 말했다.

"여길 탐험한다면 말이야."

때는 정오였고, 우리는 돌아가야 했다. 하지만 미지에 대한 호기심, 새로운 생물 군계를 발견할지도 모른다는 기대감에 결국 탐험을 떠나기로 했다.

우리는 사바나를 가로질렀다. 경계 태세를 좀 더 갖춰야 했다. 이국적인 새로운 동물이 여기에 있다면, 사자 같은 위험한 동물도 있을 수 있다는 뜻이니 말이다.

하지만 이곳은 그저 좋기만 했다. 선선한 바람, 흙냄새, 구불구불 자라면서 잿빛 껍질 안으로 짙은 주황색 속살을 드러내는 아름다운 나무까지.

'저 나무를 이용하면 아름다운 집을 지을 수 있겠는걸. 전진 기지로는 여기가 훨씬 좋을 것 같아.'

높은 언덕에 둘러싸인 넓은 들판에 도착했을 때 이런 상상을 했다. 온화한 기온에 곡물을 기르기 좋은 넓은 땅도 있고, 강을 타고 모험을 할 수도 있으니 말이다.

상상이 너무나 선명해서 머릿속으로 집의 구체적인 모습을 그릴 수도 있을 것 같았다. 높은 언덕에 둘러싸인 탁 트인 목초지, 양과 소들이 평화롭게 풀을 뜯는 저곳에 나는…….

아니, 이건 상상이 아니다!

"서머."

나는 서머를 부르며 서둘러 달려갔다. 정말로 저쪽에 집들이 있었다! 사막에서 본 집과는 다르게 생긴 모습이었다. 기울어진 주황색 지붕에 벽은 전부 회색 나무이거나 겨자색 블록이 섞인 것도 있었다. 작은 연못 위에 세워진 집도 보였다.

마을의 중심에는 더 큰 연못이 있었는데, 그 연못 가운데에는 우물이 두 개 있었다. 물 블록들이 나란히 떠 있고 그 위는 차양이 연결되어 있었는데, 가운데에 종이 매달려 있었다. 이곳의 집들은 망가지지 않은 듯 보였다. 구멍이 난 곳도, 거미줄도 없었다. 아직 수확할 때가 되지 않은 곡식까지 있었다.

"어서 가자! 완벽한 기지잖아!"

나는 곧장 달려갈 준비를 했다.

"멈춰!"

서머가 내 앞으로 뛰어들었다.

"숨어!"

나는 서머를 따라 급히 낮은 언덕 아래로 숨었다.

"왜 그래?"

서머는 고개를 내밀어 언덕 너머를 살피며 말했다.

"주민들이야."

"뭐?"

나는 서머 옆으로 머리를 불쑥 내밀었다.

멀리 조그만 사람들이 건물 주변을 정신없이 돌아다니고 있는데, 좀비나 네더 피글린은 아니었다.

"사람이야!"

나는 헉하고 놀랐다.

"그건 아직 몰라."

서머가 말했다.

"하지만 저들을 좀 봐. 우리랑 같잖아."

"그런데 우리가 사람이야?"

"아니, 내 말이 무슨 뜻인지 너도 알잖아!"

나는 흥분으로 몸이 떨렸다. 이 세상에도 사람이 있다니! 마침내 우리와 말이 통하는 사람을 만난 것이다. 우리가 필요로 하는 것들에 대해 알려 줄 사람들 말이다.

"우리는 저 사람들에 대해 아직 몰라."

서머는 내가 무엇을 하려고 하는지 알아챈 듯했다.

"아니……."

"가이, 네가 늘 말하던 교훈이 뭐였지?"

서머는 내 말을 자르고 단호하게 말했다.

나는 한숨을 쉬었다.

"겉모습이 나와 비슷하다고 바로 친구가 될 수 있다는 것은 아니다."

그렇다. 나는 엄청난 대가를 치르고 나서야 이 교훈을 얻었다. 섬에서 처음 '사람'을 만났다고 생각했는데, 알고 보니 마녀였다. 마을 주민 모두가 그런 마녀일 수도 있다. 그리고 마녀가 아니라도 우리를 공격하지 않으리라고 누가 보장하겠는가?

"그래도 저 사람들은 적어도 마녀처럼 생기진 않았어."

나는 그들이 입고 있는 밝은색 옷을 가리키며 말했다.

"보라색 망토나 뾰족한 모자도 안 보이는걸."

"다른 종류일 수도 있지."

서머는 새로운 가설을 늘어놨다.

"여기는 새로운 생물 군계야. 그러니까 저들은 지상에 살고 낮에도 돌아다닐 수 있는 사바나의 몹일지도 몰라."

증거가 없었기에 서머의 말에 무어라 반박할 수 없었다.

"그러면 어떻게 해야 해?"

"잠시 지켜보자."

서머가 제안했다.

"네 섬에서도 그러지 않았어? 멀리 있는 몹을 연구하기 위해 '관찰 방'을 만들어서 말이야."

서머의 말은 일리가 있었다. 우리는 저들에 대해 아무것도 모른다. 몇 명이나 더 있는지, 무기가 있는지 그리고 무엇보다 우리와 친구 혹은 적이 될 것인지, 그 어떤 것도 알지 못했다.

"이 산에 구멍을 내자."

나는 한숨을 푹 쉬며 말했다.

"그리고 강가의 모래를 이용해서 창문을 만들면 되겠어."

"이 세계에서 망원경을 만들 수 있으면 좋을 텐데."

서머가 툴툴거렸다.

"나도 그 생각했어."

나는 주머니에서 삽을 꺼내며 말했다.

"숙여!"

서머의 낮은 목소리에 급히 몸을 숙였다.

"왜 그래?"

서머가 활을 꺼냈다.

"한 명이 이리로 오고 있어."

마을 사람들은 붉은색 윗도리, 흰색 바지에 초록색 앞치마처럼 보이는 걸 걸치고 있었다. 그리고 사막에서 내가 그토록 갖고 싶었던 챙이 넓은 모자를 쓰고 있었다. 그런데 높은 이마에 크고 어두운 색의 코가 입 위까지 늘어져 있었다. 저건 마녀의 얼굴이었다.

"몸 숙여."

서머가 날카롭게 속삭였다.

"저 사람……, 아니 저들은 우릴 보지 못할 거야."

나는 정처 없이 풀밭을 거니는 마녀들을 보며 말했다.

"그리고 무기도 없는 것 같고."

"마녀가 손에 물약 들고 다니는 거 본 적 있어?"

서머가 반박했다.

"던지기 전까지 말이지."

"맞는 말이네."

나는 서머의 말에 수긍했다.

"그런데 다들 혼자 다니고 있어."

"이 무시무시한 마을 전체가 저들의 것이잖아."

"그러면 어서 여길 벗어나자."

나는 마을 주민들을 가리키며 말했다.

"배가 있는 곳까지 빨리 달려가면 다른 마녀들이 몰려오기 전에 도망칠 수 있어."

서머는 불확실한 눈빛으로 나를 흘겨봤다. 그러더니 활에 화살을 걸며 회의적으로 말했다.

"위험 부담이 커."

"하지만 그만큼 보상도 크지."

나는 서머의 말을 받아쳤다.

"네 교훈 중에 호기심에 관한 것도 있지 않아?"

"있어. 그런데 그건 신중한 호기심에 관한 내용이야. 그리고 지금 또 새로운 교훈을 발견한 것 같아."

나는 말을 이어 가며 다가오는 마을 주민을 봤다. 무기도 보이지 않았고 공격적인 발걸음도 아니었다. 게다가 우리를 향해 달려드는 게 아니라 느긋하게 주변을 걷고 있었다.

"처음 만날 때는 싸울 의도가 없다는 걸 보여야 해."

"그렇다고 경계를 늦추면 안 돼."

서머가 덧붙였다.

"맞는 말이야."

나는 새롭게 얻은 교훈을 기억에 저장하며 고개를 끄덕였다.

"눈에 띄지 않도록 해야 해. 만약 저들 손에 무기가 들려 있다면 우리가 피하려던 싸움을 피할 수 없게 될 수도 있어."

"조심해."

서머는 마을 주민들이 활을 볼 수 없게 숨기고는 고개를 들었다. 서머는 빼어난 전략가답게 내가 혼자가 아님을 그들에게 인지시키는 동시에 자신의 무기는 드러내지 않았다.

"자, 그럼 가 볼까?"

내가 몸을 일으키자 마을 주민의 모습이 보였다.

"여기요!"

그들은 땅만 쳐다보느라 나를 보지 못했다.

"안녕하세요, 아저씨, 아줌마, 아무나!"

나는 긴장한 상태로 몇 걸음을 떼고는 더 크게 외쳤다.

"나는 음…… 싸우고 싶지 않거든?"

주민들이 나를 쳐다봤다. 눈이 마주쳤다.

"아, 나 말이야? 내 이름은 가이야."

나는 그들이 모두 마녀처럼 팔짱을 끼고 있다는 걸 알아차렸다. 내가 살던 세상에서는 사람들이 무언가 편치 않은 상황을 맞닥뜨렸을 때 그런 자세를 취한다는 게 떠올랐다.

"해를 입힐 생각은 없어."

쿵쾅거리는 가슴을 겨우 진정시키며 말했다.

"나는 그냥 걷고 싶을 뿐이야. 괜찮지?"

주민들은 나를 향해 걸어왔다. 나는 그들이 물약을 던질 것에 대비했다.

"내 말 이해했어?"

나는 떨리는 목소리로 말했다.

"흐으으. 흐으으."

"뭐라고?"

나는 잘못 들은 것이길 바라며 다시 물었다.

"흐으으."

이들의 목소리는 높고 비음이 강했다.

"지금…… 말하고 있는 거야?"

내가 조심스럽게 물었다.

"흐으으."

나는 부디 저 말이 공격적인 의미가 아니라 단순한 인사이길 바라며 그들의 소리를 따라 했다.

"흐으으."

비음을 섞은 소리로 주민이 다시 말했다.

대화가 이뤄지는 건가?

"흐으으."

내가 또 따라 하자, 또다시 "흐으으" 하고 답이 왔다.

"아…… 알겠어."

나는 천천히 말했다.

"아무래도 다른 대화 방법이 필요할 것 같아."

내가 살던 곳에서 서로 말이 통하지 않는 사람들이 어떻게 소통을 했더라? 손짓? 사람들이 가장 많이 쓰는 몸짓 인사인 악수는 남에게 내가 무기가 없음을 알리는 방법이었다. 주먹이 쥐어진 이 손을 펼 수만 있다면. 답답했다. 이런. 이것도 무기잖아! 꽉 쥔 주먹은 인류 최초의 무기니까!

잠깐, 생각해 보니 나는 손을 펼 수 있었다. 내 왼손은 내가 도구를 만들려고 할 때마다 펼쳐졌다. 만약 아무것도 만들지 않고 그 방법을 쓴다면······.

"좋았어."

나는 위험할 정도로 그들 가까이 다가갔다.

"지금 내가 왼손을 펼칠 거야. 알겠지? 괜찮지?"

"흐으으."

"알겠다는 의미로 이해할게."

나는 조금 더 가까이 다가가 왼쪽 팔을 들고 손을 펼쳤다.

"가이!"

뒤에서 서머가 내 이름을 부르더니 활을 잡아당겼다.

"조심해!"

5장

"안 돼!"

나는 본능적으로 뒤를 돌아 주민을 보호했다.

"쏘지 마!"

서머는 주민이 다가오는 걸 위협으로 받아들인 모양이다. 하지만 내가 왼손을 펼치자, 익숙한 사각형의 작업대 대신 창 두 개가 나타났다. 첫 번째 창에는 당근, 그 아래 창에는 다량의 밀이 있었다. 각각 창에는 숫자 '20'이 적혀 있었고, 오른쪽으로는 옅은 회색의 화살표가 에메랄드 두 개를 가리키고 있었다.

"혹시 거래하고 싶어?"

내가 주머니를 뒤져 주황색 당근을 꺼내자 주민은 팔짱을 낀 손에서 에메랄드를 꺼내 보였다.

"거래하고 싶구나!"

나는 당근 스무 개를 건넸고, 초록색 보석을 받았다.

"서머! 여기 사람들 착해! 우리하고 거래를 하고 싶어 해."

나는 몸을 돌려 서머에게 에메랄드를 보여 주었다.

"이런. 이건 조금 새롭네."

내 옆으로 달려온 서머가 숨을 몰아쉬며 말했다.

"당근이 더 필요해!"

나는 소리를 질렀다. 하지만 당근을 더 꺼내기도 전에 마을 주민은 다른 데로 가 버렸다.

"집중력이 짧군."

서머가 한마디 했다.

"다른 주민은 뭘 원하는지 한번 알아봐야겠어."

서머는 다른 마을 주민을 향해 달려갔다. 이 주민은 빨간 윗도리에 흰색 멜빵바지를 입고, 챙이 짧은 밤색 모자를 쓰고 있었다. 서머가 거래를 하기 위해 손을 펼치자, 흰색과 검은색 양털 열여덟 개와 에메랄드 두 개를 거래했다.

서머가 버럭 화를 냈다.

"침대 만들려고 가져온 붉은색 양털 세 개밖에 안 남았어."

"나도 노란색 양털 세 개뿐이야."

나는 한숨을 내쉬었다.

그때 머릿속에서 전구가 켜졌다.

"그렇지! 서머, 너한테 가위가 있잖아!"

"맞아, 가위!"

서머는 나를 제치고 달려가면서 소리를 질렀다.

"가이, 넌 정말 천재야!"

하지만 정글에서 길을 헤치고 나올 때 너무 많이 사용한 탓에 한껏 닳은 가위는 몇 번 움직이자 망가져 버렸다. 그래도 가위를 새로 만들고, 거미줄을 이용해 양털을 더 만든다면 거래는 할 수 있을 것이다.

서머는 양털을 사고 싶어 하는 주민을 향해 달려갔고, 곧 서머의 손에는 녹색 보석이 빛나고 있었다.

"다들 우리의 물건을 에메랄드와 교환하려는 게 신기하다."

내가 말했다.

"그다지 쓸모도 없을 것 같은데 말이야."

"어쩌면 에메랄드가 이 세계의 화폐일지도 몰라."

서머는 유심히 에메랄드를 살펴봤다.

"저들이 뭘 갖고 있는지 좀 볼까?"

나는 단조로운 올리브색 셔츠를 입은 주민에게 다가갔다.

"흐어어어."

이 주민은 멍하니 나를 쳐다보기만 할 뿐 팔을 펼칠 생각조차 없는 듯 보였다.

"왜? 내가 뭘 잘못 말했나?"

나는 주민에게 물었다.

"흐어어어."

"내가 해 볼게."

서머가 나를 앞으로 밀치며 말했다.

"내 친구가 무례하게 굴었다면 미안해. 그런데 우리는 네가 가지고 있는 물건을 보고 거래를 할 수 있는지 알고 싶어."

마을 주민은 여전히 가만히 서 있기만 했다.

"흐어어어."

"너도 갖고 싶은 게 있을 거 아니야."

서머는 에메랄드를 들어 보였다.

"흐어어어."

"그냥 다른 주민한테 물어보자."

나는 챙이 달린 갈색 모자를 쓴 주민을 향해 걸어가며 말했다.

"저기요, 저……."

나는 갈색 모자의 주민에게 말을 걸었지만, 내 말을 더 듣지도 않고 주민은 자리를 떠났다.

"네 잘못이 아니야."

서머는 지는 해를 가리키며 말했다.

"우리도 실내로 들어가는 게 좋겠어."

주변을 둘러보니 주민 모두 각자 집을 향해 가고 있었다. 우리가 가까이 있는 오두막에 도착했을 때 즈음 문 닫히는 소리가 들렸다. 문살 틈으로 무언가 움직이고 있는 걸로 보아, 이곳은 누군가 이미 차지한 듯했다. 다음 오두막도, 그다음 오두막도 마찬가지였다. 집집마다 주민들이 자신의 안락한 침대에 누워 있었다. 이 모습을 보며 나는 예전에 살던 세계에서 본 불이 들어오는 '사용 중'이라고 쓰인 표지판을 떠올렸다.

비어 있는 집을 찾는 동안 해가 점점 지고 있었다.

"적당한 곳에 굴을 파자!"

결국 우리는 마을 밖에 있는 낮은 언덕으로 향했다. 언덕에 도착해서 삽을 꺼내는데, 거미가 나타났다.

"너는 땅을 파! 나는 싸울게!"

서머가 외쳤다.

나는 계속해서 땅을 팠다. 흙을 파다 보니 돌이 나와서 마법이 부여된 곡괭이를 꺼냈다. 그때 내 등에 화살이 꽂혔다.

"미안. 다시는 그런 일 없도록 할게."

서머가 외쳤다.

나는 어둠 속에서 계속 땅만 팠다. 주머니 속으로 들어간 흙과 자갈의 양으로 보아 자그마한 크기의 굴이 완성된 듯했다.

나는 재빨리 서머 앞으로 뛰어가서 외쳤다.

"다 됐어!"

서머와 나는 얼른 굴로 들어와 흙 블록으로 입구를 막았다.

"이제 좀 쉬자."

서머가 말했다.

"쉬자고? 어떻게 지금 쉴 수가 있어?"

믿을 수가 없었다. 나는 밤새 할 이야기가 너무 많았다.

"주민을 발견했잖아! 사람을 말이야! 마을 사람을!"

하지만 이렇게 말하고 서머는 침대로 올라갔다.

"잘 자, 가이."

하는 수 없이 나도 침대에 누웠다.

새로운 생물 군계에서 새로운 종류의 사람들을 만났으니 우리가 어떻게 여기에 오게 된 것인지 알게 될지도 모른다. 나는 **어쩌다 여기에 온 것일까? 그리고 어떻게 집에 돌아갈 수 있을까?**

한밤중에 몹들이 튀어나오듯 내 머릿속에서 질문과 상상들이 마구 튀어나왔다. 하지만 흙벽으로 몹을 막듯, 나는 잠으로 솟아나는 상상들을 막았다.

탕, 탕, 탕.

다음 날 아침, 나는 시끄러운 소리에 잠에서 깼다. 눈을 떠 보니 서머가 주변에 있는 돌을 부수고 있었다.

"쉼터를 제대로 만들려고 하는데 도와줄래?"

"그건 나중에 하면 안 돼?"

나는 뿌루퉁하게 침대를 치우며 말했다.

"마을 주민에 대해서 배워야 할 게 얼마나 많은데!"

"저 사람들이 어디로 사라지는 것도 아닌데, 우리 숙소부터 제대로 만드는 게 낫지 않을까?

"그래, 네 말이 맞아."

나는 이렇게 말하면서 마법이 부여된 곡괭이를 꺼냈다. 만약 이곳을 새 기지로 쓰려면 기본적으로 필요한 것들을 갖춰야 한다. 서머가 정한 '4대 도구'인 작업대, 화로, 상자 그리고 양조기를 설치했고, 나는 적당한 크기의 창고를 만들었다.

"필요하면 추가하거나 업그레이드할 수 있어."

서머는 도구에서 물러나면서 말했다.

"이제 주민들을 만나러 가자!"

우리는 깡충깡충 뛰다시피 언덕을 올라 마을로 향했다. 마을에 닿자마자 친근한 소리가 우리를 맞이했다.

"흐어어어."

"나도 반가워."

서머는 갈색 모자를 쓴 주민에게 인사를 했다.

"가게 열었어?"

서머가 왼손을 펼쳤다. 석탄 열 개와 교환할 에메랄드 한 개 또는 에메랄드 세 개와 교환할 물고기가 든 양동이가 떴다.

서머는 석탄을 교환했고, 나는 밤색 물고기가 든 양동이를 얻었다. 그런데 내 예상과 달리 양동이 속 물고기는 움직이지 않았다.

"그걸로 뭐 하려고?"

서머가 물었다.

"글쎄. 반려동물로 키울까?"

나는 어깨를 으쓱하며 말했다.

"아니면 아침으로 먹어도 되고."

서머는 씩씩거리는 날 보며 웃음을 참았다.

나는 연못으로 가 물고기가 든 양동이를 부었다.

그런데 살아 있었다! 물에 부어 주자마자 자유의 몸이 된 물고기는 신나게 헤엄을 치더니 이내 시야에서 사라져 버렸다.

"이런. 기껏 에메랄드 주고 산 게 사라졌네."

내가 말했다.

"그러면 다시 잡지 그래?"

서머가 제안했다.

"쉼터에 유리 수족관을 만들어서 넣어 두면 되잖아."

"그건 가두는 거잖아."

다시 수면 가까이로 다가오는 물고기를 보며 내가 말했다.

"적어도 여기서는 마음껏 헤엄칠 수 있으니까."

서머가 머리를 저으며 웃었다.

"동물을 사랑하는 마음은 어디 안 가는구나."

서머의 놀림에도 나는 개의치 않고 말했다.

"혼자 헤엄치는 모습 좀 봐. 쓸쓸해 보여."

나는 마을 주민들이 있는 쪽으로 걸어갔다.

"물고기한테는 친구가 필요해."

나는 우선 석탄 서른 개를 에메랄드 세 개와 교환한 다음, 그 에메랄드로 다시 물고기가 든 양동이를 구입했다.

그때 큰 소리가 나면서 소용돌이 모양의 분홍색 거품이 주민의 주변에 일었다.

"이게 무슨…… 당신들 괜찮아?"

내가 물었다.

주민은 겉보기에는 변한 게 없었다. 서머는 다른 무슨 일이 일어났음을 감지했는지 앞으로 걸어와 거래를 제안했다. 야호! 거래창이 두 개 더 생겨났다. 생대구 열다섯 마리를 에메랄드 한 개와 교환하거나, 에메랄드 한 개와 생연어 여섯 마리를 구운 연어 여섯 마리와 교환할 수 있었다.

"이것 좀 봐. 새로운 단계에 진입한 것 같잖아."

내가 신이 나서 말했다.

"게임처럼 말이야?"

서머는 호기심 어린 눈으로 날 쳐다봤다.

"아니, 아니야."

서머의 말을 나는 격하게 부정했다. 네더에서 우리는 이 세계가 과연 무엇인지에 대해 논쟁을 벌인 적이 있었다. 서머는 우리가 비디오 게임 속에 갇혀 있는 것이라고 주장했고, 나는 그때나 지금이나 이곳은 인생의 교훈을 알려 주기 위해 비디오 게임과 비슷하게 만들어진 세상이라고 믿고 있다.

나는 네모난 주먹을 들어 보이며 말했다.

"이 세상이 비디오 게임이라는 게 아니라, 그냥 말이 그렇다는 거야. 많이 배우면 배울수록 실력이 좋아지는 거라고. 우리처럼 말이지. 우리는 배운 것들을 통해서 새로운 단계의 지혜를 갖추게 되잖아. 안 그래?"

서머는 계속해 보라는 듯 시들한 표정을 지었다.

"이 사람들도 마찬가지야."

나는 새롭게 향상된 물고기 파는 주민을 보며 말을 이었다.

"거래를 할수록 배우는 게 많아지고 배우는 게 많아질수록 할수 있는 게 많아지는 거야. 우리처럼."

방금 전보다는 좀 더 설득된 듯한 소리로 서머가 말했다.

"그럼 어부가 배운 건 우리에게 보잘것없는 물건이나 줘야겠다는 건가 보네."

서머는 살짝 언짢은 듯한 목소리로 말했다.

나는 서머를 향해 고개를 휙 하고 돌렸다.

"방금 뭐라고 했어?"

서머가 어깨를 으쓱했다.

"우리한테 별 가치가 없는 물건을……."

"아니, 저 주민을 뭐라고 불렀어?"

나는 서머의 말을 잘랐다.

"어부."

서머가 말했다.

"그게 **직업**이잖아."

"우아."

나는 머리카락이 쭈뼛쭈뼛 곤두서는 기분이었다.

"왜 그래?"

나는 서머의 질문에 대답하지 않고, 고개를 돌려 다른 주민을 찾았다. 챙이 넓은 모자를 쓴 주민. 우리가 처음 만났던 그 주민은 지금 밭일을 하고 있었다. 세상에. 일을 하고 있다니!

"저길 봐!"

나는 익은 밀을 쳐서 씨앗을 턴 뒤 그 씨앗을 다시 심고 있는 주민의 모습을 보며 서머에게 말했다.

"너는 농부야?"

나는 그 주민에게 다가가 물었다.

주민은 내 질문에 대답이라도 하듯, 밭 옆에 있는 통에 남은 씨앗을 넣었다. 그러자 뼛가루가 생겨났다.

"알았다! 저건 퇴비통이야! 작물이나 식물을 비료로 만들어 주는 거야!"

내가 소리쳤다.

"흐어어어!"

주민은 나의 관찰을 칭찬했다.

"그러니까 너는……."

"농부네. 즉, 아무것도 아니라는 뜻이지."

서머가 말했다.

"아무것도 아니라고?"

머릿속에서 크리퍼가 터질 것 같은 기분이었다.

"여길 봐. 다들 다른 옷을 입고 있고 직업도 달라. 여긴……."

불현듯 이 단어가 머릿속에 떠올랐다. 불과 도구처럼 삶을 바꿔 줄 강력한 단어였다.

"**전문화!** 우리와는 완전히 달라! 우리는 모든 작업을 혼자 해야 했어. 그러니 시간도 오래 걸렸지. 그런데 여기는 주민들이 각자 한 가지 직업에 집중해서 더 빠르게 발전할 수 있는 거야. 바로 그게 우리가 살던 세계의 모습이야! 한 사람이 모든 일을 직접 하기보다는, 각자가 전문 분야를 맡아서 그 덕분에 구석기에서 청동기 그리고 산업 혁명으로까지……."

서머는 관심이 없었다.

"그러니까 네 말은 여기 사람들은 전문화되었다는 거잖아. 그래서? 공동체 생활은 원래 그런 거야."

공동체. 그 단어가 번개처럼 내 머리에 꽂혔다.

"서머, 네가 맞아!"

속이 울렁거렸다. 좋은 쪽으로 말이다.

"우리가 여기에 온 이유 말이야! 어떤 신비한 힘이 비디오 게임처럼 보이는 세상을 만든 이유……."

나는 크게 호흡을 들이마시면서 생각을 정리하려고 했다.

"아니면 그냥 비디오 게임일 수도 있지."

서머가 덧붙였다.

"어쨌든!"

내가 투덜댔다.

"이제야 이해가 돼! 왜 처음에는 홀로 시작하고, 다음에는 서로를 발견하고, 마지막으로 이 마을을 찾게 된 건지 말이야!"

또 한 번 깊은 숨을 내쉬었다. 머릿속에서 북소리가 울렸다.

"먼저 우리는 스스로 사는 법을 배웠어. 그다음은 친구와 함께 사는 방법을 터득했고, 이번에는 여러 사람과 지내는 공동체 생활을 배워야 하는 거야!"

서머에게 뭘 기대한 걸까? 불꽃이라도 터지길 바란 건가? 역시나 돌아온 건 무미건조한 서머의 대답뿐.

"그러니까 배워야 할 교훈이 더 있다는 뜻인 거야?"

"정확해!"

나는 뿌듯한 목소리로 대답했다.

"이건 친구에 관한 규칙인 '친규'가 아니야. 공동체 생활에 관한 규칙이니까, 공칙? 아니, 이름이 별로야. 사회적 규칙! 사칙! 아니, 단체 교훈은 '단교'니까 이상하고……."

"아, 제발!"

서머가 버럭 소리를 쳤다.

"그냥 '공생 규칙'이라고 해. 공동체 생활 규칙."

나는 서머가 붙인 이름이 썩 마음에 들었다.

"좋아, 공생 규칙! 어제 처음 만난 주민에게서 배운 것과 방금 배운 걸 통해서 공생 규칙을 쓸 수 있겠어."

나는 폴짝거리며 내 특유의 승리의 춤을 췄다.

"와! 전문화로 우리는 발전할 수 있다!"

"그래, 박수라도 칠 수 있으면 참 좋으련만."

서머가 빈정대듯 말했다.

"거래를 많이 할수록 주민들은 더 많은 기술을 얻을 수 있고, 그러면 팔 수 있는 것도 더 많아질 거야!"

나는 농부를 향해 몸을 돌렸다.

"나랑 더 거래할래?"

거래창이 열렸다. 새로운 조건 두 개가 나타났다. 사과 네 개 혹은 호박파이 네 개와 에메랄드 한 개를 교환하기.

나는 사과를 사며 생각했다. 또 다른 공생 규칙, **거래는 만국 공통어이다.** 상대가 원하는 게 내게 있고, 내가 원하는 게 상대에게 있으면 우리는 서로에게 도움을 줄 수 있다.

그래서 서로 말을 알아듣지 못하는 두 부족이 만나도 거래를 통해 소통할 수 있다. 음식, 도구 등 생존을 위해 서로에게 필요한 것들을 교환하며 말이다. 바로 지금처럼!

서머도 나와 같은 생각을 했나 보다. 서머는 나에게 사과를 나눠 주며 말했다.

"돈의 개념을 다시 배우다니, 재미있네."

우리가 혼자일 때는 무언가를 살 수 없었다. 필요한 것은 각자 직접 수확하거나 만들어야 했다. 그리고 서로를 만났을 때

상호 믿음과 이해를 바탕으로 우리는 물품을 나누었다.

하지만 이 복잡한 공동체에 나와 서머라는 이방인이 나타났고, 우리는 이 에메랄드의 가치에 동의해야 했다. 이제야 우리가 살던 세상에서 이런 것들이 얼마나 복잡하고 골치 아픈 일인지 이해가 되었다. 어떤 나라에서는 다른 나라의 화폐의 가치를 인정하지 않기도 하고, 같은 돈이지만 그때그때 살 수 있는 양이 달라지기도 한다. 하지만 동시에 모든 게 계획대로 진행된다면…….

"마법 같아."

내가 말했다.

"생각해 봐. 물건을 사고파는 걸 통해서 에메랄드는 무엇이든 될 수 있고, 또 무엇이든 다시 에메랄드가 될 수 있어."

"거래할 물건들을 여기저기 들고 다니는 것보다는 훨씬 간편하기도 하지."

서머가 말했다.

"그런데 돈은 모든 악의 근원이라고 하지 않나?"

내가 물었다.

"나도 그런 말을 들어 본 것 같아."

서머는 생각에 잠기는 듯하더니 새로 산 사과를 깨물었다.

"섬에서 금과 다이아몬드를 보고는 정신을 못 차렸던 때가 있었어. 이전에 살던 곳에서의 욕심이 마음에 남아서 그랬나 봐. 그런데 왜 이 세상에서까지 그런 욕심이 생기는지 모르겠어."

나도 사과를 깨물어 먹으며 말했다.

"지금 당장 모든 걸 알아내려고 할 필요는 없어."

서머가 말했다.

"나도 동의해."

그러다가 나는 무심코 옆에 있던 종을 쳤다.

땡!

그러자 혼란이 시작되었다!

"흐어어! 흐어어!"

주민들이 미친 듯이 뛰어다녔다. 집에 들어갔다 나왔다 하면서 우리와 부딪히기도 했다.

"너 대체 뭐 한 거야?"

서머가 따져 물었다.

"내가 어떻게 알아?"

나도 화를 냈다.

"이 종이 무슨 알람인가 봐!"

"그런데 왜 저렇게 놀란 거지?"

서머가 물었다.

"저거 때문인가?"

나는 소리가 들려오는 모퉁이를 보며 침을 꿀꺽 삼켰다.

6장

　정말이지 거대했다. 키는 집채만큼 컸고, 어깨 또한 드넓었다. 철로 만들어진 이 로봇은 악마처럼 빨간 두 눈과 흔들거리는 두 개의 긴 팔을 가지고 있었다.

　"내가 처리할게!"

　서머가 활을 들어 올렸다.

　"안 돼, 멈춰!"

　나는 서머를 밀치면서 말했다.

　"저길 봐! 저게 어떻게 행동하는지 좀 보라고."

　나는 서머를 진정시키고, 철 로봇의 행동을 관찰했다. 로봇은 주민들을 해치지 않았고, 주민들도 로봇을 신경 쓰지 않는 듯했다. 주민들 사이로 거대한 로봇이 돌아다니고 있어도 주민들은 그저 아무렇지 않게 왔다 갔다 했다.

　"저게 뭐인 것 같아?"

나는 서머에게 물었다.

"일종의 기계겠지."

서머가 말했다.

"아니면 주민이 저 로봇 안에 들어가서 조종하는 걸지도."

갑자기 전투 로봇으로 변신하는 사자 로봇부터 전투기까지 사람들이 기계를 조종하는 만화가 떠올랐다.

"멋진걸! 그런데 네가 처음에 한 말이 맞는 것 같아."

내가 말했다.

"기계라는 말?"

"응. 그런데 저 로봇이 어디서 온 건지는 모르겠어."

"네가 누른 종과 관련이 있을 거야. 마을 사람들을 보호하기 위해 알람이 작동되면서 저 기계가 나타난 것 같아."

"그러면 군인이거나 경찰이겠네. 그런데……."

마음에 걸리는 게 있었다.

"만약 종소리를 듣고 나타난 거라면 버려진 마을에서 종을 울렸을 때는 왜 안 나타난 거지?"

서머는 생각에 잠겼다.

"마을 주민이 없을 때는 작동하지 않는다거나, 아니면 두 일이 아예 관련이 없을 수도 있지."

그러고는 또 생각에 잠겨 말을 잠시 멈췄다.

"그러면 저 종은 무슨 역할을 하는 걸까?"

"주민들의 반응을 보면 위협을 경고하는 장치인 건 확실해."

서머가 말했다.

"그 위협이란 게 대체 뭐지?"

어쨌든 지금은 주민들이 진정한 상태였고, 로봇은 계속해서 순찰을 돌고 있었다.

"단순히 일반적인 몹은 아닐 거야. 그랬다면 어젯밤에도 종소리가 들렸겠지."

나는 수평선을 바라봤다.

"분명 무언가가 있는 거야."

"그게 뭐든 간에 나타나기 전까지는 거래나 마저 하자."

서머는 나처럼 걱정이 되지는 않는지 시큰둥하게 말했다. 그러고는 오두막집으로 곧장 향했다.

"가이, 얼른 와."

서머는 오두막의 문을 열려고 했다.

"잠깐! 그러면 안 돼."

나는 깜짝 놀라 서머의 팔을 잡았다.

"왜?"

서머의 목소리에서 당혹감이 느껴졌다.

"버려진 사원처럼 안에 함부로 들어가면 어떡해?"

"아무도 없는데 뭐 어때."

서머가 아무렇지도 않게 문을 열었다.

"그게 문제가 아니잖아!"

나는 서머에게 따지듯 말했다.

하지만 서머는 안으로 들어갔고 나도 어쩔 수 없이 서머의 뒤를 따라 들어갔다. 서머의 말대로 집은 비어 있었는데 처음 보는 물건이 즐비했다. 상자 맞은편에는 독서대 같은 게 있었고, 벽을 따라 형형색색의 책장처럼 보이는 블록이 있었다.

서머가 외쳤다.

"여기 도서관인가 봐!"

책장에 각각 다른 책이 들어차 있었다.

"책은 세상을 풍요롭게 만들지."

나는 숨을 내쉬며 섬에서 배운 교훈을 읊었다.

"마침내 쓸 만한 보물을 건졌군."

서머도 동의하며 "야생"이라고 적힌 책을 꺼내 들었다.

나는 서머와 상자 사이로 팔을 뻗었다.

"그러면 안 되지! 다른 사람의 물건을 함부로 만지면 어떡해. 전에 내가 네 허락 없이 상자를 열었다고 나한테 화낸 거 기억 안 나?"

이번에는 서머도 반박할 수 없을 것이다. 하지만 서머는 어떻게든 반박할 거리를 찾아냈다.

"함부로 어떻게 하려는 게 아니야. 그냥 빌리는 거지. 그게 바로 도서관이잖아."

내가 무어라 대꾸하려는데, 때마침 챙이 없는 빨간 모자를 쓰고, 큰 코 위에 안경을 얹은 주민이 안으로 들어왔다.

"아, 마침 직원이 오네."

서머는 빈정대며 숨을 내쉬었다.

"이 책을 빌리려면 혹시 도서관 카드가 필요해?"

"흐어어어."

"역시 아닐 줄 알았어."

서머는 벨트 주머니에 책을 넣었다.

"금방 읽고 돌려줄게."

"그래도 다시 한 번 확인하는 게 좋지 않을까?"

나는 뜻을 굽히지 않았다. 괜한 고집이었지만 내가 이렇게 나오지 않았다면 그다음 일은 모르고 넘어갔을 것이다.

나는 거래를 위해 사서를 향해 손을 들었지만, 솔직히 딱히 다른 반응을 보일 것이라고는 기대하지 않았다. 하지만 사서는 우리가 예상하지 못한 걸 보여 주었다.

하나는 종이 스물네 장과 에메랄드를 교환할 수 있었고, 다른 하나는 에메랄드 일곱 개와 빈 책으로 **마법이 부여된 책**을 교환할 수 있었다!

"와! 마법이 부여된 책이야!"

나도 모르게 큰 소리로 외쳤다. 심장이 두근거렸다.

"멋진걸!"

서머도 신이 나서 말했다.

"어떤 책인지, 어떤 마법이 들어 있을지 궁금해."

"어서 알아보자!"

나는 주머니를 뒤적거렸다.

"에메랄드 일곱 개는 구할 수 있으니까 문제없고…….."

"그리고 빈 책."

서머의 목소리가 침착해졌다.

"그건 만들면 되잖아!"

나는 여전히 흥분한 채 말했다.

"책 만드는 재료에 뭐가 들어가지? 종이, 맞지?"

나는 창문으로 담장 기둥 사이를 살폈다.

"강가에 사탕수수가 자라고 있으니까 저걸 수확하거나 더 심으면 돼. 그러면 종이를 만들 수 있을 거야."

"가죽."

서머의 차분한 목소리에 소름이 돋았다. 처음 책을 만들 때, 나는 크리퍼의 공격으로 죽은 음매의 친구를 사용했다.

이런 나의 걱정을 알아차린 서머가 말했다.

"토끼 가죽을 이용해도 돼. 네 두 번째 책은 내가 사냥으로 모은 토끼 가죽으로 만들었잖아. 토끼 가죽은 내가 구해 줄게. 사막에 가서 토끼를 잡으면 내가 먹을 스튜도 만들 수 있으니까."

이제야 실감이 났다. 속이 메슥거리고 현기증이 났다.

"그렇지만 혹시 저 사서가 토끼 가죽으로 만든 책을 받지 않는다면……."

나는 고개를 들고 창문 밖을 쳐다봤다. 내 친구 음매와 똑같이 생긴 소가 초원에서 풀을 뜯는 모습이 보였다.

"책을 만들 수 있는 유일한 방법이 소를 죽이는 거라면……."

"그럼 하지 말자."

서머가 단호하게 말했다.

"널 그렇게 힘들게 하면서까지 만들 가치는 없는 것 같아."

서머가 동물을 살리다니!

"내가 비록 너한테 동물 잡아먹는 이야기를 많이 하긴 했지만, 동물, 그중에서도 특히 소를 사랑하는 네 마음을 얼마나 존중하는지 알아 줬으면 좋겠어. 만약 마법이 부여된 책을 만들기 위한 대가가 소를 죽이는 것이라면 너무 가혹한 일이야."

서머가 주먹을 들어 보였다.

"우리 둘 다에게 말이지."

"고마워, 서머."

코끝이 찡해지고 눈가가 촉촉해졌다. 나는 서머의 주먹에 내 주먹을 가져다 댔다.

"이제야 알 것 같아. 왜 돈이 악의 뿌리인지를 말이야."

사실 돈 자체는 문제가 아니었다. 돈을 위해서라면 무엇이든 하려는 사람의 마음이 문제인 것이다. 많은 사람이 돈을 위해서라면 무엇이든 한다. 누가 다치든, 무엇을 망가뜨리든 개의치 않고, 자신이 세상에서 가장 많은 에메랄드를 가졌다는 걸 자랑하기 위해서 이 세계를 전부 불태울 수도 있을 것이다.

"돈은 악마가 아니야."

이런 생각을 하자 갑자기 슬퍼진 내가 말했다.

"그걸 위해 무엇이든 하려는 사람이 문제인 거야."

"낙심하지 마, 가이."

서머가 말했다.

"우리는 보다 올바른 방법으로 마법이 부여된 책을 가질 수 있을 거야. 그리고 그 방법을 알 것 같아."

서머는 사서를 향해 몸을 돌리며 말했다.

"정말?"

기분이 좀 나아진 나는 서머를 따라 마을 광장으로 갔다.

"마을 주민과 거래를 하면 할수록 사람들은 진화해. 그렇지?"

서머가 말을 시작했다.

"맞아."

나는 고개를 끄덕였다.

"그리고 그들이 진화할수록 팔 수 있는 물건도 더 많아지고?"

"그렇지."

"사서가 진화하면 빈 책을 팔지도 몰라. 아니면 에메랄드와 마법이 부여된 책을 교환할 수도 있고!"

"맞아!"

정말이지 훌륭한 계획이었다. 우리의 이전 모험에 대해 아직 읽어 보지 않았다면, 지금 이 설명이 적절할 것이다. 섬에서의 유일한 목표가 죽지 않는 것이던 시절, 나는 삶을 살아가기 위해 방법과 철학이 필요하다는 걸 깨달았다. 그리고 무수히 많은 실수를 겪는 과정에서 여섯 가지 법칙을 배웠다.

계획하기: 무엇을 해야 하는가?

준비하기: 그러기 위해서는 무엇이 필요한가?

우선순위 정하기: 무엇부터 시작해야 하는가?

연습하기: 말 그대로 연습한다.

기다리기: 결코 쉽지 않다.

인내하기: 만약 당장 되지 않는다고 해도 계속 노력하거나 계획을 다시 짜서 준비하자!

나는 이를 '정육면체의 법칙'이라고 이름 붙였다.

"종이는 얼마나 있어?"

서머가 물었다. 두 번째 법칙에 해당하는 내용이었다.

"얼마 없어."

내가 씁쓸하게 말했다. 지도 제작대 두 개, 첫 번째 지도 복사본, 겨우 한 번 거래할 분량밖에는 남지 않았다. 그 거래를 통해 에메랄드 한 개를 얻었지만, 다음 단계로 진화하지는 않았다.

"작은 시련이네."

포기를 모르는 서머가 말했다.

"사탕수수를 더 심으면 해결할 수 있을 거야."

그게 바로 준비하기와 우선순위 정하기 법칙이었다!

"강으로 가자!"

서머의 말에 우리는 강둑으로 내려갔다. 강둑 부근에는 세 개의 사탕수수가 자라고 있었다.

"아주 쉬운걸."

나는 사탕수수를 다시 심기 위해 꺾으면서 말했다. 그다음 법칙인 연습하기는 그야말로 식은 죽 먹기였다! 도구도 필요 없고 땅을 일구지 않아도 된다. 땅 파기, 관개, 도랑을 만들 필요도 없다. 왜냐하면 강이 바로 옆에 있으니까! 그냥 밭에 사탕수수를 꽂기만 하면 되었다.

"더 할 일이 없네."

내가 뿌듯하게 말했다.

"가만히 앉아서 사탕수수가 자라는 걸 보기만 하면 돼."

실제로 우리는 그렇게 했다. 그렇게 조용히 서 있다가 문득 이게 바로 다섯 번째 법칙인 기다리기를 실천하는 것이란 사실을 깨달았다. 기다리는 건 왜 항상 어려울까?

"있잖아……."

나는 머릿속으로 계획을 변경한 뒤 말을 꺼냈다.

"사탕수수가 자라는 동안 다른 주민들과 거래를 해서 주민들의 거래 레벨을 향상시키자."

"좋은 생각이야."

서머가 말했다.

"주민 중에 종이나 빈 책을 파는 사람이 분명 있을 거야."

"이제야 말이 통하는군!"

나는 낮은 목소리로 중얼거리며 마을로 돌아갔다.

우리는 농부를 보자마자 빠르게 다가갔지만, 우리에게는 농부가 원하는 당근이 없었다.

"밀은 어때?"

서머가 제안했다.

"밀은 하나도 안 챙겼는걸."

내가 말했다.

"괜찮아. 저기 한 트럭이나 있으니까."

서머는 저쪽을 바라보며 말했다.

자세히 보니 농장 옆에 건초 더미가 쌓여 있었다.

건초 더미를 향해 달려가는 서머에게 외쳤다.

"안 돼, 기다려! 그건 우리 밀이 아니잖아."

"알아, 그런데 괜찮을 거야."

서머는 걸음을 멈추지 않은 채 대꾸했다.

"아니, 안 괜찮아!"

나는 긴장한 목소리로 반박했다.

"이번에는 '빌린다'라고 말하지 마. 왜냐하면 이건 빌리는 게 아니라 남의 물건을 훔쳐다가 다른 사람에게 파는 거니까."

"어머, 가이."

서머가 웃었다.

"너는 무슨 큰일이라도 날까 봐 아주 전전긍긍하는구나."

"그럴 만하니까!"

나는 철컹철컹 소리를 내는 로봇을 가리키며 말했다.

"규칙을 어기는 것도 나쁜 일인데, 지금 우리는 **법**을 어기기 일보 직전이라고!"

아무 말도 않는 서머에게 나는 말을 덧붙였다.

"규칙과 법의 차이는 강제성이야."

"하지만 만약 법이 없다면?"

나는 그대로 얼어붙었다.

"뭐?"

"그렇잖아. 우리가 살던 곳에서는 잘못을 저지르는 걸 막기 위한 법이 있었지만, 여기엔 잘못된 행위가 보이지 않는걸."

서머가 마을 주민들을 보면서 말했다.

나는 다시 로봇을 가리켰다.

"저 낡은 철 주먹 보안관이 무서워서 그런가 보지."

"아니면 말이지."

서머는 자신의 논리에 완전히 설득된 목소리였다.

"어쩌면 마을 주민들은 옳은 일만 할지도 몰라. 우리가 살던 세상에서는 사람들이 나쁜 행동을 하잖아. 스스로 터득한 것인지, 타고난 것인지는 모르겠지만. 하지만 이 마을 주민들은 잘못된 행동을 하지 않아. 그래서 법도 필요 없는 거야."

내가 무어라 대답도 하기 전에, 서머는 건초 더미를 주먹으로 쳐서 아홉 개의 밀을 보여 줬다.

"이것 봐. 아무것도 아니잖아."

나는 큰일이 일어날 것에 대비했다. 하지만 주민들은 아무런 반응을 하지 않았다. 철 보안관도 별다른 반응이 없었다.

"봤지?"

서머는 이번엔 어느 집으로 다가가더니 흙으로 된 벽을 주먹으로 쳐서 부수고는 나를 보며 말했다.

"봐, 아무 일도 일어나지 않잖아."

아무도 상관하지 않았다. 서머의 말처럼 이 사회에는 법이 없는 건가? 이곳의 사람들은 타고난 도덕성 때문에 평화롭게 가진 물건과 집을 불만 없이 나누고 사는 걸까? 급속 회복, 마법, 괴물, 선택적 중력과 같은 이 세계의 수많은 신비로운 현상 중 옳은 일만 하는 사람들이 가장 낯설었다.

물론 이것은 상상만으로도 멋진 일이다. 하지만 현실에서는 남들과 도덕성이 다른 사람이 단 한 명만 있어도 (지금 이 세상에서는 서머와 나, 둘이었다.) 모든 걸 망칠 수 있다. 과연 우리가 저들의 집에 있는 물건을 훔치거나 이 집들을 불태워도 괜찮은 걸까? 단순히 그렇게 할 수 있다는 이유로 말이다.

순간 갑옷이 납덩어리처럼 어깨를 짓누르는 것 같았다.

"서머."

나는 침을 삼키며 말했다.

"만약 네 말이 맞고, 아무도 우리를 말리지 않기 때문에 우리가 하고 싶은 대로 한다면……."

"우리가 대우받고 싶은 대로 주민들을 대해 줘야지."

서머는 자신이 허문 흙 블록을 다시 벽에 끼워 넣었다.

"다른 사람들의 물건은 부수지 않을게. 그리고 밀을 사용한 만큼 다시 심어 놓을 거야."

"알아."

내가 말했다.

"혹시 내가 널 믿지 않는 것처럼 보였다면 사과할게."

"철학적인 대화는 이제 그만두고 일이나 하자."

서머는 건초 더미를 두 개 더 쳐서 얻은 밀을 가지고 농부에게 갔다. 그러고는 에메랄드를 한 개 얻었다. 하지만 거래의 레벨이 올라가진 않았다.

"계속해야 해."

서머는 꿋꿋하게 또 밀을 가지러 갔다. 이렇게 여러 번 반복하자 에메랄드는 점점 쌓여 갔고, 그와 동시에 저 밀을 다 갚으려면 얼마나 많은 밀을 재배해야 하나 생각했다. 밀 농장을 지어야 하는 건 아닐까 하는 생각이 들 때쯤, 서머가 성질을 냈다.

"무슨 일이야?"

나는 서머에게 물었다.

"가게가 문을 닫았어!"

서머는 거래창을 보며 한숨을 쉬었다. 커다란 빨간색의 X자가 보였다. 서머는 실망감에 팔을 떨궜다.

"음. 수요가 없나 봐."

나는 잠시 고민하다가 말했다.

"수요?"

서머는 아리송한 눈빛으로 나를 쳐다봤다.

"그게 거래의 기본이잖아."

내가 말했다.

"**공급**과 **수요** 말이야. 거래가 성사되려면 사람들이 원하는 물건을 원하는 양만큼 공급해야 하는 거잖아."

내 말에 동의하듯 농부가 "흐어어어." 하는 소리를 냈다.

"지금 우리는 물건을 공급하는 입장인데, 그 물건을 사고자 하는 수요가 없는 거지."

나는 다른 거래창은 아직 열려 있는 걸 확인했다. 여전히 농부는 우리에게는 없는 당근을 원했다.

"공급에서 수요로 바꾸는 건 어때?"

내가 제안했다.

"우리가 먹을 걸 사는 거야!"

에메랄드 몇 개로 차고 넘칠 정도의 빵과 사과를 구매하자, 거래가 새로운 레벨로 올라갔다.

두 개 더 늘어난 거래창을 통해 수박 네 개를 에메랄드 하나와 바꾸거나, 에메랄드 세 개와 쿠키 열여덟 개를 교환할 수 있었다.

"좋았어!"

나는 환호성을 질렀다.

"수박을 사서 그걸 심고, 수확한 수박은 다시 팔아서 에메랄드로 바꾸고, 그걸로 쿠키를 사는 거야!"

"하지만 여전히 책이나 종이는 없는걸."

서머가 단호한 목소리로 말했다.

"계속해서 레벨을 높여야 해."

"맞아, 그런데 레벨을 올리기 위해서는 가능한 한 거래를 많이 해야 하는데, 지금은 너무 비싼 것 같아."

나는 주변 다른 주민들을 바라보며 말했다.

"다른 주민과 거래해서 레벨을 올리는 편이 낫지 않을까?"

"좋은 생각이야."

서머는 가위를 꺼내 들었다.

"내가 가서 양털을 가져올게."

갈색 모자를 쓴 주민이 눈에 띄었다.

"그러면 나는 어부한테 가서 석탄을 팔게."

나는 지주에 세워진 어부의 집으로 향했다.

"석탄을 왜 사고 싶어 하는지 모르겠네. 혹시 물고기를 요리하려고 하는 건가? 어쨌든 여기 석탄을 가져왔어."

나는 주머니에 쌓여 있는 석탄을 꺼내며 말했다. 법을 어긴다는 불안감이 사라지자 기분이 한결 가벼웠다.

그런데 어부에게 가까이 다가갔을 때, 문제가 생겼다.

내가 전에 실수로 양을 물에 빠트렸던 것처럼, 이번에는 나도 모르게 그만 주먹으로 어부의 코를 휘갈기고 만 것이다.

"이런! 정말 미안해!"

화가 잔뜩 나 보이는 어부를 보며 나는 소리쳤다.

"흐어어!"

나는 달려가며 외쳤다.

"일부러 그런 게 아니야! 자, 여기 이걸로 보상을……."

서둘러 에메랄드를 꺼내려는데, 철로 된 커다란 손이 나를 향해 날아들었다.

세상이 온통 하얘졌다. 다시 눈을 떴을 때, 나는 하늘을 날고 있었다.

"가이!"

서머의 목소리가 멀리서 희미하게 들렸다.

이 마을에 적어도 하나의 법이 존재한다는 것을 알게 된 순간, 나는 충격과 고통이라는 추진력으로 쏘아 올린 포탄처럼 날아갔다.

그 법이란 **절대로 주민에게 해를 가하면 안 된다**는 것이다.

7장

"아앗!"

나는 바닥으로 세게 떨어졌다. 온몸의 뼈가 달걀 껍데기처럼 산산이 부서진 기분이었다.

"뛰어, 가이!"

서머가 외치는 소리에 나는 정신을 차리려 애썼다.

퍽! 철 로봇의 주먹에 나는 또다시 나가떨어졌다. 계속 이렇게 있다가는 더 큰일이 날 것 같았다. 몸을 일으키자마자 다리를 절뚝거리며 마을 밖으로 도망쳤다.

나는 초원 한가운데에 도착하고 나서야 속력을 늦추었다. 철 컹철컹 소리는 들리지 않았고 추격의 낌새도 없었다. 용기를 내 뒤돌아보니 아무도 없었다. 로봇의 관할 지역을 벗어난 듯했다. 그때 나를 향해 달려오는 서머가 보였다.

"가이!"

서머는 서둘러 치유의 물약을 건넸다.

"고마워. 물약이 간절했어."

나는 단숨에 물약을 들이켰다.

"정말 미안해."

서머는 숨을 헐떡이며 내 눈을 쳐다보지도 못한 채 말했다.

"아니야. 사고였는걸."

나는 실컷 두들겨 맞은 몸을 재정비하며 대답했다.

서머는 고개를 저었다.

"물론 사고였지만, 내가 법이며 규칙을 얕잡아 보지만 않았어도 이런 일은 일어나지 않았을 텐데."

"서머, 혹시 지금 나 때문에 자아 성찰이라도 하는 거야?"

나는 장난기 섞인 목소리로 놀란 척 말했다.

"설마. 그런 일은 절대 없을 거야!"

서머는 피식 웃더니 다 나은 내 어깨를 살짝 쳤다.

"그래도 네가 다쳐서 마음이 좋지 않은 건 사실이야. 내가 기분 풀어 줄게."

서머는 다시 마을로 달려가 철 보안관에게 다가갔다. 철 로봇은 공격은커녕 서머를 신경 쓰지도 않았다.

"다행히 나를 네 공범으로 보지 않나 봐!"

서머는 나를 향해 소리를 친 후 도서관 안으로 들어갔다.

"적어도 이곳의 경찰은 범죄자처럼 생겼다고 해서 처벌하진 않나 봐."

나는 근처에 있는 소에게 말했다.

"음매."

소가 풀을 씹으면서 대답했다.

"내가 받은 처벌은 사형이나 마찬가지였어."

나는 고개를 끄덕이며 말했다.

"사실 주민을 한 대 때린 것치곤 형벌이 지나친 감이 있었지. 게다가 도망까지 쳐야 했잖아. 추방형인가? 마을에서 범죄자를 쫓아내는 것처럼 말이야. 이제 나는 두 번 다시 마을로 돌아갈 수 없는 걸까? 언제까지 속죄해야 하지?"

초원을 가로지르며 달려오는 서머가 보이자, 걱정에서 벗어날 수 있었다. 서머의 손에 책이 들려 있었다. 서머가 내 앞에 멈춰 서자 그 책의 제목을 정확히 볼 수 있었다. "마법 부여하기" 그리고 그 아래 살짝 지워진 글씨로 "마법이 부여된 아이템 만드는 방법"이라는 부제도 적혀 있었다.

"세상에, 서머!"

"마법이 부여된 책을 파는 걸 보고 촉이 발동했지."

서머는 특유의 무표정한 얼굴로 말했다.

"그러면 더 이상 그 책을 살 필요가 없잖아. 우리가 만들면 되니까!"

나는 내 친구에게 세상에서 가장 따뜻하고 큰 포옹을 해 주고 싶었다.

"서머, 너는 정말이지 대단해!"

"나도 알아."

서머는 고개를 끄덕이더니 우리의 기지로 향했다.

돈을 낼 필요도 없고, 훔치지 않아도 됐다. 늘 그랬던 것처럼 직접 만들면 된다! 내가 갖고 있는 물품 목록을 살폈다. 마법의 종류는 선택할 수 있는 건가? 아니면 어떤 마법이든 만들 수 있는 걸까? 책에는 우리에게 필요한 게 다 있다. 우리는 이 책에 나온 마법을 모두 시도해 볼 것이다!

"뭐부터 시작하지?"

나는 문이 닫히자마자 꽥 하고 외쳤다.

"자, 어디 보자……."

서머는 손가락으로 책장을 훑었다.

"우선 '마법 부여대'를 만들어야 하나 봐. 그걸 만들기 위해서는 다이아몬드가……."

"있어. 아주 많아."

나는 급히 대답했다.

"흑요석."

"그것도 있어."

네더 포털을 만들기 위해 챙겨 오길 잘했다.

"그리고……."

서머는 시선을 떨구고는 한숨을 푹 내쉬더니 알 수 없는 욕을 내뱉었다.

"왜?"

"……빈 책이 필요해."

서머가 말했다.

"아."

나는 서머의 욕을 따라 했다.

"지금 장난치는 거지?"

우리는 둘 다 아무 말도 하지 않았다. 너무나도 실망스러워서 화가 날 지경이었다.

"저기, 혹시 네가 원하면……."

"싫어."

낙담해 있던 서머가 강력하게 말했다.

"소를 죽이진 않을 거야. 원래 우리 계획대로 하자."

"그래. 그런데 그때는 책 한 권을 얻기 위한 거였지만, 지금은 몇 단계나 우리를 발전시켜 줄 수 있는 상황이잖아."

"동시에 후퇴하는 것이기도 하지!"

서머의 대답에 나는 당황하며 고개를 들었다.

"마법이 부여된 아이템이 있으면 기술적으로 발전할 수 있겠지만 도덕적으로는 후퇴하는 거잖아. 그리고 치러야 할 대가가 너무 커."

오늘만 벌써 두 번이나 나는 내 친구를 꼭 안아 주고 싶었다.

"다시 원래 계획으로 돌아가기로 했으니까 이제 거래할 물건들을 보충하는 게 급선무야."

서머는 마음을 새로이 다잡으며 말했다.

"실망스럽긴 하지만, 맞는 말이야."

나는 한껏 줄어든 물품 목록을 보며 말했다. 우리는 이미 마을 주민들과의 거래로 당근과 밀을 거의 다 써 버렸다. 게다가 농부에게 빌린 밀을 갚아야 했고 석탄도 몇 개 안 남았다.

남은 물건은 여기저기 쓸모가 많은 귀한 것들이었다.

"파산 직전이군."

나는 우울하게 물건들을 살폈다.

"쇼핑은 즐겁지만 현명하게 소비해야 하는데 말이야."

"맞아. 하지만 적어도 이 세상에서는 빚을 지진 않잖아."

서머가 말했다.

옳은 지적이었다. 우리가 살던 곳에서는 빚이 아주 큰 문제였다. 감당할 수 없을 만큼 많은 대출을 받고 이를 갚지 못하거나 비싼 이자 때문에 빚에 허덕이기도 했다.

"적어도 이 세계는 그런 점에서만큼은 우리를 지켜 주잖아. 과식도, 지나치게 오래 자는 것도 못 하게 말이야."

"말이 나온 김에 내일 종일 땅을 파려면 오늘 푹 자야 해."

서머는 지는 해를 뒤로한 채 문을 닫았다.

"좋은 계획이야. 석탄부터 캐고 나머지 아이템을 채워 보자."

우리는 다음 날 일어나자마자 음식과 물약을 잔뜩 먹었다. 그러고는 창고 뒷벽을 파기 시작했다. 계단식으로 땅을 파던 나는 얼마 가지 않아 석탄 광맥을 발견했다.

그리고 어느새 밤이 보였다.

"이런. 언덕이 이 정도로 낮은 줄은 몰랐는걸."

나는 중얼거리며 오른쪽으로 방향을 돌려 다시 땅을 파 내려가려는데, 서머가 급히 외쳤다.

"가이, 기다려!"

"왜 그러는데?"

117

나는 서머를 돌아보며 물었다.

"저길 봐."

서머는 이렇게 말하더니 내 뒤를 가리켰다.

언덕에 새로 난 출구 바깥에 완전히 다른 생물 군계가 펼쳐져 있었다! 처음에는 사바나인가 했지만, 내 섬처럼 푸르렀다. 사과가 달린 참나무와 얼룩덜룩한 가문비나무가 있었고, 꽃도 있었다. 빨간색과 노란색 양귀비와 뭔지 모를 파란색과 분홍색이 섞인 꽃도 있다. 장미처럼 보이는 키 큰 빨간 수풀과 비슷한 크기의 보라색 관목도 보였다.

"땅은 이따가 파자."

서머가 이렇게 말하고는 나를 끌고 햇살로 나갔다.

"탐험이 먼저야."

"우아."

나는 이 새로운 곳의 향기를 한껏 들이마셨다.

"코를 위한 뷔페 같아."

향기에 심취한 듯 가만히 있던 서머가 말했다.

"이래서 사람들이 꽃을 좋아하나 봐. 어디서 읽은 건데, 옛날 사람들은 병이나 죽음의 악취를 가리려고 주머니에 꽃을 넣고 다녔대."

나는 서머를 곁눈으로 흘겨봤다.

"그래, 네가 그런 말을 해도 전혀 분위기가 죽지 않거든."

정말이었다. 서머의 웃음소리가 이 아름다운 풍경을 완성시켰다. 이렇게 멋진 곳을 발견한 것보다 더 좋은 것은 함께 나눌 멋진 친구가 있다는 것이다. 나는 마치 음악 소리 같은 서머의 경쾌한 웃음에 취한 탓에 다른 소리를 듣지 못했다.

붕붕.

들뜬 서머의 웃음소리가 멎자, 그제야 하늘에서 나는 소리에 귀를 기울였다.

붕붕.

멀리서 희미하게 또 들려왔다. 전기톱 소리 같기도 했다.

"뭘 짓는 소리인가?"

서머는 마을 쪽을 돌아보며 말했다.

그때 노란색과 갈색이 섞인 작고 통통한 무언가가 나무 뒤에서 날아다니는 게 보였다. 분명 새는 아니었다.

"벌이야!"

서머가 외쳤다.

"너무 가까이 가면 안 돼."

나는 토끼만 한 벌이 가까이 날아오는 걸 보며 외쳤다.

"쏘이면 어떡해."

"걱정하지 마. 우리한테는 관심도 없어."

서머가 웃으며 말했다.

맞는 말이었다. 커다란 검은 눈은 우리 쪽을 쳐다보지도 않았다. 벌은 팔랑대는 짧고 반투명한 흰색 날개로 꽃 위로만 날아다녔다. 뭉툭한 다리와 더듬이는 귀엽기까지 했다. 정글에 있던 판다처럼, 적대적이지 않은 새로운 생물을 보니 기분이 좋았다. 서머는 날아가는 벌의 뒤를 쫓아갔다.

"따라와."

서머는 경쾌하게 폴짝거렸다.

"벌집을 찾아보자!"

"그건 왜? 도대체 벌집은 왜 찾으려는 거야?"

내가 반대하고 나섰다.

"꿀!"

서머가 흥겹게 외마디를 외쳤다.

"그래, 하지만 우리에겐 이미 달콤한 게 많잖아. 사과며 쿠키 그리고 케이크에……."

나는 서둘러 서머를 따라가며 말했다.

"내가 꿀을 정말 좋아하거든."

서머가 벌을 따라가며 말했다.

"지금까지 기억하지 못했던 사실이야. 꿀 바른 토스트, 꿀 넣은 차, 아니면 그냥 꿀 한 숟가락!"

나는 더 이상 말하지 않았다. 왠지 좋은 일이 일어나는 것 같았다. 지금까지 '과거에 대해선 묻지 마'라고 하던 서머가 스스로 예전 기억을 떠올리다니. 말 그대로 꿀 같은 기회였다.

우리는 벌을 따라 멀리 계곡 아래까지 갔다. 벌이 새로운 꽃을 발견해서 탐색하느라 잠시 멈추면 우리도 같이 기다렸다.

"저거야!"

서머가 앞을 가리키며 외쳤다.

사과가 달린 참나무 잎사귀 아래로 노란 줄무늬 상자가 매달려 있는 것이 보였다.

서머는 의기양양하게 주먹을 들어 올려 반짝이는 끈끈한 노란 액체가 흘러내리는 두 개의 구멍을 가리켰다.

"좋았어. 그런데 어떻게 안전하게 꿀을 얻을 수 있지?"

내가 이내 걱정스럽게 말했다.

"이걸로!"

서머는 어느새 빈 물병을 들고 있었다.

"조심해!"

벌집 속에 있던 벌들이 몰려나와 만화에서 볼 법한 벌 떼 구름을 만드는 걸 상상했다. 이 세상의 벌이 가진 침에도 독이 있을까? 벌에 쏘이면 소한테 달려가서 우유를 얻어야 하나? 서머가 꿀을 따는 동안 오만가지 생각이 머릿속을 맴돌았다.

"자, 한 입 먹어 봐!"

서머가 황금빛 액체를 건네며 말했다.

"아니야, 그 꿀은 전부 네 거야."

나는 서머가 내민 꿀을 거절하고는 조심스럽게 어깨 너머로 시선을 던지며 덧붙였다.

"우리가 꿀을 훔친 걸 벌들에게 들키기 전에 돌아가자."

"합리적인 생각이야."

서머와 나는 계곡 아래로 내려갔다. 안전하다는 생각이 들자 우리는 잠시 걸음을 멈췄다. 서머는 그제야 달콤한 꿀을 맛봤다. 병을 들어 기울이자 꿀이 병을 타고 서머의 입으로 흘러 내려갔고, 서머는 콧노래를 불렀다. 그러다가 갑자기 정면을 응시한 채 가만히 서서 아무 말도 하지 않았다.

나는 서머의 시선이 향하는 곳으로 몸을 돌려 계곡 반대쪽 언덕까지 펼쳐진 어두운 땅을 바라봤다. 그곳으로 조금 더 가까이 다가가자 너무 놀란 마음에 아무 말도 할 수 없었다. 실로 압도적인 크기와 경관의 동굴이었다. 둥근 모양의 입구에 위아래로 돌이 삐죽하게 송곳니처럼 돋아난 모습이 영락없는 괴물의 입 같았다.

"석순이다."

나는 말하면서도 동시에 이 단어를 아는 자신에게 놀랐다.

"평생 처음 보는 광경이야."

신이 난 서머가 주변에 떨어져 있는 돌을 주우며 말했다.

"확실히 돌이야. 마치 한 겹씩 만들어진 것처럼 수직으로 된 선이 있어."

"아마 저기서부터 만들어졌나 봐."

나는 머리 위 종유석에서 뚝뚝 떨어지는 물을 가리키며 말했다. 그 물은 석순 위로 곧바로 떨어지기도 했고, 석순 주변에 떨어져 웅덩이를 만들기도 했다. 몇몇 종유석과 석순은 서로 끝이 맞닿아 완전한 기둥이 된 것도 있었다.

"쉽지 않겠어."

동굴 깊숙한 곳까지 이어진 이 천연 장애물의 수를 세던 서머가 한숨을 지었다.

입구에서 얼핏 봐도 동굴은 꽤 깊은 듯했고, 지금 같은 대낮에도 안은 어두컴컴했다. 그래도 햇살 덕분에 동굴 입구 쪽 내부는 살펴볼 수 있었다. 들쭉날쭉한 언덕을 내려가면서 횃불을 만들기 위해 석탄을 낭비하지 않아도 되어서 다행이라고 생각했다. 하지만 교묘하게 웅덩이에 숨어 있던 뾰족한 돌부리를 미처 발견하지 못하고 그만 밟고 말았다.

"아야!"

"괜찮아?"

나는 아프면서도 창피해서 즉시 대답했다.

"응, 새로운 지형에 익숙해지려나 봐."

"내 생각에는 앞으로 또 다른 변화를 만날 것 같아."

서머의 예언은 적중했다. 얼마 가지 않아 우리는 주변에서 철이 점처럼 박힌 돌을 발견했다. 그 반점들은 평소보다 약간 컸는데, 돌을 잡자 철만 쏙 빠졌다.

"멋진걸."

나는 그 분홍빛 덩어리에 대고 말했다.

"이건 뭐지?"

바위에 박힌 또 다른 금속을 보며 서머가 말했다. 주황색에 초록빛이 섞여 있었다. 그것을 만지려는데, 어둠 속에서 좀비의 낮은 신음 소리가 들려왔다.

"우리 말고 누가 또 있나 보네."

서머는 해의 위치를 살피더니 덧붙였다.

"좀비가 우리한테 올 때까지 일단은 가만히 기다리자."

이 단순한 전략은 예전에도 통한 적이 있다.

역시나 좀비는 햇볕이 있는 곳으로 나오자마자 몸에 불이 붙었다. 그 상태로 힘겹게 이빨처럼 생긴 돌 틈을 지나 우리에게 다가오려고 했다. 그런 좀비를 보며 동정심마저 들었다.

"불쌍한 녀석."

서머는 연기로 사라지는 좀비를 보며 웃었다.

좀비가 내는 신음 소리에 해골이 달그락거리는 소리가 더해져 화음을 이뤘다. 대체 이 동굴은 얼마나 큰 거지? 우리를 향해 얼마나 많은 몹이 다가오고 있는 걸까?

내가 야간 투시 물약을 찾으려는데, 어두운 동굴 속에서 화살 세 개가 날아왔다.

"뒤로 물러서!"

서머가 외쳤다.

"위로 가야 해!"

우리는 잽싸게 몸을 돌려 달렸다. 고슴도치 가시처럼 삐죽삐죽한 언덕을 껑충껑충 뛰면서 공격을 피했다.

화살이 귀 옆을 스치며 날아갔다. 더 이상 도망칠 곳은 없다. 요리조리 움직이는 것도 불가능했다. 화살이 날아와 종아리에 꽂혔다. 이어서 등허리에도 맞았다. 다음 화살이 완벽하게 어깨뼈를 관통하자, 결국 나는 넘어지고 말았다.

"거의 다 왔어!"

서머가 외쳤다.

"조금만 더…… 억!"

등에 화살이 꽂히는 소리가 났고, 동시에 서머는 석순에 얼굴을 부딪혀 더 이상 말을 잊지 못했다.

조금만 더 가면 꼭대기가 나온다. 기둥 몇 개만 더 올라가면 된다. 그러면 선선한 하늘과 포근한 풀밭이 나올 것이다.

"어서!"

나는 서머를 향해 외쳤다. 그런데 서머는 무슨 이유에서인지 가장자리에 가만히 서 있었다.

"언덕으로 올라가야……."

"아니. 싸워야 해!"

서머는 방패를 들고 화살을 막으며 말했다.

서머의 계획은 알았지만, 지금은 서머를 설득해야 했다.

"서머, 복수하고 싶은 마음은 알아. 물러서야 하는 상황이 화가 나겠지. 그런데 전에 내가 당한 만큼 공격하겠다는 생각에 함부로 나섰다가 얼마나 다쳤는지 기억 안 나?"

"가이, 이건 복수가 아니라 전략이야."

서머는 참을성 있는 목소리로 말했다.

"우리가 도망치면 저 몹들은 동굴 속으로 돌아가서 우리가 자신들의 구역으로 들어와 거기서 싸우기를 바랄 거야."

아래를 슬쩍 쳐다보자 화살 하나가 또 빗겨서 날아왔다.

"하지만 여기서 기다리면 우리의 구역에서 우리만의 싸움을 할 수 있지."

8장

나는 선뜻 서머의 말이 이해되지 않았다. 해골 셋, 좀비 여섯 그리고 크리퍼 둘. 거미는 없었지만, 이미 적은 충분히 많았다. 나는 네더에서 실수로 좀비화 피글린을 화나게 했을 때 말고 이렇게 많은 수의 적과 싸운 건 처음이었다.

"열한 마리 대 두 명이군."

나는 숨을 헐떡이며 석궁을 들어 올렸다.

"열한 마리 대 다섯."

서머가 내 말을 정정했다.

"우리의 세 동맹을 잊지 마. 뾰족한 지형, 언덕 그리고……."

서머는 몹들이 그늘에서 벗어나기를 기다렸다.

"햇살!"

크리퍼를 포함한 몹들은 마치 화염 방사기에 맞은 것처럼 보였다. 그 상태로 언덕을 오르락내리락하며 석순 틈을 헤매느라 몹들은 우리에게 닿기도 전에 불타 버렸다.

'이게 서머의 계획이었구나.'

나는 속으로 생각했다. 서머는 다시 명령을 내렸다.

"해골부터 공격! 원거리 공격수를 해치워야 해!"

나는 석궁을 들고 가까이 있는 해골을 향해 쐈다. 내 화살은 날 향해 활시위를 겨누는 해골에게 꽂혔고, 해골은 불에 타 즉시 연기로 변해 버렸다. 기뻐할 새도 없이 불타고 있는 두 번째 해골이 서머를 공격할 준비를 하고 있었다.

"서머, 피해!"

나는 이렇게 외친 후 화살을 발사했다. 해골을 맞히긴 했지만 없앨 만큼 치명타는 아니었다. 더 최악은 내 화살을 맞은 해골이 오히려 안전한 동굴의 그늘로 물러나게 됐다는 것이다.

내 화살과 달리, 서머가 날린 화살은 정확히 해골을 맞혔고 해골은 사라지며 뼈만 남겼다.

"잘했어."

나는 짧게 한마디 외친 후 크리퍼를 공격할 준비를 했다. 크리퍼 하나는 어느새 폭발 직전의 상태가 되어 깜빡거리면서 진동하고 있었다. 서머와 나는 동시에 화살을 쏘았고, 화살을 맞은 크리퍼는 언덕 아래로 굴러떨어졌다.

펑!

환한 빛이 번지고 소음이 울려 퍼졌다.

"안 다쳤어?"

겨우 폭발을 피한 내가 물었다.

"괜찮아. 그런데……."

서머가 대답하며 손으로 어딘가를 가리켰다.

서머가 가리키는 곳을 보니 폭발로 인해 서순이 파괴되어 불타고 있는 좀비들에게 길을 터 주는 꼴이 되고 말았다.

"지겨운 놈들."

서머는 냉소를 지으며 좀비를 향해 활을 당겼다. 나도 석궁을 들고 다른 크리퍼를 찾으려고 노력했다.

"오른쪽!"

서머는 내 바로 오른쪽으로 다가와 공격하려던 좀비를 해치우며 외쳤다.

다행히도 공격은 피했지만 내 몸에 불이 붙었다! 이런 상황에서 '얼어붙다'는 말은 모순적일 수도 있지만, 이 순간 나는 온몸이 얼어붙고 말았다. 그때 서머가 달려와 내 등을 세게 밀었고, 나는 물웅덩이로 넘어지면서 몸에 붙은 불을 끌 수 있었다. 얼마 후 불꽃이 사라지고 눈앞이 맑아졌다.

또 다른 크리퍼가 우리 눈앞에 있었다.

펑!

방패가 폭발을 막아 주었지만, 귀가 뻥 뚫릴 정도로 엄청난 압력이 내 몸을 덮쳤다. 나는 눈을 질끈 감았다가 떴다.

잠시 후, 한껏 닳은 방패를 내려 사방을 둘러봤다.

"이제 괜찮은 것 같아."

귀가 울리는 와중에 서머의 목소리가 들렸다.

"뼈, 좀비 살덩어리, 크리퍼 잔해밖엔 없어."

서머는 가방에서 주황색과 녹색이 섞인 금속을 꺼내 들었다.

"이게 뭔지 알아?"

"글쎄, 구리인가?"

나는 먹먹해진 귀를 뚫기 위해 침을 꿀꺽 삼키며 대답했다.

"맞는 것 같아."

서머도 동의했다.

"수도관이나 와이어, 동전을 만드는 데 쓰이는 구리 같아."

서머는 구리를 가방에 넣고 야간 투시 물약을 꺼냈다.

"이걸 더 찾아보자."

나도 물약을 들이켜고는 갈라진 틈 사이에 있는 구리를 찾았다. 이곳은 마을을 통째로 옮겨도 남을 정도로 넓었다.

"산에 직접 동굴을 팔 필요 없이 처음부터 이런 곳을 만났다면 어땠을까?"

서머는 천천히 가장자리로 걸어가며 말했다.

"하지만 오히려 그렇지 않아서 다행인걸."

나는 서머 옆으로 다가가며 말했다.

"그 산에 직접 집을 지으면서 지금의 네가 될 수 있었던 거잖아. 나에게 있어 내 섬이 그런 것처럼 말이야. 만약 내가 실수로 사과나무를 불태우지 않았다면, 나는 지금까지도 사과만 먹으며 그 섬에서 살고 있겠지. 다른 건 시도도 하지 않은 채 말이야. 아마도 너는 산 아래 살고 있을 거고."

나는 이때 배운 교훈을 떠올리며 진지하게 말을 덧붙였다.

"문제가 생겨야 발전도 있는 법이야."

"맞아."

서머가 무뚝뚝하게 대답했다.

"철학이 담긴 네 말들은 너무나 고맙지만, 내 생각에 여기로 오게 된 데는 다른 이유가 있는 것 같아."

서머는 손으로 벽을 쓸었다.

석탄이었다. 이곳엔 석탄이 매장되어 있었는데, 간혹 철이나 구리와 섞여 있기도 했다.

"맞아. 이제 말은 그만하고 광산 일에 매진해야겠군."

나는 마법이 부여된 곡괭이를 들어 올렸다.

"그리고 몹들이 다가오는지도 살펴야 해."

서머가 경고했다. 서머는 곡괭이를 꺼낸 후에도 계속 활을 들고 있었다.

"너는 석탄을 캐. 내가 망을 볼게."

서머가 주변을 살폈다.

"이렇게 넓은 곳은 어느 방향에서든 몹이 나타날 수 있다는 게 문제야."

서머의 말은 과장이 아니었다. 우리는 지금 위험 지역에 있었다. 즉, 어디에서든 위협이 나타날 수 있었다. 앞뒤, 양옆, 심지어 위, 아래에서도 말이다.

나는 집중력을 발휘하여 최대한 빠르게 석탄을 캤고, 서머는 위협이 다가오는지 살폈다.

처음에는 좀비의 신음 소리나 해골의 화살, 크리퍼의 째깍거리는 소리를 기다렸다. 하지만 아무 일도 일어나지 않자, 마음이 놓인 나는 석탄을 캐는 데 온통 정신을 집중했다. 석탄, 철, 구리를 캤는데, 특히 구리가 엄청나게 많았다.

'분명 유용할 거야. 어서 실험해 보고 싶어!'

수십 개의 구리를 가방에 담으며 생각했다.

어쩌면 구리를 이용해서 수도 펌프 같은 기계를 만들 수 있을지도 모른다. 마을 주민 중에 구리를 사려는 사람이 있을 것이다. 그리고 분명 다른 금속과도 합칠 수 있을 것이다. 그걸 가지고 뭘 할 수 있을까? 어쨌든 무한한 가능성이 있으니 실험해 보면 된다. 나는 구리에 관한 책을 찾는 상상을 했다.

그때 야간 투시 물약이 효과가 '거의 끝'이라는 걸 알리려는 듯 깜빡거리더니, 이윽고 주변이 낮에서 밤이 되었다.

"때마침 끝났군."

서머는 이렇게 말하더니 발아래에 횃불을 내려놨다.

"광물과 돌 파편으로 주머니가 터질 것 같아."

"오늘은 그만하자."

나는 이렇게 말하고는 꽤 멀어진 입구를 향해 뒤를 돌았다.

"횃불을 켜기 위해서 귀한 석탄을 쓰려니 가슴이 쓰리네."

서머가 아쉬워했다.

"하지만 앞으로는 적어도 물약에 기댈 필요가 없겠지."

"그래서 투자라고 하나 봐."

나는 횃불을 설치하며 말했다.

"흐으으음!"

어둠 속에서 소리가 들려왔다.

"마녀야. 움직이지 마."

서머가 속삭였다.

"등을 맞대고 서자!"

우리는 무기를 들고 서로의 뒤를 보호했다.

"흐으으음!"

소리가 가까워졌다.

"횃불이 더 필요해."

내가 작게 속삭였다.

우리는 횃불을 켜 시야를 넓혔다.

"이러면 적어도 우리 몰래 나타날 순 없을 거야."

나는 자신 있게 말했다.

"너무 가까이 다가오기 전에 우리가 먼저 공격해야 돼."

바깥이라면 가능한 전략이겠지만, 석순으로 뒤덮인 이곳에서는 힘들었다.

내 왼쪽으로 세 블록 떨어진 곳에서 무언가가 움직였다.

"저기야!"

하지만 석순에 가로막혀 활을 쏠 수가 없었다.

나를 향해 물약이 날아왔고, 유리가 깨지면서 안에 있던 액체가 흘러나왔다.

'힘이 빠지고 있어!'

팔다리가 흔들렸고 근육이 약해지고 있었다. 목은 머리를 받칠 수도 없을 정도로 힘없이 늘어졌다.

나는 온 힘을 다해 석궁을 들어 보려 했지만, 마치 코끼리를 드는 것만큼이나 무겁게 느껴졌다.

그때 또 한 번 유리 깨지는 소리가 났고, 내 얼굴에 독약이 묻었다. 독약이 온몸에 스며들면서 고통이 들끓었다.

"서머!"

나는 무기력하게 도움을 청했다. 그러자 역시 고통스러운 목소리가 들려왔다.

"나…… 나도 맞았어!"

우리 둘 다 마녀가 던진 물약에 맞은 것이다.

나는 겨우 집중해서 눈을 크게 뜨고 활을 천천히 당기는 서머를 바라봤다.

마녀의 손에는 녹색 물약이 또 들려 있었다. 독약이었다.

'안 돼! 도망칠 시간이 없어. 어서 음식을 먹거나 치유의 물약을 마셔야…….'

슝!

비록 약하긴 했지만 서머의 화살이 마녀가 던진 물약을 막았다. 화살에 맞은 마녀는 비틀거리며 뒤로 물러나더니 또 다른 물약을 꺼냈다. 이번에는 분홍색, 치유의 물약이었다! 마녀는 그것으로 서머의 화살에 맞은 부위를 치유하려 했다.

"뛰어!"

서머의 외치는 소리에 우리는 출구를 향해 달렸다. 다행히 나약함의 물약은 다리에는 영향을 미치지 않았지만, 컴컴한 땅바닥은 달리는 걸 방해하기에 충분했다.

'횃불을 더 설치했어야 했어. 미리 대비했어야 했는데!'

나는 웅덩이를 건너고 언덕을 오르며 생각했다.

마녀는 아직 우리 뒤에 있었다. 심지어 완전히 치유를 마쳤다. 뒤에서 유리병이 깨지는 소리가 들리자, 물약에 맞을까 봐 점프를 했다. 나는 이를 악물고 가파른 언덕을 올랐다.

햇살이 비쳐 드는 동굴 입구에 다다랐을 즈음, 드디어 나약함의 물약과 독약의 효과가 끝났다. 서머는 뒤를 돌아 활을 쐈고, 나도 마녀를 향해 석궁을 쐈다.

"자, 이거나 먹어라!"

마녀는 치유의 물약을 꺼냈지만, 우리의 다음 공격에 결국 연기로 사라졌다.

"건방지네. 아이템도 하나 안 남기다니."

서머가 화를 내며 빈정거렸다.

"따뜻하고 포근한 추억은 남겼잖아."

내 말에 서머는 즐겁게 웃었다. 몸을 회복하려고 쿠키를 먹는 이 순간에 무척 잘 어울리는 웃음이었다.

"아직 해가 지려면 멀었어."

나는 정오의 해를 가리키며 말했다.

"내가 캔 구리를 주민들한테 파는 거 어때?"

우리는 마을로 향했다.

좋은 날이었다. 몸을 해치웠고, 가방은 든든히 채웠으니 말이다. 나는 거래도 하고 실험도 할 생각에 즐거웠다.

그때 거대한 철 로봇이 나타났다.

"이런."

나는 철 로봇 보안관이 보이자 침을 꿀꺽 삼켰다.

"나한테 범죄 기록이 있는 걸 깜빡했네."

"하루가 지났으니까 기회를 다시 줄 수도 있잖아."

서머가 말했다.

"그 정도로 관대할까?"

나는 보안관의 생기 없는 붉은 눈을 보며 물었다.

"그걸 알 수 있는 방법은 하나뿐이야."

서머는 나를 두고 자신 있게 앞으로 걸어가며 말했다.

"그리고 그 위험은 네가 감수해야 해."

나는 만약의 사태에 대비해 머릿속으로 도망칠 경로를 미리 생각해 놓은 다음, 덜덜 떨며 철 로봇 앞으로 걸어갔다.

"안녕하세요, 보안관님."

나는 예를 갖춰서 인사를 하고는 긴 팔이 날아오길 기다렸다. 하지만 팔은 로봇의 허리춤에서만 흔들거릴 뿐이었다.

"다행이군."

저 로봇은 적어도 날 영원히 벌하진 않을 모양이었다. 사실 내가 영원히 용서받지 못할 죄를 지은 건 아니니 합리적인 결과이긴 했다.

새로운 공생 규칙 하나. **처벌은 범죄에 비례해야 한다.**

"에에!"

로봇이 내는 소리가 아니었다. 새로운 소리였다!

뒤를 돌아보니 정체를 알 수 없는 동물 두 마리가 집 근처에서 있었다. 몸통은 갈색이었고, 길게 뻗은 목에 짧은 크림색 코,

135

허연 발굽이 있었다.

"저게 뭐야?"

어느새 내 옆으로 온 서머가 말했다.

"말과 양을 합친 동물처럼 생겼네."

"그러게."

한 번도 본 적 없는 동물이었다. 두 마리 다 안장이 채워져 있었는데, 주머니가 달려 있었다. 사람을 태우는 게 아니라 물건을 싣는 용도라는 뜻이다.

"혹시 책에 나와 있을까?"

내 말이 채 끝나기도 전에 서머는 도서관으로 달려갔다.

이 '말양'이 끈에 묶여 있다는 걸 알아차렸을 때, 마을 주민이 나타났다. 이 주민은 처음 보는 차림이었는데, 두건을 쓰고 말양의 안장처럼 형형색색의 화려한 예복을 입고 있었다.

"저기, 여기 처음이야?"

나는 반가운 마음에 주먹을 들고 말했다.

"흠?"

주민이 물었다. 그래, 묻는 말투가 분명했다.

"내 이름은 가이야. 혹시 궁금할까 봐."

내가 대답했다.

"흠?"

주민은 내 이름을 궁금해하지 않았다.

"알겠어, 괜찮아."

나는 거래가 가능할 만큼만 주민에게 가까이 다가갔다.

"만국 공통어로 소통할 차례군."

왼손을 펼치니 여섯 개의 거래창이 나타났다.

파란색 염료, 파란 얼음, 가문비나무 묘목, 화려한 물고기가 든 양동이, 화약, 갈색 버섯을 팔고 있었다.

"역시. 이제야 말이 되네. 너는……."

나는 고개를 끄덕이며 말했다.

"저건 라마야!"

도서관에서 돌아온 서머가 말했다.

"그리고 이 사람은 떠돌이 상인이야!"

내가 예복을 입은 주민을 가리키며 말했다.

"세상에! 화약이 있잖아!"

내 옆으로 다가온 서머가 거래창을 살폈다.

"맞아, 화약이 있어. 나중에 재고를 채우면 좋겠다."

내 말에 서머가 놀라며 말했다.

"나중이라니! 이 상인이 언제 떠날 줄 알고!"

서머는 재빨리 자신의 주머니를 샅샅이 뒤졌다.

"아, 제한된 시간 동안만 가능할 수도 있겠구나."

나는 이렇게 중얼거린 후 주머니에서 에메랄드를 찾았다.

"이런. 에메랄드를 다 창고에 놓고 왔나 봐."

"나도."

서머는 이렇게 말한 후 가까이 있는 초록색 윗도리를 입은 주민에게 달려갔다.

"그렇지만 거래할 물건은 많지."

하지만 서머는 주민과의 거래에 실패했다.

"뭐 이런 멍청이가 다 있어?"

서머는 '흐어이어' 소리만 내는 주민을 향해 한숨을 쉬었다.

"어떻게 너만 직업이 없을 수 있냐고?"

"서머, 그만해."

나는 이렇게 말하고는 베를 짜는 주민에게 걸어갔다.

"네가 양털 산업에 종사하고 있는 건 알지만, 혹시 구리와 교환할 만한 거 없을까?"

역시 거래는 이뤄지지 않았다. 이 새로운 금속을 판매하려면 다음 단계로 올라가야 했다.

'종이! 사탕수수를 수확해서 사서에게 종이를 판 다음, 레벨을 올리고 화약을 팔아서 에메랄드를 모아야 해.'

나는 이렇게 생각하며 강을 향해 달려갔다.

사탕수수는 매우 잘 자라서 전보다 두 배나 키가 커졌다. 이걸 다시 심으면 나중에 더 많은 양을 수확할 수 있을 것이다.

하지만 당장 화약 거래를 해야 한다. 사탕수수를 대량으로 수확하기 전에 상인이 사라지면 어떡하지?

그때 기가 막힌 생각이 떠올랐다!

'상인을 오래 붙잡아 두면 둘 다 가능하지 않을까?'

벨트 주머니를 들여다보니 석탄을 캐면서 얻은 자갈이 흘러넘칠 듯 가득 차 있었다.

나는 작은 오두막집을 떠올렸다. 침대를 하나 놓을 만한 호텔 방을 만들고, 라마가 머물 수 있게 울타리를 치면 떠돌이 상인은 한동안 떠나지 않을지도 모른다.

충분히 시도할 가치가 있었다. 그리고 강둑으로 올라갔더니, 놀랍게도 내가 생각한 그대로 서머가 일을 하고 있었다.

"여관을 지어야 하나 생각했어. 떠돌이 상인이 조금이라도 이동을 멈출 수 있도록 구슬릴 작정으로 말이야."

서머가 말했다.

"나도 같은 생각했어!"

나는 기쁘게 소리치며 서머를 도우러 갔다.

서머는 가볍게 웃고는 침대에 쓸 양털을 구하러 달려갔다. 나는 남아서 집을 단장했다. 문, 울타리, 창문, 동물이 들어갈 수 있을 정도로 큰 우리를 만들었다.

"5성급 호텔처럼 호화로운 숙소는 아니지만, 하루 이틀 정도 여기서 쉬는 게 어때?"

떠돌이 상인에게 말했지만, 돌아온 대답은 "에에?"뿐이었다. 마치 '살 거야, 말 거야?'라고 묻는 것만 같았다.

"가져왔어!"

서머가 하얀 양털을 가지고 돌아왔다.

"내가 침대를 만들게."

나는 지고 있는 오후의 해를 바라보며 말했다.

"그리고 계획대로 안 될 수도 있으니까, 해 지기 전에 어부한테 가서 석탄과 에메랄드를 거래하고 와."

"알겠어. 갔다 올게."

서머는 내가 캔 석탄을 갖고 어부에게 갔다.

나는 작업대로 달려가 양귀비로 양털을 붉게 염색하고 그것을 나무판 위에 올렸다. 완성된 침대는 반대편 벽에 설치했다.

"나쁘지 않군."

나는 고개를 끄덕이며 말했다. 그때 밖에서 서머의 목소리가 들렸다.

처음에는 신경질적으로 "에잇!" 하더니 곧이어 "왁!" 하는 놀란 목소리가 들렸다. 그리고 또 "우아." 하는 소리도 났다.

"서머?"

나는 어깨 너머로 서머를 불렀다.

"아무 일 없는 거지?"

"이게 무슨……."

서머의 목소리가 부끄러워하는 듯했다.

주민들이 "흐으으으." 하는 소리에 문가로 나갔다. 주민들이 내는 소리가 평소보다 훨씬 고음이었다.

서머는 마을 중심, 우물과 종 근처에 있었다. 그리고 그 주변에 주민들이 몰려 있었다. 드문 일은 아니었다. 이 시간 즈음 주민들이 저기 모여 있는 걸 본 적이 있으니 말이다.

"허르르!"

"서머, 무슨 짓을 한 거야?"

9장

새로운 주민이다!

다른 주민보다 작은 그 주민은 자신보다 몸집이 큰 어른들을 올려다봤다. 저 주민은 **아이**가 분명했다.

"서머⋯⋯."

나는 진지하게 서머의 이름을 불렀다. 이토록 쑥스러워하는 서머의 모습은 처음이었기에 이 순간을 더 즐기고 싶었다.

"뭘 어떻게 한 거야?"

서머는 말을 더듬었다.

"나⋯⋯, 내가 어부한테 석탄을 팔고 에메랄드로 화약을 사려고 했는데 재고를 넣을 곳이 없어서⋯⋯."

"그래서?"

내가 재촉하자 서머가 당황했다. 이렇게 신이 날 수가!

"화약을 넣을 자리를 만들기 위해서 갖고 있는 물건을 잠시 내려놓을까 생각했지. 물건이 사라지기 전에 얼른 다시 주우면 되니까. 그래서 가져온 빵들을 잠시 내려놨는데…….”

그러고는 주민을 슬쩍 쳐다봤다.

“다들 빵을 향해 달려드는 거야.”

내가 들은 ‘에잇’ 소리가 그때 난 소리였나 보다.

“그런데 갑자기 농부하고 녹색 윗도리를 입은 멍청이가 서로 쳐다보더니 하트가 피어나면서……. 됐어, 이제 그만하자.”

“허르르!”

마을의 새 주민이 맞장구를 쳤다.

나는 더 이상 참지 못하고 결국 웃음을 터트렸다.

“그만해!”

웃음이 멈추질 않았다.

“그만하면 안 되지. 서머 이모가 좀 더 말해 봐!”

이 세계에서는 얼굴이 붉어질 수 없기 때문에 서머는 대신 내 어깨를 퍽퍽 때렸다.

“웃겨 죽겠지?”

“네가 당황하는 모습은 정말 웃겼어. 그래도 주민 사이에서 새로운 생명이 만들어진다는 건 동물 교배에 비하면 **엄청난** 발전이야.”

나는 말을 멈추고 마을을 둘러봤다.

“어쩌면 우리가 이 마을의 문화를 바꿔 놓은 건지도 몰라.”

“아니면 어차피 일어날 일이었는데 나 때문에 좀 더 빠르게 진행된 걸 수도 있고.”

서머가 방어적으로 말했다.

"그럴 수도 있지."

나도 인정했다.

나는 새 집을 둘러보고 있는 아이를 다시 쳐다봤다.

"우리는 한 번도 깊은 고민 없이 주민들과 소통하고 교류하는 데만 급급했던 것 같아. 장기적으로 우리가 이들에게 어떤 영향을 미칠지 모르잖아. 오히려 해를 끼치는지도 몰라."

문득 예전에 텔레비전에서 본 쇼가 떠올랐다. 우주선을 타고 낯선 세계를 탐험하는 내용인데, 우주선의 선원들은 낯선 세계와 절대 교류하지 않는다는 규칙을 엄격하게 지켰다. 이 마을이 우리가 처음 발견했을 때와 비교해서 얼마나 많이 달라졌는지를 깨닫고 나니, 그런 규칙이 생긴 이유를 알 것 같았다.

"내 생각에는 우리가 좀 천천히 다가가야 할 것 같아."

내가 서머에게 말했다.

"주민들을 만나기 전, 원래 우리 계획으로 돌아가자."

"무슨 계획?"

서머가 물었다.

"관찰을 하는 거야. 마을 주민한테 인사 정도는 할 수 있지만, 그것 말고는 아무것도 하지 않는 거지. 거래도 포함해서."

나는 우리가 짓고 있던 숙소를 가리켰다.

"건물 짓는 것도 그만두자. 그저 주민들의 이야기를 듣고 배워 보자."

서머는 내 의견에 동의했다. 우리는 이후 며칠 동안 아침에 일어나면 마을로 내려가 산책을 하면서 주민들을 관찰했다.

주민들은 마을을 정처 없이 돌아다니는 걸로 아침을 시작했다. 어쩌면 그날 해야 할 일을 하기 위해 이동한 것일 수도 있다. 주민들은 보통 이동한 후 일을 시작했기 때문이다. 아이와 직업이 없고 초록 윗도리를 입은 '멍청이'를 뺀 나머지 주민들은 각각 특정한 일터로 향했다. 그리고 전에 생각한 것처럼 주민들은 전문화되어 있었다. 농부는 농장에만, 사서는 도서관에만 머물렀다.

그런데 가만히 지켜보니 대부분의 주민들은 그곳에 머무를 뿐, 아무것도 하지 않았다. 양치기는 사흘 동안 베틀을 쳐다보며 아무것도 하지 않았다. 또 어부는 물고기를 한 마리도 잡지 않았다. 그래도 사서는 우리가 책을 빌리기를 기다리며 도서관을 지키고 있었다.

우리는 광물에 관한 책을 빌렸다. 책에는 구리에 관한 내용이 있었다. 다만 구리로 할 수 있는 게 많지 않았다. 전선, 수도관, 동전 같은 건 만들지 못했다. 그나마 두 가지 아이템을 만들 수 있었는데, 그중 하나는 피뢰침이었다. 구리 주괴 세 개를 땅에 설치하기만 하면 폭풍 속에서 번개를 끌어당길 수 있다.

그리고 다른 하나는 망원경이었다. 멀리 있는 것들을 보기 위해 그동안 얼마나 힘겹게 눈을 가늘게 뜬 채로 망원경이 있었으면 좋겠다고 간절히 바랐던가! 이 아이템은 세계를 더 멀리 볼 수 있는 완벽한 장비였다.

하지만 기쁨도 잠시, 곧 좌절했다. 망원경을 만들기 위해서는 '자수정 조각'이 필요했기 때문이다. 책을 보고 자수정이 일종의 수정과도 같은 것임을 알 수 있었다. 지금까지 이와 비슷한 물체를 본 적이 없었기에 최근의 변화와 함께 생겨난 것이라고 생각했다. 그러나 이 물체를 찾는 건 잠시 미루었다. 지금 우리의 우선순위는 마을 주민들에 대해 배우는 것이었으니까.

우리는 관찰을 통해 마을 주민들의 일상생활을 알 수 있었다. 얼마 전 새로 생겨난 아기 주민은 마을을 자유롭게 돌아다니며 놀았다. 오후가 되면 농부는 주민들에게 수확한 음식을 나누어 주었다. 해가 지기 시작하면 마을 사람들은 분수 앞에 모여 서로 '허르르' 하며 대화를 나눴고, 농부는 다른 사람들이 주울 수 있도록 음식을 떨어트렸다.

"그런데 왜 아기 주민은 아직도 어린이일까?"

서머가 주민들과 밀과 당근을 거래하며 말했다.

나는 어른들 사이를 돌아다니는 아기 주민을 봤다. 그런데 놀랍게도 철 골렘에게서 꽃을 빼앗으려 하는 것이 아닌가! 도서관에서 빌린 책에서 저 철 보안관의 이름이 '골렘'이라는 것과, 주민들을 보호하고 마을에 봉사하기 위해 존재한다는 사실을 배웠다. 그런데 도서관의 어느 책에서도 아이를 만드는 방법에 대해서는 찾을 수 없었다.

"어쩌면 음식의 양과 관련이 있는 걸 수도 있어."

내가 말했다.

"농부가 수확하는 밀의 양과 비교했을 때, 그날 네가 빵을 몇 개나 떨어트렸는지 생각해 봐. 아이를 만들기 전에는 많은 양의 음식을 저장해 둬야 하는 거 아닐까? 우리가 살던 곳에서도 그렇지 않았나? 아이를 만들기 전에 아이를 키울 수 있는 형편이 되는지 먼저 묻곤 하잖아."

서머는 잠시 생각에 잠기더니 곧 이렇게 말했다.

"그래서 마을에 비어 있는 침대가 없었구나."

내가 무슨 뜻인지 몰라 혼란스러운 얼굴을 하자, 서머는 다시 말을 이었다.

"저기 있는 주민들의 수와 침대 수를 비교해 봐. 우리가 떠돌이 상인을 위해 집을 짓기 전까지는 새로 만들어진 주민이 지낼 공간이 없었잖아."

사실 그 상인을 마을에 붙잡아 두기 위해 따로 집을 지을 필요는 없었다. 화약을 구매하는 것만으로도 그 상인이 마을에 머물 동기는 충분했다. 그런데 상인은 밤을 어디서 보낼까?

우리는 그에 대한 답을 아이가 태어났을 때 알 수 있었다. 해가 지자 아이는 새로 지은 숙소로 쪼르르 달려가 떠돌이 상인의 침대를 차지했다.

"어쩌면 집을 더 짓는 게 나을 것 같아."

내가 말했다.

"내가 마을 사람들과 교류하지 말자고 하긴 했지만……."

"걱정 마."

서머는 언덕에 있는 창고로 가며 웃었다.

"그 상인이 지금까지 별 탈 없이 지낸 데는 다 무슨 수가 있었던 거야."

서머는 잠자리에 들었지만, 나는 마을을 지켜보기 위해 깨어 있었다. 우리가 있는 언덕에서는 마을을 한눈에 살펴보기가 영 쉽지 않았다.

나는 지붕 위로 뜨는 별을 보며 자수정을 찾아 반드시 망원경을 만들겠다고 다짐했다.

떠돌이 상인은 무념무상인 표정으로 라마 옆에 서 있었다.

나는 긴장한 채로 그 모습을 지켜보며 생각했다.

'저런, 어서 어디로든 들어가야……, 어라?'

사라졌다! 상인이 사라져 버렸다!

"서머!"

나는 창문에서 눈도 떼지 않고 서머를 불렀다.

"서머, 일어나!"

서머는 깊이 잠들어 있었다. 여느 때라면 서머가 자도록 그냥 놔뒀겠지만 지금은 긴급 상황이었다!

"미안해."

나는 이렇게 속삭이고는 서머의 침대를 세게 쳤다.

"악! 가이! 도대체 왜…….."

서머가 버럭 화를 냈다.

"떠돌이 상인이 사라졌어!"

나는 빠르게 외치고는 숨을 고르고 말을 이어 갔다.

"내가 사라지는 걸 봤어! 좀 전까지만 해도 저기 있었는데 다시 보니까…….."

서머는 이미 나를 지나쳐서 문을 향해 가고 있었다.

"그럼 서둘러!"

서머가 활을 꺼내며 외쳤다.

"혹시 좀비한테 잡혔을지도 모르잖아!"

우리는 손에 무기를 들고 마을로 달려갔다. 주변에서 몹들이 내는 소리가 들렸다. 이미 상인을 해친 건 아니겠지?

"상인이 어디 있었어?"

거미의 쓰읍쓰읍 하는 소리가 들리자 서머가 급히 외쳤다.

"라마랑 같이 있었어!"

나는 점점 가까워지는 거미 소리 너머로 소리쳤다.

"거기가 내가 마지막으로 본 장소야!"

라마는 대낮일 때와 마찬가지로 같은 자리에 차분히 서 있었다. 하지만 상인은 보이지 않았다.

"안 보여!"

내가 고개를 이리저리 돌려보며 말했다.

"나도 안 보여!"

그때였다.

"흐음?"

"뭐야? 어디야?"

나는 몸을 돌렸다.

"흐음?"

그 소리는 마치 바로 우리 옆에서 들리는 듯 생생했다.

"아하!"

서머가 고개를 끄덕이더니 외쳤다.

"잠깐 기다려!"

서머는 주머니에서 햇불을 꺼낸 뒤 발아래에 내려놨다.

"미스터리 해결."

불빛을 비추니 라마를 맨 끈이 허공에 들려 있는 게 보였다. 그곳은 다른 곳보다 어두웠고, 잿빛 기포가 피어올랐다.

"투명화 물약이야."

서머가 고개를 끄덕였다.

"저게 바로 상인이 몹을 피할 수 있었던 방법이야."

투명해진 상인에게 다가간 내가 농담 삼아 물었다.

"어째서 그 물약은 안 파는 거야?"

그러고는 서머를 돌아보며 진지하게 물었다.

"어째서 우리는 저 물약을 만들어 볼 생각을 안 한 거지?"

"만들어 봤자 수고스러운 일만 늘어나니까."

서머가 단호하게 말했다.

"완벽하게 투명해지기 위해서는 갑옷도 입어서는 안 되고, 손에 아무것도 들 수 없거든."

아이쿠! 몹 사이에서 벌거벗고 있을 내 모습을 상상해 봤다.

"덕분에 오늘 밤엔 악몽을 꿀 것 같네."

서머가 웃었다. 그때 우리 사이로 화살이 날아들었다. 해골이다! 쓰읍 하는 거미 소리와 좀비의 신음 소리, 화살이 빗나가는 소리를 뚫고 우리는 다시 언덕으로 달려갔다.

'배울 게 너무 많아.'

나는 문을 닫으며 생각했다. 그때만 해도 다음 날 공생 규칙을 또 배우게 되리라고는 꿈에도 알지 못했다.

이튿날, 마을로 향하는 우리 앞을 한 주민이 막아섰다. 밤색 윗도리에 흰색 바지를 입고 올리브색 머리띠를 하고 있었다.

"아, 안녕, 음……."

나는 말을 더듬었다.

"얘가 그 꼬마야. 다 컸네."

서머가 어른이 된 주민을 받아들인다는 듯 고개를 끄덕였다.

"이렇게 빨리?"

나는 '허르르' 소리를 내는 그 주민을 바라보며 불과 전날까지만 해도 어리고 발랄했던 아기 주민의 모습을 떠올렸다.

"다른 규칙과 같아. 날은 짧고 동식물은 빠르게 성장한다."

서머가 어깨를 으쓱했다.

"그래, 그래야 말이 되겠지."

나는 서머의 말에 동의했다.

"하지만 어릴 때가 조금 그립네. 안 그래? 여기저기 뛰어다니고 온 마을 주민에게 말을 걸던 때가 말이야."

"아이를 한 명 키우려면 온 마을이 필요하다잖아."

서머는 마치 날씨에 대해 말하듯 별일 아닌 것처럼 대답했다. 저 말을 전에 분명 들어 본 기억이 있다.

"그래, 이제 다 컸으니 우리와 무얼 거래할 수 있을지 보자."

나는 이제 막 어른이 된 주민 곁으로 가까이 다가갔다.

그러나 아무 일도 일어나지 않았다. 손도 벌리지 않았다.

"이런."

서머는 한숨을 쉬었다.

"애가 멍청한 자기 부모하고 똑같이 컸네."

"서머, 그렇게 말하지 마."

나는 서머에게 날카롭게 말했다.

"그 부모를 보고 사람을 평가하면 안 돼. 사람은 누구나 백지와 같은 상태로 태어나는 거라고."

서머가 반박하고 나섰다.

"난 내가 본 걸 말한 것뿐이야. 마을에 아무런 기여도 하지 않고, 다른 주민들이 알아서 일해 주기를 바라는 게으른 녀석이 또 생긴 거잖아."

서머는 근처에서 왔다 갔다 하는 녹색 윗도리를 입은 주민을 보며 말했다.

"딱 자기 부모처럼 말이야."

"그래, 하지만 저들을 비난해서는 안 돼."

서머가 틀렸다. 아니, 틀려야만 한다.

"네가 그랬잖아. 온 마을이 힘을 합쳐 아이를 키우는 거라고 말이야. 그러면 아이에게 기본적인 걸 제공해야 할 의무가 있는 거 아니야? 음식, 안식처 그리고 교육 같은 거 말이야."

교육.

물약이 끓는 양조기처럼 마음 속에서 무언가가 끓어올랐다.

"그래! 아이를 돌보기 위해서는 온 마을이 필요하지. 그런데 이제 저 아이는 어른이잖아."

서머는 답답함에 손을 허공에 저었다. 그리고 한때 아기였지만 지금은 완전히 다 자란 그 주민을 향해 몸을 돌렸다.

"이제 네 몸은 너 스스로 돌볼 줄 알아야지. 만약 자신을 돌보지 않는다면, 그건 네 책임이지 다른 누구의 탓도 아니야."

가혹한 말이었다. 하지만 동시에 맞는 말이기도 했다. 다만, 무언가 빠졌다.

"만약 자신을 돌보지 않기로 스스로 정한 게 아니라면?"

내가 물었다.

"그래, 괜찮은 이름이 떠오를 때까지만 '멍청이'라고 부르자. 이 친구가 직업을 갖고 싶어도 갖지 못하는 거라면 말이야."

"아니면…… 만약 직업을 갖지 않는 거라면? 이 세계에서 안 하는 것과 못하는 걸 어떻게 구분할 수 있지?"

서머의 말을 들은 내가 소리를 질렀다.

"안 하는 것과 못하는 것! 바로 그거야!"

"그게 왜?"

"설명할 시간 없어!"

나는 이렇게 말하며 창고로 달려갔다.

"직접 보여 줄게."

"도대체 왜 그러는 거야?"

서머는 내 뒤를 따라오며 외쳤다.

나는 창고에서 조약돌을 한 무더기 쥐고 서머에게도 건넸다. 그러고는 다시 마을로 달려갔다.

마을 어귀에 다다르자 나는 조약돌 블록을 쌓았다.

"여기야!"

"뭐 하는……."

서머가 입을 뗐다.

"묻지 말고 일단 도와줘."

나는 새 오두막을 지을 기반을 다지며 말했다.

서머는 더 이상 반박하지 않았다.

서머와 나는 빠르게 벽을 쌓고 천장을 올렸다. 그리고 창문을 위한 구멍도 냈고 작업대와 상자도 만들었다.

"어때?"

서머는 작업대와 상자를 각각 다른 벽에 놓으며 물었다.

"좋았어."

내가 대답했다.

"그런데 상자는 한 블록 옆으로 옮겨 줘."

"침대 놓을 자리를 만드는 거야?"

서머의 물음에 나는 고개를 저으며 작업대에 나무판 네 개와 철 주괴 두 개를 올려놨다.

그 사이에 대장장이 작업대를 놓는 걸 본 서머가 외쳤다.

"아, 이제 네가 뭘 하려는지 알겠다."

"내가 옳았기를 바랄 뿐이야."

나는 서머를 다시 데리고 밖으로 나가며 말했다. 마침 때도 완벽했다. 아침 산책이 끝났고, 마을 주민은 모두 일터로 향했다. 멍청이만 한가로이 마을을 거닐고 있었다.

멍청이는 내가 바라던 대로 우리를 지나 오두막으로 들어가더니 새 작업대로 향했다.

그 순간 초록빛이 반짝이더니 멍청이의 밤색 윗도리 위에 검은색 앞치마가 나타났다.

"이거였어!"

나는 신났을 때 추는 특유의 춤을 췄다.

일을 하지 않는 사람과 할 수 없는 사람을 구분하기 위해서는 모두에게 균등한 기회를 제공해야 한다.

이것이 내가 발견한 공생 규칙이다.

기회는 엄청난 힘이 있는 단어다. 내가 여기에 오기 전에 살던 나라의 별명은 '기회의 땅'이었다. 그게 사실인지는 몰라도 적어도 모든 사람이 스스로를 발전시킬 수 있는 기회와 선택을 가져야만 한다는 것은 안다. 조금 전까지만 해도 직업이 없었던 이 주민처럼 말이다.

우리는 공생 규칙을 새로 배웠을 뿐만 아니라 새로 거래할 사람도 얻게 되었다.

"흥미롭군."

서머는 새 주민이 제안한 에메랄드 한 개와 돌 곡괭이 혹은 에메랄드 한 개와 석탄 열다섯 개를 보며 말했다.

"곡괭이는 필요 없어. 하지만 이제 석탄이 많이 생겼군."

서머와 주민 사이에 석탄과 에메랄드가 오갔다.

"이제야 순조롭게 진행되는군."

나는 새 주민이 새롭게 제안한 에메랄드 서른여섯 개와 종 혹은 철 주괴 네 개와 에메랄드 한 개를 보며 즐겁게 말했다.

"철은 문제없지."

나는 철 주괴를 건넸고, 다음 단계로 발전시켰다.

다음 단계에 이르자 우리는 둘 다 깜짝 놀랐다.

"이거, 내가 생각하는 그거 맞지?"

서머가 재차 확인하듯 물었다.

빛나는 철 삽이었다! 마법이 부여된 철 삽 한 개와 에메랄드 스무 개 교환이었다.

"마법이 부여된 아이템이야!"

나는 숨을 헐떡이며 외쳤다.

"철을 더 팔아야 해!"

서머가 빽 하고 외쳤다. 하지만 거래가 멈췄다. 우리의 새 주민은 더 이상 철을 사길 거부했다.

추가로 설명하자면 주민들은 매일 새로운 거래를 제안하는데, 우리는 나중에야 이런 사실을 알게 되었다. 하지만 미리 알았다고 해도 딱히 도움이 되진 않았을 것이다.

"석탄!"

나는 남은 석탄을 향해 달려갔다.

석탄 마흔다섯 개와 에메랄드 세 개를 교환했다. 우리는 마법이 부여된 아이템을 살 수 있을 만큼 에메랄드를 모았다.

"봐!"

마법이 부여된 삽을 들자 팔에 전율이 느껴졌다.

"거드름 그만 피우고 얼른 땅을 파 봐!"

서머가 외쳤다.

나는 서둘러 땅을 팠다. 세상에, 이렇게 잘 파일 수가!

이 삽은 네더에서 찾은 곡괭이와 비슷했다. 아니, 그보다 더 좋았다! 닳지 않았다! 사실 약간 닳긴 했지만 지금 내가 파낸 땅의 양을 생각하면 훨씬 더 많이 닳아야 했다.

"믿을 수가 없어."

나는 흠집이 거의 나지 않은 삽날을 살피며 놀라워했다.

"효율적이고 강력해!"

그러고는 판 땅을 도로 메웠다. 나는 주민을 보며 말했다.

"고마워, 스미스."

"스미스? 그 이름은 도대체 어디서 나온 거야?"

서머가 물었다.

"그냥 '저기' 혹은 '야'라고 부르는 것보다 좋잖아."

내가 말했다.

"스미스라."

서머는 도무지 무슨 맛인지 알 수 없는 사탕을 입안에서 굴리듯 웅얼거리며 이름을 다시 불러 봤다.

서머는 내 어깨를 툭 밀더니 지는 해를 보며 말했다.

"집에 가자. 내일 할 일이 많아. 석탄과 철을 더 캐야 하잖아."

나는 빛나는 삽을 어깨에 들쳐 메고는 외쳤다.

"좋아, 광산 일을 하러 가야지!"

10장

다음 날 아침, 우리는 가방을 챙기고 '괴물 입 동굴'로 다시 향했다. 지난번처럼 몹들이 몰려들었고, 우리는 경사진 곳 꼭대기에서 방어 자세를 취했다. 공격은 주로 서머가 했다. 나에게 남은 화살이 부족했기 때문이다.

우리는 해골, 크리퍼, 좀비 등 종류를 가리지 않고 적지 않은 몹들을 해치워 나갔지만, 아직도 수많은 몹이 우리를 기다리고 있었다. 그중에는 동굴 거미도 있었는데, 다행히 밝을 때에는 중립적이었다. 야간 투시 물약을 마시지 않고도 어둠 속에서 빛나고 있는 거미의 눈이 선명하게 보였다.

"지금 공격하자."

내가 말했다.

"어두워져서 거미가 적대적으로 바뀌기 전에."

서머와 나는 야간 투시 물약을 마셨다. 적들의 위치를 파악하자 해치우는 건 쉬웠다. 우리가 갈 길은 금세 정리되었다.

가는 길에 약간의 석탄과 철을 발견했다. 동굴은 매우 컸지만, 이전에 우리가 동굴에 매장된 광물들을 거의 다 캐낸 듯했다. 석탄과 철의 비율을 따져 보니 철의 양이 훨씬 적었다.

"이번에 세상이 바뀌면서 철의 일부가 구리로 변한 걸까?"

나는 서머에게 물었다.

"아니면 레드스톤과 청금석처럼 더 깊은 곳에 박힌 걸까?"

"이제 곧 알게 되겠지."

말하는 서머의 시선이 밑에 있는 무언가를 향하고 있었다. 야간 투시 능력이 거의 끝나가서 내가 다시 물약을 꺼내려고 하자, 서머가 말했다.

"두 번째 병은 아껴 둬. 조금 이따가 필요할지도 몰라."

서머가 횃불을 놓자, 나는 그제야 서머가 한 말을 이해했다. 바닥과 벽 사이에 긴 틈이 이어져 있었다. 자칫하면 못 보고 지나칠 수 있었다. 이 틈은 낮은 언덕으로 이어졌고, 그 언덕은 깜깜한 지하 속으로 모습을 감췄다.

여태껏 이런 지형은 한 번도 본 적이 없었다. 나는 지금까지 폐소 공포증을 느껴본 적이 없다. 네더, 서머의 산 혹은 지금껏 탐험한 그 어떤 지하에서도 말이다. 내 섬에 떨어진 첫날, 좀비와 블록 하나를 사이에 두고 산 채로 땅 밑에 파묻혔던 때도 무섭지 않았다. 하지만 지금은 좁은 언덕의 폭과 거울처럼 비추는 천장이 언제든지 무너져 내려 나를 삼킬 것만 같았다.

설치해 둔 횃불 사이를 오가던 서머가 갑자기 멈췄다.

"이상하네."

이 틈은 단단한 회색 화산암으로 된 벽으로 이어졌는데, 그 벽 중간에 이상한 검은색 블록이 있었다.

"흑요석은 아니야."

나는 횃불을 들고 가까이 다가가 관찰했다.

"그렇게 새까맣지는 않아."

서머는 너무 가까이서 들여다보는 바람에 납작한 얼굴을 하마터면 벽에 문댈 뻔했다.

"전에 본 적이 있어. 그런데 어디서 봤는지 기억이 안 나네."

"알았다, 현무암이야!"

내가 외쳤다.

"기억 안 나? 네더에서 이 돌로만 이루어진 생물 군계가 있었잖아."

서머가 고개를 끄덕였다.

"그런데 네더에 있어야 할 게 왜 여기 있는 거지?"

나는 마법이 부여된 곡괭이를 꺼냈다.

"한 번 더 자세히 살펴보자."

하나를 캤더니 더 많은 검은 현무암 블록이 나왔고, 그 너머로 하얀 블록이 나타났다.

"또 새로운 것이 나타났네."

나는 그 하얀 블록을 손에 쥐면서 말했다. 섬록암이나 네더 수정, 해골 뼛가루로 만들어진 뼈 블록은 아니었다. 이 블록은 흰색과 연한 회색이 물결무늬를 이룬 채 섞여 있었다. 횃불을 특정 각도로 들이대면 수정처럼 반사했다. 나중에 알게 된 것인데 이건 석영 블록이었다. 네더 석영과는 생김새가 달랐다.

그런데 석영 블록 다음에 보라색 블록이 있었다. 보라색의 투명한 돌이 다이아몬드에 맞먹을 만한 광채로 빛났다.

"자수정이야!"

나는 신나게 곡괭이질을 하면서 외쳤다. 보라색 자수정 블록들이 벨트 주머니 속으로 들어왔다.

"이 자수정으로 만들 수 있는 게 너무나 많단 말이지."

나는 흥분해서 계속해서 떠들었다.

"자수정 자체로나 아니면 다른 물질들과 섞어서……."

그러다가 순간 곡괭이질을 멈췄다. 허공이었다. 완전한 암흑. 나는 서둘러 구멍에 횃불을 놓았다.

"이럴 수가……."

서머가 비꼬듯 외쳤다.

"또 무슨 일이야? 자수정 요새라도 찾은 건 아니겠지?"

"음……. 어쩌면?"

나는 그 커다란 구멍 가까이에 다가갔다.

잠시 후 우리는 낯선 작은 동굴 안에 서 있었다. 둥근 형태의 이 동굴은 표면이 모두 자수정이었다! 정강이 길이 정도 되는 수정 조각들이 산발적으로 평평한 표면에 솟아나 있었다. 그리고 노래를 했다! 이건 거짓말이 아니다. 반짝이는 바닥을 걷고 있으면 쨍그랑쨍그랑 음악 소리가 났다.

"내가 슈퍼히어로였다면 여기를 본부로 쓸 거야."

내가 팔을 펼치며 말했다.

"인상적이군."

서머가 말했다.

"이런 것을 자수정 정동이라고 하던가?"

서머가 단어를 떠올렸다.

"계속해서 변화가 일어나고 있어."

나는 마치 장난감 가게에 온 아이가 된 기분이었다.

"구리, 현무암, 그리고 자수정 정동까지!"

나는 주변을 둘러보며 무언가 놓친 게 있지는 않은지 살피기 위해 횃불을 더 설치했다.

"멋진 게 더 있을 거야. 어쩌면 우리에게 유용한 또 다른 새 광물이 있을 수도 있어."

"가이, 지금은 가져갈 수 있는 만큼만 가져가서 작업한 뒤에 우리의 성공을 축하하자. 그런 다음 다시 오자."

서머가 어두운 수정 조각을 캐며 말했다.

"아니면 여기를 아예 우리 기지로 만드는 건 어때?"

나는 팔을 벌리며 물었다.

서머가 대답하기도 전에 나는 쏜살같이 말을 이어 갔다.

"계속 땅을 파면 저 아래에 뭐가 더 있을지 모르잖아?"

나는 보라색으로 빛나는 바닥을 쳐다봤다.

"여기를 우리가 편히 지내고 쉴 수 있을 만한 공간으로 만들면 어때? 그리고 그 전에……."

나는 작업대를 꺼낸 다음 자수정 조각을 들어 보였다.

"망원경을 만드는 거야!"

"네가 그렇게 수다 떨 시간에 벌써 한 개는 만들었겠다."

서머가 말했다.

나는 무어라 대꾸하려다가 입을 다물었다. 서머 말이 맞다. 용광로를 설치하고, 그 안에 여기까지 오는 동안 캔 석탄과 구리를 채웠다. 잠시 후 반짝이는 구리 주괴가 손에 들어왔다. 우리는 작업대에 구리 주괴 두 개와 자수정 조각을 놓았다.

"짜잔."

나는 새 발명품을 들어 보이며 고개를 끄덕였다. 실제 망원경처럼 렌즈를 돌리면 소리도 났다.

"우아."

나는 망원경 렌즈를 가득 채운 서머의 얼굴을 보며 웃었다.

"이걸 봐!"

서머는 망원경을 받아 들고는 우리가 지나온 터널을 살폈다.

"정말 대단하다."

서머는 망원경을 내려놓더니 실망한 목소리로 말했다.

"여기서는 별로 쓸 일이 없다는 게 안타깝네."

"뭐? 장난해?"

나는 서머를 향해 비웃고는 반대편 벽을 캤다.

"저기엔 쓸 일이 많을 거야! 저 위쪽처럼 말이야!"

벽을 캐다 보니 허공이 나왔다.

"이거 보여?"

서머는 내 옆으로 걸어와 망원경을 들어 허공을 쳐다봤다.

"망원경에 어두운 곳을 볼 수 있는 기능이 있다면 좋을 텐데."

서머는 내게 망원경을 돌려주며 말했다.

나는 그제야 서머가 무슨 말을 하는지 '볼' 수 있었다. 내가 새로 판 곳은 칠흑 같았다. 아무것도 보이지 않았다. 심지어 벽, 바닥, 횃불을 설치할 블록마저도.

결국 서머는 호기심에 굴복한 듯 툴툴거렸다.

"이렇게 계속 파 나가다가는 이 세계의 반대편까지 닿겠어."

"그게 가능할지 궁금하네."

나는 어두운 허공을 쳐다보며 생각에 잠겼다가 입을 뗐다.

"우리가 온 지점을 찾아서 아래로 내려가는 계단을 만들어야 할 것 같아."

"아니면 말이야."

서머가 양동이를 꺼냈다.

"설마……."

서머가 무엇을 할지 눈치챈 내가 애처롭게 말했다.

"그래, 물 엘리베이터."

서머는 물 블록을 부었다.

"알겠어. 그러면 야간 투시 물약이라도 마시고……."

나는 어쩔 수 없이 대답했다.

하지만 서머는 이미 어디로 이어지는지도 모르는 물기둥을 타고 가 버린 뒤였다.

나는 서머의 뒤를 따라 뛰어들기 전 이렇게 말했다.

"이 일을 후회할 거야."

숨을 참았다. 아무것도 보이지 않았다. 우리는 말 그대로 허공 속에 있었다.

아래를 보니 오징어가 보였다. 오징어가 이렇게 깊은 곳에 있을 리가 없다. 게다가 오징어는 회색빛이 도는 검은색인데, 저것은 몸에서 빛이 났다.

그 순간, 날아온 화살에 오른쪽 엉덩이를 맞고 나는 물기둥에서 떨어졌다.

'아무것도 안 보여.'

촥!

다시 물속이었다. 이번에는 거대한 호수였다. 빛나는 오징어와 눈이 마주쳤다.

"어푸어푸!"

나는 허우적거리다가 겨우 수면 위로 올라갔다. 조금 전에 본 그 새로운 동물이 오징어처럼 무해한지, 아니면 동굴 거미처럼 독이 있는지 알 겨를이 없었다. 내가 서머를 찾아 두리번거리던 그때, 화살이 날아왔다. 절벽 위에서 공격하는 것 같았다.

나는 공격을 피하기 위해 물속으로 들어가 눈을 가늘게 뜨고는 해변가를 찾았다. 숨을 참고 가기에는 멀지만 시도는 해 봐야 한다. 나는 해변가를 향해 열심히 헤엄쳤지만, 일직선으로 헤엄친 나머지 쉽게 적의 표적이 되었다.

화살이 또 날아들어 등에 꽂혔고, 그와 동시에 나는 더 깊은 물속으로 밀려 들어갔다.

화살을 피하기 위해 지그재그로 헤엄치던 중 마지막 공기가 터지는 게 느껴졌다.

'위로 가야 해! 숨을 쉬어야 해!'

나는 숨을 들이마시기 위해 수면 위로 헤엄쳐 올라가다가 또 화살을 맞았다.

'아래로 가야 해. 화살을 피해야 해.'

또다시 어깨에 화살이 날아와 꽂혔다. 상처는 따가웠고, 폐가 타들어 가는 것만 같았다.

바닥이다! 마침내 차갑고 딱딱한 돌에 발이 닿았다. 나는 물속 언덕을 올라갔다. 다시 어둠이 드리워졌다. 나는 숨을 깊게 들이마셨다. 그때 뒤에서 말소리가 들렸다.

"계속 가!"

서머였다. 우리는 둑을 향해 헤엄쳤고, 횃불을 설치했다. 그 곳은 험한 돌벽으로 둘러싸인 좁은 땅 위에 있었다. 화살은 더 이상 날아오지 않았다. 내 생각을 읽은 듯 서머가 말했다.

"공격 범위를 벗어났나 봐. 분명 호수 반대편에 있을 거야."

"해골도 헤엄을 칠 수 있나?"

나는 조금 전의 상황을 떠올리려고 애쓰며 물었다.

"알아보기 전에 야간 시력부터 높여야지."

서머의 손에는 물약이 들려 있었다.

나도 철과 당근 맛이 나는 야간 투시 물약을 들이켰다. 시력을 되찾은 눈을 깜박이며 주변을 살폈다.

"우아……."

네더만큼 크진 않았지만 괴물 입 동굴에 비하면 꽤 컸다. 호수 너머에는 끝이 보이지 않는 동굴이 있었고, 호수 반대편에는 지붕을 지지하고 있는 듯한 거대한 기둥 같은 것이 보였다. 망원경을 들어 자세히 보니 그 기둥은 기둥이 아닌 거미를 탄 해골이었다! 그래서 화살이 이상한 방향에서 날아온 것이다.

"저런 끔찍한 조합이 처음은 아니지."

서머는 분명 자신의 턱을 쓰다듬으며 말하고 싶었을 것이다.

"어떻게 할까? 화살을 피해서 헤엄치면 여기를 빠져나가기까지 엄청 오래 걸릴 텐데……"

나는 서머에게 물었다.

"해전은 어때?"

서머는 작업대를 꺼냈다.

"전에 내가 살던 곳 사람들은 해전에 강했던 것 같거든."

서머는 배를 만들어 물에 띄우고는 재촉하듯 말했다.

"너도 어서 서둘러. 야간 투시의 효과가 끝나기 전에."

나도 배를 만들어 물에 띄웠다.

서머는 해골의 공격을 받을 준비를 했고, 나는 신중하게 조준했다. 내가 쏜 석궁에 맞은 해골이 물속으로 떨어져 허우적거렸다. 나는 석궁을 넣고 검을 꺼내 해골을 해치웠다.

"우아, 너는 타고난 해골 파괴자구나."

"다음은 네 차례야!"

나는 기둥을 향해 다가가며 거미에게 외쳤다.

"가이!"

서머가 뒤에서 경고하듯 외쳤다.

"걱정 마."

내가 외쳤다.

"거미가 다가올 때까지 기다리거나 네가 화살을……."

"폭포야!"

서머가 외치는 소리에 반대쪽을 쳐다봤다. 강의 끝은 낭떠러지였다.

배를 급히 반대편으로 돌리려고 했지만 이미 늦었다. 나는 눈을 질끈 감고 떨어질 준비를 했다.

"아아아아아…… 아아아?"

눈을 살짝 떴다. 나는 낭떠러지로 떨어지지 않았다. 아니, 아래로 내려가고 있었지만, 물 엘리베이터처럼 느렸다.

"가이! 대답해!"

서머가 호수 위에서 다급한 목소리로 날 불렀다.

"응, 난 괜찮아. 너도 이리로 내려와."

내가 웃으며 말했다.

배는 놀랍게도 흩어지는 물결과 돌바닥을 가로질러 천천히 내려왔다.

"이것 좀 봐. 배를 타고 땅을 건널 수 있어!"

나는 서머를 향해 외쳤다.

"가아아아아아."

그때 기분이 좋지 않은 듯한 누군가의 목소리가 들렸다.

주변을 확인하니, 거미, 해골, 크리퍼, 좀비 그리고 아기 좀비가 있었다. 그런데 아기 좀비가 닭을 타고 있었다.

"다시 위로 올라가!"

나는 서머에게 외쳤다.

"돌아가라고!"

폭포를 거슬러 돌아가려고 노를 젓는데 화살이 귓가를 스쳤다.

나는 석궁을 들어 가장 가까이 있는 아기 좀비를 맞혀 닭에서 떨어트렸다.

"얼른 저리 떨어져!"

죄 없는 닭을 향해 소리치고는 좀비를 향해 석궁을 들었다.

그런데 내가 쏘기도 전에 내 뒤에서 화살이 날아왔다.

"서머!"

폭포 위에 있던 서머는 고개를 들고 숨을 쉬는 방법뿐만 아니라 활을 쏘는 법까지 알아냈다. 서머가 위에서 활을 쏘며 근처에 있던 몹들을 해치운 덕분에 시간을 벌 수 있었다.

"돌아갈 수 없어!"

서머가 아래를 향해 외쳤다.

"우리가 절반도 가기 전에 해골이 공격을 해 올 거야."

나는 주변의 지형을 살폈다. 몸을 돌려보니 폭포수 너머로 더 깊은 동굴이 이어져 있었다.

"저기야!"

나는 다급하게 후퇴했고, 서머도 내 뒤를 따라왔다.

우리는 미끄러지듯 천천히 아래로 흐르는 터널을 타고 내려갔다. 잠시 후 야간 시력에 문제가 생긴 게 아닌가 하는 생각이 들만큼 어두운 곳에 도착했다. 주변의 돌은 현무암을 닮은 어두운 색이었다. 우리가 지나온 터널을 막기 위해 돌을 캐면서, 이 돌이 완전히 다른 물질이라는 걸 깨달았다. 캐는 데에 다른 돌보다 훨씬 더 힘이 들었다.

나중에 책을 보고 이 돌이 '심층암'이라는 걸 알게 됐다. 하지만 지금은 돌 이름이 중요한 게 아니다. 완전히 새로운 세계를 만날 정도로 깊이 들어와 있다는 게 문제였다.

"왠지 마음에 안 들어."

나는 주변을 천천히 둘러보며 말했다.

"여긴 너무 어두워. 야간 시력이 다하면 횃불을 켜도 회색 돌처럼 환하게 보이지 않을 거야."

"그러면 더 이상 시간 낭비하지 말자."

서머가 쏘아 댔다.

심층암 터널을 따라 일 분 정도 내려갔을 즈음 야간 시력이 깜박거렸다.

"기억해 둬야겠군."

나는 횃불을 찾으며 말했다.

"야간 투시 물약을 넉넉히 준비할 것."

우리는 앞에서 비추는 희미한 불빛을 발견했다.

"이렇게 깊은 곳에서 빛을 낼 수 있는 건 용암뿐이야."

서머가 말했다.

"갱도일 수도 있지."

내가 말했다.

"용암치고는 열기가 안 느껴지잖아?"

서머는 대답하지 않았다. 내 말이 맞았다는 증거였다. 몇 발자국 이동하자 좁은 일직선 터널이 나왔고, 대낮처럼 주변을 환히 비추는 횃불이 보였다. 그리고 갱도 입구임을 알 수 있는 기둥과 나무판이 보였다.

"내가 맞았지?"

나는 경쾌하게 콧노래를 부르며 서머를 앞으로 밀었다.

횃불이 켜진 길을 걸어가던 나는 나무로 된 길이 갑자기 넓어지는 지점에서 발을 멈췄다.

나무다리의 형태가 잘 보이지 않았다. 마치 내 섬에 있던 것처럼 서로 교차하고 있는 듯했는데, 문제는 빛을 흡수하는 심층암으로 되어 있다는 점이다.

"저거 보여?"

서머가 내 등에 대고 물었다.

"응."

나는 고개를 끄덕였다.

"네더에서처럼 체인에 묶여 있네."

서머는 조바심을 내며 한숨을 쉬었다.

"아니, 그거 말고."

서머는 내 앞으로 오더니 손으로 가리켰다.

"저기, 약간 오른쪽 말이야."

나는 눈을 가늘게 뜨고 서머가 가리키는 희끄무레한 커다란 직사각형을 쳐다봤다.

"뭔지 모르겠어."

망원경을 통해 그것이 거미 생성기라는 걸 알고 나니 소름이 끼쳤다. 이 좁은 길목에 거미 생성기가 있다니.

"동굴 거미 생성기야. 피해야 해."

나는 말하면서 몸을 떨었다.

"그래? 나는 반대로 생각했는데."

서머는 신이 난 듯 말했다.

"제정신이야?"

나는 서머의 말투를 따라 하며 말했다.

"제정신이지."

서머가 웃었다.

"거미줄로 양치기가 사고 싶어 하는 양털을 만들 수 있으면, 우리는 복권에 당첨된 거나 마찬가지야."

"그으으래애."

회의적인 내가 느리게 대답했다.

"설마 무서운 거야?"

서머가 물었다.

"뭐? 내가? 아니야!"

당연히 무서웠다. 하지만 그 이유뿐만이 아니었다.

"솔직히 그렇게까지 해야 할 가치가 없는 것 같아. 거미줄을 얻으려다가 다이아몬드 검이 상할지도 모르는데, 너도 알다시피 요즘 다이아몬드를 전혀 찾지 못했잖아."

"철은?"

서머는 내 옆을 지나 터널 벽에 박힌 무언가로 향했다. 주황색으로 빛나는 철광석이었다.

"내 생각에는 그럴 만한 가치가 있는 투자라고 생각하는데."

서머는 돌을 들고 나를 향해 돌아서며 말했다.

"그런 것 같네."

나는 어깨를 으쓱하고선 돌을 캤고, 서머는 작업대와 용광로를 설치했다. 나는 여전히 이곳이 싫었지만 서머의 논리를 반박하기가 어려웠다.

"칼 하나에 철 주괴 두 개면 돼."

서머는 작은 돌덩어리들을 용광로에 던졌다.

"그리고 연료로 쓸 나무가 필요해. 그건 갱도에서 얻을 수 있겠네. 그 나무로 검의 손잡이를 만들자. 거미줄을 얻기 위해 아주 조금만 노력하면 되잖아."

나는 의식 저편에서 어떤 말을 떠올리려고 애썼다.

서머는 나의 걱정을 알아차렸는지 재빨리 땅을 파며 말했다.

"네 아름다운 곡괭이가 닳을까 봐 걱정하지 않아도 돼. 그렇게 깊게 땅을 파진 않을 거야."

서머는 빈 양동이를 꺼내고는 말을 이어 갔다.

"또 물 엘리베이터를 타면 되니까."

서머는 터널 아래를 가리켰다.

"저 소리는 분명 샘물이 흐르는 소리야."

그리고 보니 어디선가 물 흐르는 소리가 들렸다.

"가 볼까?"

서머는 졸졸 물이 흐르는 곳으로 향했다.

'이 상황을 가리키는 단어가 있었는데…….'

나는 떠올리려 애를 써 봤지만 도무지 생각나지 않았다.

서머는 터널이 짧은 계단으로 이어지는 곳에 횃불을 놓았다.

"이건 뭐야?"

서머가 물속에 있는 무언가를 보며 네모난 눈을 깜빡거렸다.

작고 분홍빛이 도는 그 생명체는 네 개의 다리와 꼬리가 달려 있었는데, 물속에서 헤엄을 치거나 이리저리 걸어 다녔다.

"혹시 가시벌레인가?"

나는 서머의 표정을 살피며 말을 덧붙였다.

"내가 좀벌레에 붙여 준 별명이야."

서머는 고개를 끄덕였다.

"아, 돌에 사는 그 녀석들."

나는 처음 보는 생명체를 가리키며 물었다.

"좀벌레의 양서류 버전인가? 아니면 물에 사는 가시벌레?"

"만약 그렇다면 적대적 몹이겠네."

서머는 조심스럽게 양동이를 들고 샘으로 갔다. 그리고 잠시 후 물과 더불어 얻은 그 생물을 내게 보여 줬다.

"이게 갑자기 헤엄을 쳐서 양동이 안으로 들어왔어!"

"얼른 쏟아 버려! 위험할지도 모르잖아!"

나는 화들짝 놀라 소리쳤다.

"괜찮아."

서머의 목소리에 짓궂은 장난기가 서려 있었다.

"이 녀석들이 돌에 사는 자기 사촌만큼 못됐다면, 이 양동이를 동굴 거미한테 부어서 알아서 해치워 주기를 기다리면 돼."

"그건 좀 너무한걸."

나는 신음 소리를 냈다.

"서로 싸우게 만들다니."

"이건 자연스러운 일이야."

서머는 이미 양동이를 들고 계단을 오르고 있었다.

"해골이 서로를 향해 활을 쐈을 때처럼 말이야."

"그래, 그런데 일부러 계획하면 안 되지."

내가 반대하고 나섰다.

"게다가 위험하지 않은 상태에 있던 것들을 일부러 위험한 상
황으로……."

"쓰읍!"

순식간에 일어난 일이었다. 나보다 앞에 있던 서머가 동굴 거
미에게 물리고 말았다. 서머는 몸에 독이 퍼져 비틀거렸다.

"내가 처리할게."

나는 날카로운 다이아몬드 검을 휘둘러 거미의 붉은 눈을 베
었다. 거미는 뒤로 물러섰다가, 다시 공격을 위해 다가왔다.

"그렇게는 안 되지!"

나는 다시 검을 휘둘렀고, 거미는 연기가 되어 사라졌다.

기뻐할 시간이 없었다. 입구를 막아야 했다. 만약 저 거미가
생성기에서 나타난 거라면 곧 다른 거미들도 뒤따라올 것이다.
나는 다리 가장자리에 최대한 빠르게 조약돌 벽을 만들었다.

"괜찮아?"

내가 서머에게 묻자, 서머의 분노한 목소리가 돌아왔다.

"우유 가져오는 걸 잊어버렸어!"

"뭐든 좀 먹어."

내가 말했다.

"이미 먹고 있어."

다행히 독 기포가 멈췄다. 하지만 상처를 치유하기 위해 서머는 한참이나 빵을 더 먹어야 했다.

"간접 비용!"

그토록 기억나지 않던 단어가 순간 떠오르자 나도 모르게 소리쳤다.

"그게 우리가 고려하지 않은 점이야!"

이건 공생 규칙은 아니다. 마을에서 살아가는 방법보다는 돈을 관리하는 방법에 관한 것이니 말이다. 하지만 투자를 할 때는 항상 간접 비용을 잊지 말아야 한다.

"단순히 철 주괴 몇 개만으로 거미줄을 얻을 수 있는 게 아니었어."

나는 서머의 투덜거림을 무시한 채 설교를 이어 갔다.

"거미 독을 해독하기 위해선 우유가 필요하고, 안전을 대비하려면 음식과 화살이 필요해. 그리고 무엇보다 대체할 수 없는 시간, 그것도 아주 많은 시간이 걸리지. 그 시간을 안전하게 양에게서 털을 얻는 데 쓸 수도 있었는데 말이야."

"네, 가르침 감사합니다, 선생님."

서머는 한숨을 쉬고는 천천히 어두운 갱도를 둘러봤다.

"남은 수업이 또 있으신 게 아니면 지금 얻은 것만 가지고 마을로 돌아가시지요."

"그래. 하지만 집으로 돌아갈 방법을 생각해야 해."

나는 막힌 터널을 보며 마을과 우리 사이에 놓인 지형을 생각했다.

"여기가 갱도니까, 이쪽으로 가면 동굴이 나오고, 그 위로 가면 지하 호수가 있고, 또 그 위에는……."

"또 시작이네."

서머가 웃음을 터트렸다.

"쉬운 방법이 있는데 넌 늘 어렵게 생각한다니까."

"아, 그래? 그러면 그 '쉬운 방법'이 뭔데?"

나는 팔을 과장되게 벌리며 주변을 가리켰다.

서머는 아무 말없이 주먹을 지붕에 갖다 댔다.

"아, 다른 방향으로 터널을 만들면 되는구나."

나는 천장을 곡괭이로 내리쳤다.

11장

다행히 용암이나 물은 만나지 않았다. 유일한 문제라면 지루하다는 점이다. 내가 앞장서서 횃불을 놓고 블록을 캐서 위로 올라가면, 서머가 뒤따라오며 횃불을 회수했다. 올라가는 도중에 캔 광물은 석탄과 구리가 대부분이었고, 철과 레드스톤도 조금 있었다. 지상에 다다랐을 즈음 우리는 이 일에 질릴 대로 질려 있었다.

마지막 흙 블록을 부수고 밝은 햇살이 비치는 곳으로 나가자, 우리 눈앞에 마을이 있었다.

"방향을 잘못 잡았나 봐."

이렇게 말하는 내 옆으로 서머가 다가와 말했다.

"이래서 지도를 갖고 다녀야 한다니까. 그리고 시계도 필요하고. 행여라도 밤중에 밖으로 나왔으면 어쩔 뻔했어."

서머는 신이 나서 마을을 향해 깡충깡충 뛰어갔다.

"쇼핑하러 가자!"

서머는 물 양동이를 들고 우리가 발견한 그 이상한 도마뱀 같은 생물을 사고 싶은 사람이 있는지 찾았다.

하지만 아무도 없었다. 떠돌이 상인조차 원치 않았다.

"아무도 원하는 사람 없어?"

서머는 화를 내며 콧방귀를 뀌었다.

"주민들이 뭘 거래하고 싶어 하는지 다 아는 마당에 놀라울 것도 없지."

내가 한마디 했다.

"그래, 그런데 아무 짝에도 쓸모없는 거라면 저 이상한 생물은 대체 왜 존재하는 거야?"

서머는 한숨을 쉬며 말했다.

"당장은 아니지만 나중에야 어떤 쓸모가 있음을 깨달았던 적도 많잖아."

나는 서머를 위로했다.

서머는 또다시 한숨을 쉬었다. 이번에는 인정의 한숨이었다.

"알겠어. 너는 우리랑 좀 더 오래 있어야겠다. 하지만 이 귀한 도구에 계속 머물게 할 순 없지."

서머는 작은 연못으로 가더니 그곳에 양동이를 부어 버렸다.

"여기에 있어."

그 연못에는 내가 얼마 전 구매한 밤색 물고기도 평화롭게 헤엄치며 지내고 있었다.

적어도 그때까지는 말이다.

서머와 나는 서로 다른 이유로 '헉' 하고 외마디 비명을 질렀다. 동굴 도마뱀은 빠르고 치명적으로 물고기를 공격했다. 나는 겁을 먹었고, 서머는 신이 났다.

"저 생물은 포식자야."

서머는 물 위에 뜬 물고기 사체를 건져 냈다. 서머의 머리가 빠르게 돌아가는 소리가 들리는 듯했다.

"서머?"

수상함을 느낀 내가 조심스럽게 서머를 불렀다.

"무슨 생각하는 거야?"

"잠깐이면 돼."

서머는 대답하더니 도서관으로 달려가서는 야생에 관한 책을 들고 왔다.

"이 생물의 이름은 '아홀로틀'이래."

서머는 납작한 코가 파묻힐 듯 책을 가까이 들여다보며 말을 이어 갔다.

"그리고 살아 있는 물고기를 먹는대."

"마치 양을 먹는 늑대 같군."

나는 서머의 산 근처 숲에서 벌어진 핏빛 기억을 떠올리며 움찔했다.

"좋았어!"

서머는 책을 닫고는 강으로 달려갔다.

"대체 무슨 꿍꿍이야?"

내가 물었다.

"확실해지면 말해 줄게!"

나는 서머를 따라가지 않고 그 자리에 서 있었다. 더 이상 아무런 말도 묻지 않았다.

"그래, 될 것 같아!"

서머가 이렇게 소리쳤을 때도 말이다.

"우리가 널 발견한 건 행운이야, 꼬마 아홀로틀. 내 생각에 너도 분명 이 사업을 좋아할 거야."

서머는 동물을 대하던 모습 중 가장 부드럽고 상냥한 목소리로 아홀로틀에게 말을 걸었다.

여기서 사업이란 우리의 일과다. 앞서 우리에 관한 책 두 권을 읽었다면 이런 일이 종종 있었다는 걸 알 것이다.

나와 서머는 석탄 거래를 통해 어부를 업그레이드시키고, 철거래를 통해 대장장이를 업그레이드시켰다. 그리고 거기서 얻은 에메랄드로 숙소에 놓을 침대를 사서 양치기의 경험치를 상인만큼 올렸다.

우리가 지은 숙소는 이 층 높이 건물에 선선한 바람이 들어오도록 창문도 내고, 계단과 문, 지붕까지 모두 이 지역에서 나는 아카시아나무를 이용했다. 이 적갈색의 나무는 회색 조약돌과 대비를 이루어 무척 근사했다. 또 형형색색의 침대까지 설치하고 나니 태어날 아이들을 맞이하기에 꽤 그럴싸했다.

인구를 늘리는 일은 시간이 좀 더 걸렸다. 인구를 늘리기 위해서는 식량부터 늘려야 했으므로, 마을에서 떨어진 곳의 땅을 정리해서 밀과 당근을 여러 줄 심었다. 횃불과 물은 작물이 빠르게 자라는 데 도움이 됐지만, 가장 큰 공은 퇴비통에 있었다. 통 안에 묘목이나 씨앗을 넣어 주면 뼛가루가 생겼다.

여기서 얻은 뼛가루와 서머의 '물고기 양식장'에서 나온 뼛가루를 더해 주면 작물이 엄청나게 빠르게 자란다. 그렇다. 바로 그 이유 때문에 서머는 물고기 양식장을 시작했다. 그게 바로 우리의 새 친구 아홀로틀에게 서머가 제안한 사업이었다.

서머는 강에서 연어가 생성되는 지점을 찾아낸 후, 양 끝에 둑을 쌓고 사방에 벽을 세웠다. 그리고 아홀로틀을 그 속에 넣어서 이들이 연어를 죽이기를 기다렸다. 그 사체는 거둬서 어부에게 팔고, 연어가 죽으면서 떨어뜨린 뼛가루는 주워 작물에 뿌리는 것이다.

서머의 계획이 꽤 효과적이면서도 수익성이 좋다는 점을 인정하며 나의 이상과 타협했다. 하지만 책을 만들기 위해 소를 죽이는 일은 절대 하지 않겠다는 것만은 반드시 지켰다.

우리는 새로 태어난 아기 주민들을 축하해 줄 생일 케이크를 사기 위해 수확한 곡물로 농부를 업그레이드시키려 했다. 아이들은 정말이지 너무 많았다! 마을 여기저기서 수많은 아이가 들뛰어 다녔다. 어른들을 보며 '허르르' 소리를 내고, 집으로 들어가서는 침대에 올라가 팡팡 뛰노는 모습이 매우 귀여웠다.

서머와 나는 이 아이들에게 직업의 기회를 제공하기 위해서 더 빨리 일했다. 대장장이 스미스에게 그랬듯, 우리는 방 한 칸짜리 오두막을 짓고는 작업대를 설치했다.

"이 세상의 또 다른 멋진 점은 말이야. 학교가 없다는 거야."

나는 마지막 오두막에 화살 작업대를 설치하며 말했다. 그러면서 이 집 저 집으로 뛰어다니는 아이들에게 눈을 돌렸다.

"어릴 때는 완벽하게 어린아이로만 있다가 다 크면 곧바로 직업 훈련에 돌입시키는 거지."

나는 작업대를 힐끗 쳐다보며 말했다.

"만약 아이들이 원한다면 말이지."

서머가 단조로운 목소리로 말했다.

"우리가 멍청이 백수를 만든 게 아니라는 보장도 없잖아."

"뭐 한두 명 정도는 나올 수도 있지."

나도 인정했다.

"하지만 대다수는 마을에 기여할 거라고 믿어."

"두고 보면 알겠지."

서머는 내 말을 싹둑 잘랐다. 그리고 정말 그랬다. 첫 번째 아이는 자라자마자 지도 제작대가 있는 오두막을 기웃거리더니, 어느덧 한쪽 눈에 금테 안경을 쓰고는 나타났다.

"내가 뭐랬어?"

새로운 주민은 종이 스물네 장과 에메랄드 하나 혹은 에메랄드 일곱 개와 빈 지도 한 장을 제안했고, 나는 그 모습을 보며 서머를 쿡쿡 찔렀다.

"이 아이는 지도 제작자가 되고 싶은가 봐."

서머는 새 주민과 거래를 하며 어깨를 으쓱했다.

그 후 몇 주간은 직업이 없는 주민들에게 새로운 직업을 찾아주는 직업 박람회가 열렸다. 우리는 용광로로 갑옷을 파는 주민을 얻을 수 있었다. 처음에는 별로 기쁘지 않았는데, 가격이 비쌌기 때문이다. 바지 한 벌에 에메랄드 일곱 개, 흉갑에 에메랄드 아홉 개라니. 거의 날강도 수준이다. 하지만 어쨌든 그것들을 구매하면 결과적으로 더 많은 물품을 얻을 수 있었다.

자신의 철 도끼와 우리가 가진 석탄을 거래하고 싶어 하는 주민을 보며 우리는 그를 도구 만드는 사람이라고 생각했다.

"어쩌면 도구가 아니라 무기일지도 몰라."

나는 의심쩍은 목소리로 말했다.

"그러니까 네 말은 저 주민이 무기 대장장이라는 거야?"

서머가 물었다.

"안 될 게 뭐야? 내가 처음 거미를 죽일 때 사용한 도구가 도끼였어. 그리고 네더 돼지들은 도끼만 쓰잖아."

내가 반박했다.

"어쩌면 모든 무기는 도구에서 비롯된 게 아닐까? 인류가 처음 등장했을 때를 생각해 봐. 당시의 인류는 농사를 짓고 도끼로 나무를 베었어. 그런데 야생 동물과 나쁜 사람들이 나타나자, 스스로를 보호하기 위해 도끼로 공격을 했지."

나는 머릿속에서 소용돌이치는 생각을 쏟아 내듯 말했다.

"주민들이 발전하는 모습을 보면 이 이론이 맞는지 틀린지 알수 있겠지."

서머가 말했다.

확인할 필요도 없었다. 나는 이런 발견을 한 내가 너무도 자랑스러웠다. 하지만 이것은 다음 날 얻은 새로운 공생 규칙에 비하면 아무것도 아니었다.

나는 마을로 향하는 길에 둥근 톱이 있는 오두막을 지나고 있었는데, 검은색 앞치마를 입은 주민이 내게 인사를 했다.

"좋은 아침."

나도 인사를 건넸다. 그러자 점토 덩이 열 개와 에메랄드 하나 혹은 에메랄드 한 개와 벽돌 열 개를 제안했다.

"그러니까 너는 벽돌 만드는 사람이구나."

그때까지만 해도 '석공'이라는 단어를 몰랐던 내가 말했다(나중에 서머가 가르쳐 줘서 알았다).

"미안, 지금은 벽돌이 필요 없는 데다 너한테 팔 점토도 없어. 내 섬에 있던 호수와 달리 이곳은 점토가 귀해서……."

나는 문득 머릿속을 스치는 어떤 생각에 말을 멈췄다.

"그런데 너는 벽돌을 만들 때 재료가 필요 없는 거야? 이렇게 완성된 벽돌만 있잖아! 게다가 나한테 팔 수 있을 정도로 많이."

나는 이 세상의 또 다른 낯선 점에 고개를 저었다. **내가 이해할 수 없는 규칙이라고 해서 말이 안 되는 것은 아니구나.**

"너희가 어떻게 불쑥 이런 물건을 만들어 내는 건지는 잘 모르겠어. 하지만 덕분에 내가 살던 세상의 수송 시스템에 대해서 생각해 보게 되었어. 원자재에서 완성품이 되어 가는 과정 말이야. 수백, 수천 킬로미터 떨어진 곳에 만들어진 벽돌로 지은 집, 그 벽돌의 재료인 점토는 또 다른 수천 킬로미터 떨어진 곳에서 온 거잖아. 그러니까 이건 단순한 벽돌이 아닌 거야. 모든 게 그래. 세계 곳곳으로 물건이 유통되면서 사람들은 어디서든 살 수 있고 필요한 걸 다 가질 수 있으니 말이야."

"허르르."

석공이 내 말을 가로막았다. 나는 이렇게 대답했다.

"그래, 네 말이 맞아. 모두는 아니지. 그리고 값을 지불해야 해. 대부분의 사람은 세계 곳곳에서 들여오는 사치품을 다 가질 형편이 안 될 거야. 그래도 돈과 전문화에 대해 다시 생각하게 됐어. 사람들은 보다 전문화될 수 있도록 배, 비행기, 트럭을 통해 세계 각국의 물건들을 전달해. 만약 전문화된 직업에 필요한 물건이 있다면 어디서든 주문할 수 있잖아. 그리고 무역망이 발달할수록 전문화된 기술 또한 발전시킬 수 있어."

새로운 발견으로 머릿속은 복잡해졌고 마음이 울렁거렸다. 나는 우리의 푸른 지구를 떠올리려고 애썼다. 사람들을 연결하는 네크워크가 많아질수록 지구는 점점 더 작게 느껴졌다. 내 머릿속에는 여전히 전에 살던 집의 모습이 떠오르지 않았다. 하지만 그 집에 있는 어떤 것도 그 지역 재료만을 이용해서 만든 건 없을 것이다.

"서머! 이 이야기를 좀 들어 봐!"

나는 강둑으로 달려가며 외쳤다.

"오늘 마을 연못에서 다른 아홀로틀을 발견했어."

서머가 내 말을 가로막으며 새 양서류 반려동물을 소개했다.

"내 생각에는 얘가 땅 위를 걸어 다니는 것 같아."

서머는 물고기 양식장 주변 돌무더기 쪽으로 고갯짓을 했다.

"그래서 물 높이보다 블록을 좀 더 높이 쌓았어."

서머는 쌓은 블록을 살핀 후 아홀로틀을 주의 깊게 보았다.

"그래, 그래."

나는 신이 나 고개를 끄덕였다.

"굉장히 재미있네. 그런데 먼저 내 말 좀 들어 봐!"

내가 발견한 것에 대해 이야기를 시작했지만, 서머는 물에서 눈을 떼지 않았다. 연어가 산란하고 아홀로틀이 공격하는 '낚시할 시간'이었던 것이다. 나는 도망치는 물고기를 향해 돌진하는 아홀로틀의 살육 현장을 애써 모른 척했다. 다행히 서머가 강둑으로 돌아올 즈음 내 이야기도 끝이 났다.

"그래서 너는 어떻게 생각해?"

내가 물었다.

"흥미로워."

서머는 강가의 작업대로 걸어갔다. 작업대, 화로 그리고 세 그루의 참나무에 세 개의 상자까지 기대어 놓았다.

"모든 게 망으로 이어졌다는 그 생각이 썩 멋진 것 같아."

서머는 화로 안에 연어를 넣으며 말했다.

"그런데 그 망이 끊어지면 어떻게 되는데?"

"어?"

이것이 내 입에서 나온 유일한 한마디였다.

"그 위대한 무역 경로가 어떤 이유로 끊기게 된다면, 그때는 사람들이 각자 알아서 살아야 하는 거야?"

서머는 연어 밑에 석탄을 넣으며 재차 물었다.

"아."

186

그 생각까지는 미처 하지 못했다.

"그게…… 직접 만들어 쓰던 때로 돌아갈 수밖에 없겠지?"

"정말? 모든 걸?"

서머가 날 자극했다. 연어 익는 냄새가 풍겼다.

"뭐…… 아니……."

당황한 나는 말을 더듬다가 이내 이어 말했다.

"그건 불가능해. 그래도 최소한 기본적인 건 해결할 수 있을 거야. 아무것도 없는 상태에서 자동차를 만들 수는 없겠지만, 최소 우리 몸에 관련된 것들은 해결할 수 있을 거야. 망이 복구될 때까지 기본적인 것들만 해결하는 응급 처치 같은 거지. 그리고 그런 기술과 더불어 식량, 약품 같은 응급 물품을 갖춰야할 거야. 그리고 또 여기서는 화장실을 가지 않지만, 집으로 돌아가면 화장실 휴지가 가장 중요한 물건 중 하나일 거야."

"멋지네."

서머는 한마디 하고는 화로로 손을 뻗었다.

"점심 먹을래?"

나는 익은 물고기를 보고 움찔했지만, 서머는 사과가 든 상자를 가리켰다.

"나무에서 얻은 보너스 열매 말이야."

"맞다, 사과가 있었지."

나는 사과를 먹으며 머릿속으로 새 공생 규칙을 떠올렸다.

남에게 의지하는 것도 좋지만 언제나 스스로 행할 수 있도록 준비해야 한다.

다음 날 아침, 우리가 아직 창고에서 광산 일을 할 준비를 하고 있을 때였다. 문이 벌컥 열리더니 직업이 없는 주민이 나타났다.

"야! 노크 좀 할 수 없어?"

서머가 버럭 소리를 질렀다.

"할 수 없는 거 알잖아."

나는 주민의 편을 들어 주었다.

"그리고 이건 주민들의 아침 일상인걸."

"알아. 하지만 깜짝 놀랐단 말이야."

서머가 문밖의 언덕 아래를 보며 말했다.

"우리 숙소 때문에 돌아다니는 범위가 늘어났나 봐."

서머는 여전히 문밖을 쳐다보고 있었다.

"만약 문을 철문으로 바꾸고 버튼을 가지고 다니면 자물쇠와 열쇠랑 비슷해질 텐데."

"열 내지 마. 주민들이 우리 물건을 망가트리거나 훔치지도 않잖아. 그리고 우리도 저들의 공간에 매일 들어가는걸."

나는 서머를 달랬다.

서머는 한숨을 쉬고는 직사각형 팔로 네모난 방을 가리키며 으름장을 놨다.

"그렇지만 내 침대에는 절대 올라갈 생각도 하지 마."

주민은 침대에서 뛰지 않았다. 대신 양조기로 다가갔다. 갑자기 몸이 초록빛으로 반짝이더니, 보라색 앞치마가 생겨났다.

"뭐야?"

나는 놀라서 소리쳤다.

"양조기 때문에 물약 제조사가 된 거 아닐까?"

서머도 놀라며 말했다.

"그런데 물약 제조사라면 왜 물약이 없는 거지?"

나는 거래 제안을 확인하면서 물었다. 나중에 알게 된 사실인데, 이 주민의 직업은 물약 제조사가 아니라 성직자였다. 이 세계에도 성직자가 있다니! 하지만 이때는 철석같이 물약 제조사라고 생각했다.

거래 창에는 에메랄드 한 개와 레드스톤 가루 두 개, 혹은 썩은 살점 서른두 조각과 에메랄드 하나가 있었다.

"음, 실망스럽네."

나는 침울하게 말했다.

"마법의 물약 같은 걸 기대한 건 아니지만."

"아직 시작일 뿐이잖아."

서머가 주머니를 열면서 말했다.

몇 번의 거래 이후 업그레이드가 되자 성직자는 금 구매 혹은 청금석 판매를 제안했다. 모험을 떠나기 전 내 섬과 서머의 산에서 많은 금을 챙겨 왔는데, 지금까지 사용할 곳이 별로 없었다. 이제야 이 세계에서 가장 흔한 금을 거래할 수 있다니! 우리는 금으로 다음 단계로 업그레이드될 만큼 거래했다.

"이제 청금석을 사자."

내가 에메랄드 한 개를 건네자 커다란 청금석이 나왔다.

다음 거래 제안은 우리가 지난 몇 달간 찾던 것이었다.

발광석. 이것 때문에 우리는 네더를 탐험했고, 거기서 죽을 뻔한 적도 있었으며, 우정에 금이 가기도 했다. 그렇게 찾아 헤매던 걸 여기서 구매할 수 있게 되다니.

"몇 달 전에는 그렇게 노력해도 찾을 수 없더니!"

서머가 어이없다는 듯 웃었다.

"그래도 긍정적으로 생각해 봐."

나도 크게 웃었다.

"이제 횃불 대신 고급 레드스톤 조명을 쓸 수 있게 됐잖아!"

"어디 그것뿐이야?"

서머는 특색 없고 비좁은 우리의 안식처를 가리켰다.

"아무래도 여기서 오래 머무를 것 같은데, 우리가 머물 콘도 같은 걸 짓는 건 어때?"

"콘도? 아, 아파트 같은 거구나."

나는 말하면서 또 다른 상자를 열었다.

"이 심층암을 쓸까? 너무 많이 갖고 있기도 하고, 또 내 곡괭이가 있으면 이건 그냥 조약돌보다 좀 강할 뿐이거든."

"그런데 너무 어둡고 음침하지 않아?"

서머가 반대했다.

"이걸로 집을 지으면 네더 요새에 사는 기분이지 않을까?"

"아니, 전혀 그렇지 않을 거야."

나는 서머에게 약속했다.

"장식과 창문, 계단 사이에 섞여 있으면 너도 분명 좋아할 거야. 나만 믿어."

서머는 어깨를 으쓱했다.

"네가 그렇다면 믿어 볼게. 미스터 건축왕."

나는 주변을 돌아봤다.

"건물을 새로 짓고, 마을을 만들어도 우리의 궁극적인 목표는 집으로 돌아갈 방법을 찾는 거야."

"그래, 그러니 어서 일을 해야지, 미스터 건축왕."

서머는 이렇게 말하고는 심층암이 쌓여 있는 곳으로 향했다.

나는 심층암 집을 구상했다. 사 층짜리 건물로 지을 것이다. 일 층은 저장고로 상자만 잔뜩 놓았다. 다음 층은 작업실로, 창고에 있던 도구를 모두 가져와 지도 제작대, 용광로, 양조기를 만들었다. 이 층은 레드스톤 조명으로 불을 밝힐 수 있었다.

다음 두 층은 우리의 개인 공간이었다. 각 층마다 침대, 상자, 사진이나 선반에 장착된 화분 같은 개인 장식이 있었다. 네 개의 벽 중 세 곳은 유리창으로 되어 있어서 장식품을 놓을 공간이 많지는 않았다. 유리창 너머로 보이는 풍경은 기가 막혔다.

여기서 우리는 첫 '건축 논쟁'을 벌였다. 서머는 온수 욕조를 두자고 했지만, 나는 반대했다.

"내 첫 집에 대해서 말했던 거 기억 안 나?"

나는 서머에게 이야기를 하면서 점점 목소리를 높였다.

"크리퍼가 지붕에 나타나서 유리로 둘러싸인 용암을 폭파시키면 어떡해?"

"그러면 유리로 감싸지 않으면 되잖아."

서머가 꿋꿋하게 반박했다.

"아무리 크리퍼라도 흑요석은 폭파할 수 없어. 게다가 흑요석은 용암을 모으면서 동시에 만들 수 있잖아."

"흑요석은 사막에서밖에 못 봤잖아. 여기서 하루를 꼬박 가야 나오는 곳이야."

나도 따졌다.

"가이, 너 너한테 나중에 고맙다고 하게 될걸?"

서머는 그저 웃으며 말했다.

서머의 말이 맞았다. 선선한 사바나의 밤에 옥상 욕조에 몸을 담그는 건 아주 근사한 일이었다.

하지만 물 엘리베이터의 업그레이드 버전은 마음에 들지 않았다. 우리 언덕 옆에는 강이 있었는데, 서머는 다이빙보드 가장자리에 물 엘리베이터를 만들겠다고 고집을 피웠다. 세상에 다이빙보드라니. 나무판 여섯 개 길이의 다이빙보드를 옥상에 설치했고, 그 아래로는 작은 강물이 흘렀다.

"시간을 얼마나 절약할 수 있을지 생각해 봐."

서머는 눈을 반짝이며 마지막 나무판을 놓았다.

"순식간에 오르내릴 수 있잖아."

나는 끙끙대며 대답했다.

"나는 그냥 계단을 이용할게."

"시합하자!"

서머는 뒤를 돌아 다이빙보드 끝자락에서 폴짝 뛰어오르더니 아침 해처럼 높이 솟아올랐다가 강물로 떨어졌다. 나는 심장이 쿵쾅거렸고 몸이 움찔했다. 물이 첨벙거리는 소리가 들리자 그제야 강 쪽을 쳐다볼 수 있었다.

"너도 빨리 와!"

저 멀리 조그맣게 보이는 서머가 외쳤다.

"정말 끝내줘!"

"나는 계단으로 갈게."

나는 강에서 헤엄쳐 나와 양치기를 향해 가는 서머를 지켜봤다. 내가 몸을 돌리려던 순간, 서머가 무어라 소리쳤다.

"뭐라고?"

내가 큰 소리로 물었지만 서머의 대답을 듣기에는 너무 멀리 떨어져 있었다. 서머는 팔을 휘저으며 양치기를 가리켰다. 그런데 저게 양치기가 맞나? 갈색 모자를 쓰고 있는 건 맞았다. 잠깐, 옷 색깔이 덜 하얀 것 같은데?

나는 망원경을 꺼냈다. 망원경으로 보니 서머가 가리킨 주민은 양치기가 아니라 새로운 주민이었다. 그 주민은 바지만 흰색이었고 갈색 모자를 쓰고 있었다. 그리고 서머의 손에 **화살**이 들려 있었다.

"말도 안 돼!"

나는 소리를 치며 급히 계단을 내려갔다.

"너무 오래 걸리잖아."

서머는 언덕을 헐레벌떡 뛰어 내려오는 날 향해 불만스럽게 소리쳤다.

나는 헐떡이며 말했다.

"내가 제대로 본 거 맞아? 그거……."

"완전히 새 화살이야."

서머는 한 손 가득 화살을 들고 고개를 끄덕였다.

"이게 다 이 화살 제조인 주민 덕분이야."

"흐어어어."

모자에 깃발이 달린 주민이 대답했다.

"네가 숲에서 만들었던 작업대 말이야."

서머가 설명했다.

"활과 화살이 달렸는데 전혀 작동하지 않았잖아. 새 오두막에 설치한 거 어떻게 만들었는지 기억나?"

나는 우쭐해져 고개를 끄덕였다.

"내 생각엔 그게 화살을 만드는 제작대인 것 같아."

서머가 계속해서 말했다.

"에메랄드 한 개에 화살 열여섯 개야."

서머는 화살 제조인 주민에게 화살을 흔들어 보였다.

"그러면 더는 닭을 죽이지 않아도……."

사실이라면 나에게 그보다 좋은 일은 없었다.

서머가 또 내 말을 잘랐다.

"그래! 다른 주민들처럼 어디선가 뚝딱 만들어 온다니까."

서머는 내게 화살 한 묶음을 던졌다.

더 이상 화살을 아낄 필요가 없다. 또 언젠가는 닭을 죽여야 하는 게 아닐까 걱정하지 않아도 됐다.

"사용할 수 있는 대체품을 찾을 줄은 몰랐어."

나는 숨을 크게 내쉬며 말했다.

"마치 우리가 살던 곳에서 진짜 가죽이 아닌 인조 가죽 제품을 입거나 고기가 아닌 재료로 만든 패티가 들어간 햄버거를 먹는 것처럼 말이야."

"시간과 노력이 더 들어도 책임감 있는 소비가 중요하다는 걸 보여 주는 거지."

서머가 말했다.

"서머, 너 방금 공생 규칙을 만들었어."

나는 놀란 듯 놀리며 말했다.

"익숙해지지 마."

서머가 단호하게 말했다. 그 말에 나는 더 크게 웃었다.

나는 자신의 일터로 돌아가는 화살 제조인에게 말했다.

"고마워, 화살 제조인."

화살 제조인은 '천만에요'라는 듯 '흐어어' 소리를 냈다.

"가이, 상기시켜 줘서 고마워."

서머가 덧붙였다.

"뭘 상기시켜 줘?"

나는 서머를 향해 몸을 돌려 물었다.

"우리가 완전히 바보처럼 잊고 있던 원래 계획 말이야."

서머는 조금 화가 난 듯 보였다.

"서머, 도대체 무슨 말을 하는 거야?"

나는 서머에게 다시 물었다.

서머는 강가 주변의 키 큰 사탕수수를 향해 고개를 돌렸다.

"아아아아."

그제야 나는 서머의 말을 이해했다.

"사서."

서머는 고개를 끄덕였다.

그래도 다행인 것은 우리가 심고 또다시 심은 사탕수수가 완전히 다 자랐다는 것이다. 그 결과 사서를 다음 단계로 업그레이드시킬 만큼 충분한 사탕수수를 얻을 수 있었다.

"이게 뭐야!"

사서의 새로운 거래창에 랜턴 하나와 에메랄드 한 개 혹은 책장이 보이자, 서머가 소리를 쳤다.

"계속 시도해 보자."

나는 계속해서 긍정적인 생각을 유지해 보려고 노력했다. 그러고는 목록에 있는 두 번째 아이템을 쳐다봤다.

"저 책장은 우리 숙소에 장식하면 좋겠네."

나는 마지못해 에메랄드 아홉 개를 내고 책장을 사서 주머니에 넣었다. 그런 다음 우리는 숙소로 향했다.

"네 방에 먼저 설치해 보자."

나는 서머를 달래기 위해 이렇게 말했다.

"에메랄드 아홉 개라니."

서머는 가까운 벽에 책장을 세우면서도 투덜댔다.

"다음에는 랜턴을 아홉 개 사자."

"어떤 것 같아?"

나는 형형색색의 책장에서 물러나며 물었다.

"흐음. 절반은 저쪽으로 옮기면 어때?"

서머는 잠시 쳐다보더니 먼 모퉁이를 가리키며 말했다.

평소처럼 책장이 분리될 거라 생각하며 나는 책장을 쳤다. 하지만 책장은 분리되지 않았다. 대신 아홉 번째 혹은 열 번째쯤 쳤을 때쯤 사라지더니 그 자리에 세 개의 책이 나타났다.

나는 부끄러움도 모른 채 소리쳤다.

"책이야!"

우리 둘은 방 안을 뛰어다니며 숨도 쉬지 않고 미친 듯이 중얼거렸다.

"사서한테 가서…….

"에메랄드가 없는데…….

"아무거나 팔자 어서 어서 어서!"

우리는 언덕을 쏜살같이 달려가서 주민들 사이를 오가며 우리가 가진 모든 걸 보여 주고 거래를 제안했다. 이윽고 에메랄드를 충분히 모은 우리는 환호성을 지른 후 사서에게 가서 에메랄드 일곱 개와 빈 책을 마법이 부여된 책과 교환했다.

펑하는 소리가 나더니 내 손에서 빛나는 책이 진동했다. 책 표지에는 "불꽃"이라고 적혀 있었다.

"작업실로 가자!"

우리는 번개처럼 작업실로 달려갔다.

"이제 어쩌지?"

무엇을 해야 할지 모른다는 현실에 부딪히자, 그제야 심장이 천천히 뛰었다.

"어쩌면 다른 아이템과 합쳐야 하는 건지도 몰라."

서머가 말했다.

"석궁을 사용해 봐!"

"아니. 네 활을 쓰자."

나는 서머를 향해 몸을 돌렸다. 그리고 서머가 무어라 반박하기 전에 내 뜻을 밀어붙였다.

"네가 떠올린 거니까 네 활부터 시도해 보자."

"고마워, 가이."

서머는 살짝 떨리는 목소리로 말하더니 모루를 꺼냈다.

서머는 활을 꺼내 모루의 왼쪽에 활을 올렸고, 나는 마법이 부여된 책을 오른쪽에 놨다.

서머의 활에서 빛이 났다. 서머는 빛나는 활을 들어 올렸다.

"따끔거리면서 좀 따뜻해진 기분이야."

"당장 써 보자!"

나는 문으로 달려갔다.

"지붕으로! 어서!"

우리는 선선한 저녁 공기를 맞으며 밖으로 나갔다.

"가능한 한 마을에서 멀리 떨어진 곳으로 날려 봐!"

나는 강을 가리키며 말했다.

"혹시라도 불이 나면 어떡해."

"알겠어!"

서머는 다이빙보드 위로 올라가 강을 향해 활을 쐈다.

불꽃 화살이다! 화살은 유성처럼 번쩍이며 날아가 연기를 피우며 강 속으로 사라졌다.

내가 감동에 벅찬 탄식을 지르려고 하는데, 서머가 흥분된 목소리로 말했다.

"네 차례야! 네 물건에도 마법을 부여하자."

"아침까지는 안 돼. 사서가 잠들었잖아."

나는 한숨을 쉬었다.

"상관없어!"

서머는 나를 지나쳐 문으로 갔다.

"마법을 부여하는 작업대! 기억나? 지난번엔 아무것도 없어서 사용하지 못했잖아!"

"아, 서머. 너는 정말, 완전, 진짜 최고야!"

나는 계단에서 소리를 치며 서머 뒤를 따라갔다.

"그건 나도 이미 알거든!"

서머가 대답했다.

우리는 흑요석 네 개, 다이아몬드 두 개를 놓고 그 위에 빈 책을 놨다. 그러자 빨간색과 검은색 상자가 생겼고, 위로 책이 활짝 펼쳐졌다. 정말 마법이 일어나는 것처럼 불가사의한 글자인지 기호인지 모를 것들이 책장 위로 피어났다가 다시 책 속으로 들어갔다. 가까이 다가가자 빈칸이 보였다. 오른쪽에 기다란 세 개의 빈칸이 가로로 있었고, 왼쪽에는 네모난 창이 있었다.

나는 상자에서 청금석을 꺼내 오른쪽 창에 놓고, 석궁을 왼쪽 창에 놓았다. 창에 뜬 선택지를 보고 나는 입이 떡 벌어졌다. '관통'. 이는 화살이 더 큰 피해를 입힐 수 있다는 뜻일 것이다. '내구성'은 말 그대로일 테고, 세 번째 '다중 발사'는 여러 의미가 담긴 듯했다.

"이걸 해 봐야겠어."

나는 마침내 하나를 골랐다.

청금석은 사라졌고, 석궁은 다시 내 손으로 돌아왔다. 반짝이고 따끔거렸다.

"지붕으로 올라가자!"

우리는 다시 지붕으로 올라갔다. 암흑으로 덮인 밤이었다. 별 밝은 밤하늘에 보름달이 반쯤 떠오르고 있었다.

그때 데크로 올라오려는 거미를 향해 나는 본능적으로 석궁을 들어 쐈다. 그런데 한 발이 아닌 세 발이 날아갔다!

화살을 맞은 거미는 땅에 떨어져 연기로 사라졌다.

"판을 바꿀 결정적인 요소인데!"

나는 빛나는 무기를 들고는 신이 나서 떠들었다.

서머는 자기 화살을 들고 내 석궁을 만져 봤다.

"우리는 이제 막 레벨을 올렸어."

"더 해야 해!"

내가 말했다.

"모든 물건에 마법을 부여해야 한다고! 온갖 도구며 갑옷까지! 지금 당장 할 수 있어!"

서머가 고개를 저었다.

"더 이상 청금석이 없어."

"문제없어!"

나는 신나서 껑충거렸다.

"가서 주민을 깨운 다음 청금석을 더 사면 돼."

"뭐를 가지고? 이제 에메랄드도 없는걸."

서머가 반박했다.

"아직 없는 거야!"

나는 빙글빙글 돌며 춤을 추고 노래를 불렀다.

"주민들과 거래해서 에메랄드를 얻은 후에······."

"아니면 그냥 내일 청금석을 채굴하러 가도 돼."

서머가 제안했다.

"그러면 거래할 광물도 더 생기고 청금석을 더 많이 찾을 수도 있잖아."

"서머, 너 그 활 써 보고 싶어서 몸이 근질거리는구나!"

나는 장난으로 콧방귀를 뀌었다.

"그게······. 실은 그래."

서머가 멋쩍게 말했다.

우리는 웃으며 별빛 아래에서 이 순간을 즐겼다. 춤을 추고 노래를 부르며 종종 강가를 향해 화살을 쐈다. 아름다운 밤이었다. 우리가 모험을 떠난 이후에 맞는 최고의 순간이었다.

하지만 이 좋은 시간이 이렇게 빨리 산산이 깨질 거라고는 상상조차 하지 못했다.

12장

나는 나쁜 일이 일어날 것이라는 징조 같은 건 믿지 않는다. 그건 미신이라고 생각하기 때문이다. 다음 날 아침, 하늘에 구름이 잔뜩 끼어 있었다. 아마도 그걸 나쁜 일이 일어날 징조로 여겨야 했는지도 모르겠다. 사막으로 들어선 이후 처음 보는 날씨였다. 세차게 퍼붓던 비가 사막에 들어서자마자 멈춘 것처럼 꽃밭 위에만 구름이 개어 있었다. 냄새부터 달랐다. 창문을 타고 넘어 온 공기를 나는 깊게 숨을 들이마시며 향기를 맡았다. 그때 멀리서 흐릿한 무언가가 눈에 들어왔다.

꽃밭 가장자리 안개 사이로 누군가가 있었다. 주민인가? 내가 망원경을 갖고 왔을 때에는 이미 사라지고 없었다. 잠시 후 숙소 문을 열었을 때 나는 까맣게 그 일을 잊고 말았다.

"좋은 아침, 가이."

서머가 밝게 인사를 했다.

"얼마나 많이 변했는지 봐."

서머가 마을을 가리키며 말했다.

"새 집, 작업실, 거래 공간……."

서머는 어제 만든 공간을 말하는 것이다. 벽마다 거래할 아이템이 가득 담긴 상자가 있는 공간. 마을에 이런 공간이 생겨서 좋았다. 단순히 숙소까지 왔다 갔다 하지 않아도 되기 때문만은 아니다. 우리만의 작업 공간이 생기고 나니, 우리는 더 이상 외지인이 아니라 이 마을 사람이 된 것이다.

"우리가 이 마을을 제대로 된 마을로 만드는 데 기여했어."

서머가 자랑스러운 듯 말했다.

"이민자치고는 잘했지."

내가 덧붙였다.

"새로운 사람들이 새로운 아이디어를 생각해 내고 활기를 넘치게 만들었으니 정말 잘된 일인 것 같아."

"그래."

나는 서머가 건넨 쿠키를 받으며 동의했다.

"내가 살던 곳에서는 이 문제가 굉장히 중요했던 것 같아. 이민자는 우리를 더 강하게 만든다는 것."

새로운 공생 규칙이다. **이민자는 마을을 더 강하게 만든다.**

"그럼 가 볼까?"

서머는 오늘 해야 할 광산 일에 대해 말했다.

"좋은 생각이야."

나는 갑옷을 찾으며 말했다.

"내가 작물을 수확하는 동안 넌 물약을 만드는 게 어때?"

서머는 내 주먹에 자신의 주먹을 치는 걸로 대답을 대신한 뒤 이렇게 말했다.

"그런데 금의 양이 한정적이니까 어떤 물약을 만들지 신중하게 선택해야 해."

이 세계에서 한 번도 물약을 만들어 본 적이 없다면 알려 주겠다. 치유의 물약을 만들 때는 수박에 금을 입혀야 하고, 야간 투시 물약을 만들 때도 당근에 금을 입혀야 한다. 성직자에게 금을 한 뭉텅이 팔기 전에 이 점을 미리 생각했어야 했다.

공생 규칙 하나. **쇼핑을 할 때는 항상 예산을 정해야 한다.**

"내가 가능한 한 많이 캐 올게."

나는 손을 흔들며 문으로 향했다.

언덕을 내려가는 동안 기분이 좋았다. 머릿속에는 새로 캘 광물에 대한 생각이 가득했다. 잠시 후 우리의 농장에 다다랐을 때, 꽃밭 근처에 작물이 풍성하게 자라나 있는 게 보였다.

밀과 당근을 수확하고는 남은 것을 농부에게 팔기 위해 마을로 향했다. 그런데 농부가 보이지 않았다.

'분명 어딘가 돌아다니고 있겠지. 아침 산책할 시간이니까.'

처음에는 이렇게 생각했다. 숙소로 가서 필요한 것들을 챙긴 다음, 서머에게 작물을 팔러 갈 거라고 말했다.

"시간을 너무 많이 쓰진 마!"

서머가 내 뒤에 대고 외쳤다.

"지하에도 나쁜 놈들이 나타나니까."

"빨리 갔다 올게."

나는 서머에게 이렇게 말한 후 다시 언덕을 내려갔다. 지금은 대낮이었고, 농부가 농장에 없을 이유가 없었다. 하지만 농장은 여전히 텅 비어 있었고, 어쩐지 불편한 기분이 들었다.

나는 작업실마다 들어가 농부를 찾았다.

"농부 어디 있어? 혹시 농부 본 사람?"

물론 마을 주민들은 내 질문에 대답할 수 없었다. 나는 점점 어떤 감정의 소용돌이에 휩쓸리고 있었다.

"가이!"

서머가 짜증 난 듯한 목소리로 날 부르며 걸어왔다.

"왜 아직도 여기 있어? 우리는 진작 떠났어야 했다고."

"농부가 안 보여."

나는 농장을 바라보며 말했다.

"일할 시간인데도 말이야. 아무 데도 보이지 않아. 무언가 잘못된 것 같아."

서머는 잠시 생각에 잠기더니 내가 무엇을 걱정하는지 이해한다는 듯 주변을 살폈다.

"네 걱정을 덜어 주고 싶은데, 아무래도 실종된 것 같아."

서머는 이렇게 말하며 철 골렘을 쳐다봤다. 마을 주민들이 늘어난 이후로 골렘도 더 생겨났다.

"저 보안관 중 형사로 승진한 사람이 없으니 우리가 직접 수사하는 수밖에."

서머는 곡괭이를 넣고 활을 꺼냈다.

우리는 하루 종일 농부를 찾았다. 마을 주변, 물가, 꽃밭, 심지어 지금은 버섯밭이 된 우리의 예전 언덕 창고까지 찾아봤지만, 농부의 흔적은 어디에도 없었다.

저녁 무렵, 우리는 겨우 단서 비슷한 걸 찾을 수 있었다. 양과 소들이 풀을 뜯고 있는 들판 한가운데에 구멍이 나 있었다.

"여기는 수십 번도 더 지나다녔는데 왜 못 봤지?"

나는 그제야 솟아오른 두 개의 블록 사이에 가려진 구멍을 발견했다.

"농부가 이 구멍에 빠진 게 분명해."

"맞아. 아침에 돌아다니다가 길을 잘못 들어서 밤이 될 때까지 길을 찾지 못하고 헤맸을 거야. 여기 주민들은 그다지 똑똑한 것 같진 않거든."

서머가 말했다.

나는 주민 편을 들어 주고 싶었지만, 해가 지고 있었다.

"일단 숙소로 돌아가서 채굴에 필요한 물건들을 챙겨서 다시 오면……."

서머는 이미 구멍을 내려가고 있었다.

"기다려!"

내가 외쳤다.

"야간 투시 물약이라도 좀 줘."

"지금은 하나도 없어."

서머는 이렇게 말하고는 어둠 속을 걸어갔다.

"완벽하군."

나는 자조적으로 말했다.

"혹시 또 없는 거 있어? 여분의 화살? 횃불에 쓸 석탄?"

"그만 투덜거려."

서머는 벽에 횃불을 설치하며 말했다.

"날 찾으러 네더에 왔을 때 너도 아무것도 없었잖아."

"맞아. 그리고 죽다 살아났지."

나는 그 기억에 몸이 떨렸다.

"미안. 뭐라고 하는지 못 들었어. 나는 누구랑 다르게 무서워하는 대신 일을 하느라 바쁘거든."

서머가 말했다.

'흥! 저렇게 무작정 가다가는 화살에 맞기 십상이지.'

나는 속으로 투덜댔다.

그러나 잠시 후 나는 그런 생각을 한 것에 대해 엄청난 죄책감을 느꼈다. 왜냐하면 정말로 어둠 속에서 화살이 날아와 서머의 배에 꽂혔기 때문이다.

나는 방패를 들고 끙끙거리는 서머 앞으로 가서 외쳤다.

"미안해, 미안해, 미안해!"

"뭐가?"

또 다른 화살이 내 방패로 날아와 꽂혔을 때 서머가 물었다.

"아, 아무것도 아니야."

나는 말을 더듬었다.

"내가 활을 쏠 수 있게 비켜."

서머의 불꽃 화살이 내 귀가 뜨거울 정도로 바짝 다가오자,

나는 옆으로 물러섰다.

"어디로 쏘려고?"

내가 물었다.

"아무것도 안 보이잖아!"

"이제 곧 보일 거야."

서머는 거들먹거리며 말했다.

잠시 후 화살은 돌바닥인지 벽인지 모를 곳으로 날아갔다. 하지만 불꽃에는 아무것도 비치지 않았다. 혹시 서머는 화살이 횃불처럼 주변을 밝혀 주길 기대한 걸까?

"서머! 불꽃 화살은……."

나는 다급히 서머를 부르며 화살 쏘는 걸 막으려 했다.

하지만 이내 입을 다물었다. 멀리서 불꽃이 깜빡이는 게 보였다. 불꽃 앞으로 지나가는 무언가로 인해 짧은 시간 동안 어두워졌기 때문이다.

해골이었다! 이게 바로 서머의 계획이었다. 우리 사이에 해골이 나타나면 불꽃 화살이 가려지면서 빛이 깜빡거릴 것이고, 이를 통해 해골의 위치와 속도를 알아내고자 한 것이다.

"우아!"

나는 감탄했고 서머는 또 다른 화살을 활에 걸었다.

"그걸 사과로 받아들일게."

서머는 목표를 향해 정확하게 화살을 쐈고, 해골 몸에 곧바로 불이 붙었다.

"명중이야!"

불길에 휩싸인 채 고통스러운 듯 몸부림치는 해골을 보며 나는 환호를 질렀다.

"갈까?"

서머가 정중하게 물었다.

"확실히 우리도 업그레이드가 됐네."

나는 석궁으로 불을 끈 다음 해골을 처리했다.

"그리고 횃불을 절약할 수 있기도 해."

서머가 불꽃 화살을 놓으며 말했다.

"횃불은 아껴야 하잖아."

우리는 구불구불한 터널을 걸어갔다. 다행히도 터널은 한 층으로 되어 있는 듯했다. 횃불을 설치하긴 했지만 드문드문 설치해서 터널 안을 환하게 밝혀 주지는 못했다. 터널은 거의 네더만큼 어두웠다.

"따뜻한 거 같지?"

서머가 잠시 후 물었다.

"응, 확실히 그래."

나는 걸음을 멈추고 소리에 집중했다.

"근처에서 부글거리는 소리가 들려."

"용암이 있어. 그것도 아주 많이."

서머는 내 옆으로 와 허공에 귀를 기울였다.

우리의 앞쪽에서 무언가 희미하게 빛나는 게 보였다.

"용암이 흐르나 봐."

내가 말했다.

"만약 이 터널이 내가 살던 섬의 지하와 비슷하다면 우리는 협곡에 다가가고 있는 걸지도 몰라."

서머도 내 말에 동의하며 조심스럽게 천천히 움직였다.

"으어어어어."

순간 우리는 둘 다 얼어붙었다.

"좀비야."

나는 석궁을 들었다.

"맞아. 그런데……."

서머는 네모난 주먹을 들었다.

"으어어어어."

소리가 또 들렸다.

"소리가 이상해."

서머가 속삭였다.

"좀비가 내는 소리치고 좀 낮아. 아니, 굵달까?"

나는 고개를 끄덕이며 앞과 뒤를 살폈다. 소리를 내는 좀비의 정체는 아기 좀비나 사막 좀비, 드라운드도 아니었다. 이것은 분명 새로운 유형의 좀비였다.

어느덧 발소리가 점점 가까이서 크게 들려왔다.

"도대체 어디서 다가오는 건지 모르겠어."

서머가 작게 투덜댔다.

"내 생각엔 저 앞 같아."

나는 밝은 곳을 가리켰다. 서머와 나는 무기를 들고 눈을 크게 뜬 채 최대한 조심히 터널을 걸어갔다. 잠시 후 우리는 절벽에 다다랐다. 내 섬과 마찬가지로 이곳은 지하 협곡이었다. 그 위로는 부글부글 끓는 용암 호수가 있었다.

"으어어어어."

어디지? 우리 옆에 있는 저 터널인가? 아니면 반대편? 우리가 혹시 다리를 못 본 건가?

"으어어어어어."

"가이! 조심해!"

몸을 돌리자 좀비가 눈앞에 있었다. 넝마를 걸친 몸에 초록색 피부, 공격을 위해 치켜든 팔까지. 그런데 모자를 쓰고 있었다. 밀짚모자!

"농부다."

내가 중얼거리는데, 불꽃 화살이 날아와 좀비가 된 내 주민 친구를 절벽 아래로 밀어 버렸다.

농부는 붉게 빛나는 용암 속으로 사라져 갔다.

"미안해."

서머는 후회가 가득한 목소리로 말했다.

"모든 게 너무나 갑작스럽게 일어났어! 네가 좀비와 닿거나 물리면 저 농부처럼 될까 봐 어쩔 수 없었어!"

"서머, 넌 옳은 일을 한 거야."

나는 서머에게 확신을 주고자 이렇게 말했다.

"그런데 어떻게 농부가 좀비로 변한 거지?"

나는 용암을 다시 바라봤다.

"어쩌면 일반 좀비에게 물린 게 아닐까?"

서머는 자신만의 이론을 펼쳤다.

"우리는 좀비한테 물려도 다치기만 하지만, 어쩌면 마을 주민들은 좀비로 변하는 건지도 몰라."

"만약 그런 거라면 농부는 언제 좀비에게 공격을 당한 거지? 다들 밤이 되면 집 안으로 들어가고 골렘이 항상 마을 주변을 순찰하잖아."

나는 마을이 있는 쪽을 쳐다보며 말했다.

"어쩌면……."

서머가 잠시 말을 멈췄다가 이어 말했다.

"운이 안 좋았던 거 아닐까? 해가 진 후 밖에 있다가 골렘이 근처에 없을 때 하필 좀비를 만난 거지."

"확실히 알아내야겠어."

혼란스러워진 나는 마음을 굳게 먹었다.

"지난번 떠돌이 상인을 지켜본 것처럼 내일 밤에 마을 주민들이 어떻게 위험에 대처하는지 밤새 살펴보자."

우리는 다음 날 밤, 창문가에 서서 망원경을 손에 쥐고 주민들을 지켜봤다. 계속해서 기다렸지만 아무 일도 일어나지 않았다. 주민들은 침대에서 잠들었고 떠돌이 상인은 투명화 물약을 마셨다. 예상대로 몹들이 마을 주변에 나타났지만, 골렘이 해치웠다. 평소와 다를 건 하나도 없었다. 농부가 대체 어떤 이유로 그런 끔찍한 일을 당한 것인지 알아낼 방법이 없었다.

"어쩌면 비극적인 사고였을지 몰라."

서머가 말했다.

"수백만 분의 일 확률로 길을 잘못 들어서 무시무시한 구멍에 빠지는 사고를 당했을 수도 있어."

"그래, 어쩌면."

나도 동의했다.

"그런데 너무 빨리 결론짓지는 말자. 만약 이런 일들이 여러 번 일어났다면 우리가 이 사실을 훨씬 일찍 알았을 거야."

어느덧 새벽이 되자 나도 모르게 하품이 나왔다.

"그런 끔찍한 사고가 전에 단 한 번도 일어나지 않았을 거란 뜻은 아니야. 며칠 밤만 더 관찰해 보고 이런 일이 얼마나 자주 일어나는지 살펴보자."

서머는 내 말에 동의했고, 다음 날 밤 우리는 다시 창가를 지켰다. 그런데 그때 박쥐와 닮은 몹이 나타났다. 예전에 정글에서 봤던 그 몹이다.

"오랜만이네."

나는 창문 앞을 날아다니는 몹을 보며 말했다.

"저것들은 정글에만 있는 줄 알았는데."

"어쩌면 잠과 관련이 있는 걸지도 몰라."

서머가 하품을 하면서 말했다.

"사흘 밤을 연속으로 깨어 있었던 게 정글 이후로 처음이잖아. 어쩌면 우리가 피곤한 걸 알아차린 건지도 몰라. 마치 상어가 피 냄새를 맡듯이."

그 순간 초록 눈의 박쥐가 유리창 가까이로 날아들었다.

"이것 봐. 우리한테만 관심이 있잖아. 박쥐들은 원래 마을 근처에는 얼씬도 안 해."

서머가 활을 들었다.

"활 쏘는 연습을 할 시간인가."

"화살 아껴."

나는 네모난 주먹을 조심스럽게 들었다.

"그리고 활이 닳잖아."

"하지만 뭐라도 해야지."

서머는 화가 나서 씩씩거렸다.

"피곤한데 아무것도 안 하고 있으면 미쳐 버릴지도 몰라."

"그럼 내일 밤은 쉬도록 하자."

내가 제안했다.

"무언가를 놓칠 수도 있지만……."

나는 하늘을 날고 있는 적을 향해 손을 흔들었다.

"우리가 쉬면 저것들은 곧 사라질 거야. 그리고 지루하면 나하고 이야기하면 되잖아!"

나는 아이처럼 신난 목소리로 말했다.

서머는 아무런 감정 없이 낮은 소리로 대답했다.

"그래, 참 재미있겠네."

다음 날 저녁, 우리는 잠자리에 들었고, 이튿날 저녁에는 다시 마을 주변을 관찰했다. 잠도 자고 박쥐도 쫓아낼 수 있어서 좋았지만 여전히 지루했다.

"너는 이 마을 주민들의 역사에 대해서 생각해 본 적 있어?"

내가 물었다.

"아니, 하지만 너는 해 본 적이 있는 것 같네."

서머가 퉁명스럽게 대답했다.

"그냥 궁금해서."

나는 말을 이어 갔다.

"혹시 저 주민들이 사원이나 갱도를 지은 건 아니겠지?"

서머가 건조하게 웃었다.

"설마. 저들을 봐. 행복하고 야망이 없어 보이잖아."

서머는 집으로 향하는 주민들을 보며 말했다.

"그게 뭐 어때서?"

나는 주민을 옹호하며 물었다.

"저들이 적당히 일을 하고 남는 시간 동안 친구들과 분수에서 논다고 한들 누가 저들에게 뭐라고 할 수 있겠어?"

"뭐라고 하는 게 아니야, 가이."

서머는 방어적으로 대답했다.

"모두가 나처럼 동기 부여가 되어 있다고는 생각하지 않아."

"특히 '멍청이'처럼?"

내가 농담을 했다.

"그건 달라."

서머가 단호하게 고개를 저었다.

"스스로를 돌볼 정도로 일하는 건 괜찮아. 하지만 자신은 일하지 않으면서 다른 사람에게 도움을 받는 것은 모두에게 공평하지 않은 거야."

서머는 다시 창문으로 다가갔다.

"그리고 내가 관찰한 바에 따르면 주민들은 우리가 여기 온 이후 새로운 걸 전혀 하지 않았어. 주민 수가 늘어난 후에도 말이지. 자신들이 가진 것 말고는 더 가지고 싶어 하질 않아."

서머의 눈은 마을을 향해 있었다.

"맞아."

나도 동의했다.

"그런데 어쩌면 저들의 조상은 그랬을지 모르지. 우리가 살던 세상에서도 어느 세대는 새로운 건물을 짓고, 발명을 하고, 위대한 문명을 이룩하잖아. 그런데 그 모든 걸 이룬 이후의 세대는 좀 더 단순하고 여유로운 삶을 살기도 하지."

"그건 그들의 선택이었어."

지평선을 바라보며 서머는 좀 더 어두운 목소리로 말했다.

"우리가 살던 세상에서는 위대한 건축가가 지은 작업물이 멋지다는 이유로 강제로 **빼앗**거나 가로채는 경우도 있지 않아?"

서머는 마을을 내려다봤다.

"여기서도 그런 일이 일어났을 수 있지. 오래전에 말이야. 아마도 이 마을은 누군가 정복하고 남은 흔적일지 몰라."

"누가?"

등이 서늘해진 내가 물었다.

"모르지."

서머는 고개를 저었다.

"이미 오래전에 사라졌거나 아니면 아직 우리가……."

서머는 갑자기 말을 멈추고는 유리창에 얼굴을 들이댔다.

216

"저길 봐!"

나는 망원경을 들었다. 마을 주민 중 화살 제조인이 집을 나와 어두운 마을을 걷고 있었다.

"이게 무슨……."

"어서 가자!"

서머는 내 말을 자르고는 밖으로 나갔다.

내가 계단으로 내려가려 하자 서머가 외쳤다.

"시간이 없어!"

서머의 말이 옳았다. 지금은 긴급 상황이었다. 우리는 옥상의 다이빙보드로 향했다. 서머가 먼저 뛰어내렸고, 나도 그 뒤를 따랐다.

떨어진다! 너무 빨라!

나는 곧이어 차디찬 강물 속으로 첨벙 **빠졌다**.

발에 바닥이 닿자, 수면 위로 힘차게 올라갔다. 그러고는 서머와 함께 온 힘을 다해 땅이 있는 곳으로 헤엄쳤다.

"화살 제조인이랑 석공이 같은 집으로 들어가는 걸 봤어."

서머가 강둑을 향해 헤엄치며 말했다.

"침대가 하나밖에 없는 예전 집이야!"

그게 바로 좀비가 된 농부에게 생긴 일일 것이다. 농부는 구멍에 빠져 헤맨 게 아니라 침대를 빠르게 차지하지 못해서 다른 집을 찾으려고 기웃거리다가 좀비를 만난 것이다.

"그어어어어!"

우리는 마을로 달려가면서 싸울 준비를 했다. 좀비가 화살 제조인을 뒤쫓고 있었다. 골렘들은 이미 다른 몹들을 처리하고 있거나, 너무 멀리 떨어져 있었다.

"기다려, 화살 제조인!"

나는 소리치며 다이아몬드 검을 꺼내 들었다. 달빛을 받은 검이 빛났다. 나는 좀비와 주민 사이로 잽싸게 달려들어서 초록색 얼굴을 공격했다. 좀비가 마침내 연기로 사라지고 썩은 살점만 남길 때까지 공격을 멈추지 않았다.

"이제 괜찮아!"

나는 화살 제조인을 향해 외쳤다. 화살 제조인은 안전한 숙소에 거의 도착했다. 하지만 다른 방향에서 또 다른 좀비가 다가오고 있었다.

나는 최대한 빨리 달려갔지만 서머의 불꽃 화살이 더 빨랐다. 서머의 화살이 좀비의 가슴에 맞았다.

"명중이야!"

나는 서머에게 칭찬을 날리고는 좀비를 마저 해치우러 갔다.

하지만 불에 타던 좀비가 내게 주먹을 날렸고, 내 몸에 불이 옮겨 붙었다. 뜨겁고 고통스러웠다. 나는 불 때문에 앞도 보이지 않는 상황에서 검으로 좀비를 공격했다. 마침내 좀비는 사라졌고, 내 몸에 붙은 불도 꺼졌다.

"마셔!"

서머는 어느새 내 앞에 나타나 물약을 들이밀었다. 나는 마법으로 몸이 치유되는 걸 느끼며 물약을 들이켰다.

"화살 제조인은?"

나는 기침을 하며 주민을 찾았다.

"괜찮아."

서머는 숙소 문을 열었다.

"이 안에 있어."

숙소 안으로 들어가자 화살 제조인이 침대에서 아무 일도 없었다는 듯 평온하게 자고 있었다.

"이제 됐네. 적어도 지난번 농부에게 무슨 일이 일어난 건지 알게 됐잖아."

서머가 마음이 놓인 듯 말했다.

"그래, 그런데……."

하지만 나는 마음이 놓이지 않았다.

"이런 일이 다시 일어나지 않게 하려면 어떻게 해야 하지?"

"막을 수 없어."

서머는 조금도 걱정되지 않는 듯 말했다.

"그리고 주민에게는 골렘이 있잖아. 골렘은 대부분 자신의 역할을 잘 해내고 있어."

"그런데 오늘 밤에는 아니었잖아!"

나는 서머의 말을 반박했다.

"그렇다고 해서 우리가 매일 밤 주민들을 지키는 건 불가능한 일이야."

서머가 이성적으로 말했다.

"게다가 우리가 여기서 영원히 머물지는 않을 거잖아."

서머의 말은 굉장히 차가우면서도 논리적이었다.

"우리가 이 세계의 경찰관 노릇을 할 순 없어. 늘 누군가를 구할 수는 없다고."

서머는 자고 있는 주민들을 가리켰다.

"가이, 나도 너처럼 저들에 대한 감정을 갖고 있어. 하지만 네가 계속 말했듯이 우리가 여기에 머무르는 이유는 최대한 많은 걸 배워서 집으로 돌아갈 방법을 알아내는 거잖아."

서머는 팔을 뻗어 어깨를 크게 으쓱해 보였다.

"그런데 어떻게 저들 문제에 우리가 계속 개입할 수 있겠어?"

"네 말이 맞아. 하지만 여기에 머무는 동안만이라도 개입해야 해! 우리가 저들의 집을 짓고, 인구가 늘어난 만큼 음식을 더 만들어 주고, 직업도 줘야 한다고. 저들이 진화할 수 있도록 도와야 해."

심장이 빠르게 뛰었고, 머릿속이 뒤죽박죽이었다. 나는 서머의 빛나는 활을 가리켰다.

"저들이 발전해서 우리가 이득을 본 건 너도 인정할 거야. 적어도 지금은 우리도 다른 주민처럼 이 마을의 일원이라고 생각해. 그러니까 기본적인 방어는 할 수 있도록 도와주자."

나는 검을 높이 들었다.

13장

공동체의 모든 일원은 공동체 보호를 위해 힘써야 한다. 내가 살던 곳에서는 이것이 굉장히 중요한 개념으로 여겨지면서 우리가 살아가는 방식이 되기도 했다.

"기본적인 방어를 제공해야 해."

나는 스스로에게 다시 한 번 다짐하듯 말했다.

서머는 아무런 대답도 하지 않았다. 대신 서머는 마을 주민들을 잠시 쳐다보더니 깊게 숨을 내쉬고는 말했다.

"그래, 네 말이 맞아. 우리가 여기 있는 동안은 사람들이 안전할 수 있도록 도와줘야 해. 문제는……."

서머는 잠시 말을 멈추고는 창문 밖 건물들을 쳐다봤다.

"어떻게 저들을 잘 도와줄 수 있냐는 거야. 매일 밤 교대로 지켜볼 순 없잖아. 그러면 우리는 아무 일도 할 수가 없어."

"방법이 떠올랐어."

나는 머릿속에 떠오른 생각에 몹시 뿌듯해하며 말했다.

"저들을 가두는 거야. 매일 밤 주민들이 잠자리에 들면 우리가 흙이나 나무 같은 걸로 문을 막아서 저들이 집 밖으로 나오지 못하게 하면 돼."

"너 제정신으로 하는 소리야?"

서머가 믿을 수 없다는 듯 물었다.

"뭐? 뭐가 문제인데?"

나 역시 믿을 수 없다는 듯 되물었다.

"집이 한두 개가 아니잖아!"

서머는 펴지지도 않는 손으로 숫자라도 셀 것처럼 네모난 주먹을 들어 보이며 비웃었다.

"집집마다 문을 막으려면 시간도 너무 많이 걸려. 그리고 그건 임시방편일 뿐이잖아. 게다가 무엇보다 우리가……."

"벽!"

나는 서머의 말을 끊었다.

"그래, 그거야!"

나는 이런 생각을 해낸 스스로에게 감탄했다.

"버려진 사막 마을에 대해 말한 것처럼 말이야! 기억나? 조약돌이랑 채굴하고 남은 돌을 이용해서 벽을 쌓은 다음, 몹이 벽 안에 나타나지 못하게 횃불을 밝히는 거야. 그러면 벽 안은 주민들에게 필요한 모든 게 다 있는 요새가 되는 거지."

"그래. 주민들의 자유만 빼고."

자유. 서머의 말이 차디찬 양동이 물처럼 느껴졌다. 이 역시 전에 내가 살던 곳에서 중요하게 여기던 개념이다.

"떠날 자유가 없는 요새는 감옥과 마찬가지야. 마을 주민들이 돌아다니는 걸 좋아한다는 걸 잊지 마. 요새를 짓는다면 우리는 주민들에게서 돌아다닐 자유를 빼앗는 거야. 그리고 언젠가 주민들이 이 마을을 떠나고 싶을 때가 오더라도, 우리가 그들에게서 그럴 권리마저도 빼앗은 거지."

서머의 말은 일리가 있었다. 하지만 나는 굽히지 않았다.

"그래, 자유가 없지."

나는 얼버무리듯 말했다.

"중요한 문제긴 한데, 너도 알다시피 가장 중요한 건 안전이잖아. 그러니까 내 말은, 죽거나 좀비가 된 후에는 자유도 아무 소용이 없다는 거야."

내 주장에 대한 타당한 근거를 더 생각해 내려고 애썼다.

"타협이란 게 필요하달까? 자유와 안전 그 중간쯤인 거지."

"동의해."

서머는 한발 뒤로 물러섰다. 그 말을 듣고 서머를 완전히 설득했다고 생각했다. 하지만 서머는 이렇게 말했다.

"그런데 그 중간은 누가 정하는 건데? 네가? 아님 내가?"

서머는 주민들을 쳐다봤다.

"아니면 저들이? 우리는 저들의 삶, 자유, 안전에 대해 이야기하는 거야. 그런데 저들은 이 토론에 끼지도 못하잖아. 그렇다면 투표하게 할 수 있어?"

투표. 또다시 심장이 철렁했다. 투표를 할 자유, 자신의 운명을 결정지을 자유. 이것들이 바로 문명의 기반이다. 적어도 내가 온 곳에서는 그랬다. 서머가 온 곳 역시 마찬가지였다.

"가이, 네가 좋은 마음으로 그러는 거 알아. 주민들을 최선을 다해 지키고 싶은 것도 알고. 그런데 저들의 왕처럼 군림하려 한다면 네가 아무리 좋은 왕이라도 그건 좋은 생각이 아니야."

나는 단 한 번도 주민들의 왕이 되려 한 적이 없다. 하지만 만약 그게 주민들을 보호하기 위한 거라면…….

"좋은 왕인데 왜 나쁜 생각이라는 거야?"

내가 서머에게 되물었다.

"왕이 일을 제대로 하고, 뭘 해야 할지 안다면? 주민들을 그들 스스로보다 더 잘 보호하는 방법을 안다면 말이야. 내가 섬에 있을 때 이런 적이 있었거든. 크리퍼가 내 집을 폭파시켰는데 동물들이 아무 생각 없이 용암으로 걸어가서……."

"저들은 동물이 아니잖아!"

서머가 크게 외치는 바람에 나는 깜짝 놀라 펄쩍 뛰었다.

"주민들은 사람이야! 우리와 똑같진 않지만 우리와 똑같은 권리를 갖고 있어. 저들은 자신들이 살아가는 방법을 스스로 정할 권리가 있다고. 비록 그 결정이 틀렸다고 해도 말이야."

서머는 내 주장을 계속해서 반박하며 쏘아붙였다.

"만약 네가 주민들의 왕이라고 치자. 너는 모든 힘을 갖고 있지만 완벽하지 않아. 완벽한 사람은 없으니까. 네가 악의 없이 옳은 일을 해 주고 싶다 해도 일을 그르칠 수 있어. 하지만 왕인 너를 막거나 네 뜻을 거스를 사람이 없잖아. 네 결정이 잘못되면 너 때문에 주민들이 다 죽을 수도 있어. 그렇기 때문에 아무리 좋은 왕이라도 그건 좋은 생각이 아니라는 거야."

흐릿한 기억들이 떠오르면서 온몸이 떨렸다.

"내 생각에…… 내가 살던 곳에서도 그런 이유 때문에 왕을 없앴던 것 같아. 왕을 내쫓거나 아니면…….."

서머는 고개를 끄덕이며 본인의 흩어진 기억을 떠올렸다.

"내가 사는 곳에는 아직 왕이 있는 것 같아. 그런데 왕한테 권력은 없고, 일종의 놀이동산 캐릭터 같은 존재인 거지. 멋진 옷을 입고 사진을 찍는 사람들을 향해 손을 흔드는 게 전부인 거야. 내가 살던 곳의 왕은 그 정도의 권력만 가진 듯 해."

"말이 되네."

나는 한숨을 쉬었다.

"그리고 주민들에게 투표할 권리를 준다는 것도 말이 돼."

나는 주저하며 말을 이었다.

"그런데 저들이 어떻게 투표를 하지? 우리와 언어도 통하지 않잖아. 대체 어떻게 투표할 기회를 줄 수 있지?"

서머는 주저하지 않았다.

"몸소 행동해야지."

"어떻게?"

나는 그게 정확히 무슨 말인지 이해할 수 없었다.

"간단해. 우리가 벽을 짓고…….."

서머가 말했다.

"거봐! 내 말이 맞았…….."

225

"그런데 말이지."

서머는 신이 나서 말하는 나를 막고는 말을 계속했다.

"대신 문을 설치하는 거야. 그러면 주민들은 낮엔 자유롭게 벽 밖으로 드나들다가 밤이 되어 문을 닫으면 벽 안에 안전하게 머무를 수 있잖아."

"그 문을 닫거나 밤에 문 안으로 들어가는 걸 잊어버리면?"

내가 물었다.

"그건 그들의 선택이지."

나는 서머의 말에 완전히 설득되지 않았다. 하지만 더 좋은 생각이 떠오르지 않았기 때문에 우선은 서머의 말대로 하기로 했다.

우리는 먼저 숙소로 돌아가서 갖고 있는 재료들을 분류했다.

"충분하지 않아."

나는 얼마 없는 조약돌을 세며 말했다.

"새 집이며 작업실을 짓느라고 많이 써 버려서 마을 전체에 벽을 둘러 세우기에는 어림도 없겠어."

"그럴 필요 없이 외곽에 있는 집끼리 연결하면 어때?"

서머는 모퉁이 창문으로 걸어가며 말했다.

나는 서머의 말을 머릿속에 그렸다. 보기에는 좋지 않지만, 외곽의 건물에 벽을 치면 남은 재료로도 가능할 듯했다.

"시도해 볼 만하네."

내가 말했다. 동쪽 하늘에서 빛이 밝아 왔다.

외곽에 있는 건물 사이에 벽을 세우자 마을 전체를 둘러쌀 수 있었다. 공중에서 보면 거대한 T 자 모양이었다. 툭 튀어나온 T 모양의 동쪽 위에 서 있으면 북쪽 혹은 남쪽 벽이 보였다.

"저격하기에 더 좋아 보여."

서머는 고개를 끄덕이며 말했다.

"특히 벽을 적정한 높이로 세우면 더 좋을 거야."

"그래."

나는 한 블록 높이의 벽을 바라보며 말했다. 집들을 연결하면 벽은 얼추 완성이 되지만, 높이는 또 다른 문제였다.

"다시 광산 일을 해야 할 것 같아."

나는 볼품없는 벽을 노려보며 말했다.

서머는 한 발 앞으로 걸어가서는 앞에 있는 흙을 쳤다.

"아니면 우선 도랑을 파면 어떨까? 나중에 광산 일을 하러 가면 그때 적당한 돌이나 심층암을 모으면 되잖아. 도랑을 파면 벽은 한 블록 정도만 높아지겠지만, 흙 블록을 이용해서 한 층 더 얹어 줄 수 있을 거야."

"좋아. 때마침 도구도 있으니까!"

나는 서머의 말에 동의하며 마법이 부여된 삽을 들어 올렸다. 그렇게 한나절 걸릴 일을 단 몇 분 만에 해냈다! 그리고 마지막 흙 블록을 쌓았을 때 지평선 너머로 해가 지고 있었다.

"완벽하군."

나는 지는 해를 보며 말했다. 우리는 어둠 속을 달리며 구석진 곳마다 횃불을 설치했다. 마을은 횃불로 이내 밝아졌다.

"광산 일 하러 가야겠다. 석탄이 거의 다 떨어졌어."

서머가 툴툴거렸다.

"나도 마찬가지야."

나는 마을 저편에서 외쳤다.

"그래도 우리가 해낸 걸 봐."

온통 벽으로 둘러싸인 대낮처럼 밝은 안전한 섬.

이건 시작일 뿐이다. 나는 앞으로 우리가 개선해 나가야 할 것들을 상상했다.

"그아아아아."

순간 나는 얼어붙었고, 곧바로 검을 꺼냈다.

"서머?"

"나도 들었어!"

서머가 외쳤다.

"혹시 벽 밖인가?"

썩은 주먹이 갑자기 내 뒤통수를 퍽 하고 쳤다. 고개를 돌리자 녹색의 얼룩덜룩한 얼굴이 보였다.

"어디서 나타난 거야?"

나는 좀비를 검으로 베며 물었다.

"그아아아."

좀비가 내는 소리는 마치 '알고 싶어?' 하고 묻는 것처럼 들렸다. 나는 좀비를 토막 내며 서머에게 말했다.

"저 문 중 하나로 들어왔나 봐."

"그건 불가능해."

또 다른 좀비의 신음을 들으며 서머가 반박했다.

"최근에 세상이 변하면서 놈들도 네더 피글린처럼 문을 열 수 있게 됐는지도 몰라!"

나는 고집을 피웠다.

"그런데 아직 문을 안 달았잖아!"

아, 그랬지.

"그아아아!"

또 신음 소리가 들렸고, 그 뒤로 좀 더 빠르게 "그아!" 하는 소리가 났다. 익숙한 소리였다. 내가 섬의 지하에 있을 때, 절벽에 있던 좀비가 내 위로 떨어지며 낸 소리와 같았다.

"가이!"

서머가 새롭게 나타난 좀비를 방패로 때리면서 네더라이트 도끼를 찾았다.

"알 것 같아! 몹들이 어디서 나타나는지!"

나는 서머를 돕기 위해 달려가며 외쳤다.

서머는 죽은 좀비에게서 피어나는 연기 사이에서 눈을 치켜뜨고는 벽을 쳐다봤다.

"벽 근처에 낮은 턱이나 언덕이 있는 게 분명해! 그걸 타고 벽을 올라오는 것 같아."

"분명 그럴 거야!"

나는 서머의 말에 동의했다. 우리는 벽을 향해 달려갔다.

"너는 이쪽으로 가."

서머가 달려가며 외쳤다.

"나는 저쪽으로 갈게!"

나는 서머와 반대편으로 달렸다. 한 발이라도 잘못 디디면 몹이 들끓는 아래로 떨어질 것이다. 벽을 둘러싼 도랑조차 잘 보이지 않았다. 그런데 생각해 보니 좀비가 언덕을 타고 벽을 올라오는 건 불가능했다. 그러면 어떻게 안으로 들어온 거지? 어두운 초원에 좀비와 반짝이는 거미의 눈이 보였다. 그리고 모습을 감춘 크리퍼가 희미하게 보였다.

혹시 크리퍼가 벽에 구멍을 낸 걸까? 아니, 그랬다면 폭발 소리가 들렸을 것이다. 게다가 크리퍼가 폭발하려면 우리가 근처에 있어야 했다. 하지만 우리가 있는 벽은 높아서 여기에 있으면 크리퍼를 작동시킬 수 없다.

그때 해골의 화살이 내 어깨에 꽂혔다. 나는 벽 아래에 있던 좀비 옆으로 떨어지고 말았다.

"또?"

나는 좀비의 주먹에 얼굴을 맞으며 푸념했다. 그러고는 곧바로 방패를 들고 좀비에게 맞은 걸 고대로 돌려주었다.

좀비는 연기가 되어 사라졌고, 서머가 벽 위에서 외쳤다.

"바로 저거야!"

나는 서머가 가리키는 근처 집 지붕을 쳐다봤다.

"저기에 횃불 설치하는 걸 잊어버렸어!"

"가자!"

나는 달려가며 외쳤다. 하지만 지붕에 올라선 순간 해골 저격수들이 공격을 퍼부었다. 결국 화살에 맞은 나는 이 층 높이에서 땅으로 떨어지고 말았다.

"아악!"

다리뼈가 부러진 나는 신음을 토했다.

"우리 협동해야 해! 한 명은 보초를 서고, 한 명은 지붕에 횃불을 설치하는 거야."

나는 서머에게 외쳤다.

"그럴 시간이 없어!"

서머는 이렇게 대답하더니 활을 꺼내서 횃불을 설치하지 않은 석공의 집 지붕에 나타난 좀비를 겨눴다. 서머의 화살에 맞은 좀비는 불탔고, 나는 검으로 좀비를 처리했다.

내가 다시 지붕 위로 올라가려고 하는데, 거미가 벽을 타고 올라오고 있었다.

"문제가 생겼어! 거미한테는 벽이 안 통해!"

나는 거미의 등을 가르며 외쳤다.

"아니, 문제없어! 주민을 쫓아다니는 건 좀비뿐이니까!"

서머는 불타는 화살로 좀비를 처리하며 외쳤다.

"정말? 그러면 걱정할 필요 없겠네."

나는 지붕 위로 올라가 마지막 횃불을 설치했다.

"응, 걱정 안 해도 돼."

서머는 자랑스럽게 마지막 남은 좀비를 처리했다.

지붕에서 내려온 우리는 분수대 주변에 서서 몹들이 더 공격해 오지는 않을지 주위를 살피며 밤을 보냈다.

"우리가 해냈어."

서머가 말했다.

해가 떠오르자 주민들이 집에서 나왔다.

"이제 문을 달기만 하면 돼."

"내가 생각을 좀 해 봤는데 말이야."

나는 작업대를 펼치며 말했다.

"아무래도 주민들이 문을 닫는 걸 잊어버릴 것 같거든."

우리는 벽에 구멍을 낸 후 문을 달았다. 그런 다음 나는 다시 작업대로 가서 얇은 수평 사각형을 만들었다.

"이 압력판 보여?"

나는 문 앞에 압력판을 설치하며 자랑스럽게 말했다.

"네 산에서 찬바람을 막기 위해 설치했던 것처럼 하는 거야."

서머는 밤새 싸우고 난 뒤라서 말대꾸할 기분이 아닌지 퉁명스럽게 말했다.

"네가 해야 한다면 해야지."

나는 아무렇지 않았다. 성공이야말로 최고의 찬사이니까. 서머가 동쪽, 서쪽, 남쪽 문을 만드는 동안 나는 압력판을 들고 그 뒤를 따라 다니며 설치했다.

"오늘 밤 저 압력판이 어떻게 작동할지 기대된다."

나는 즐겁게 말했지만 새어 나오는 하품을 막을 순 없었다.

"내일 밤. 오늘 밤에 안 자면 박쥐들이 또 공격할 거야."

서머가 말했다.

"그래, 그럼 내일 밤."

나는 서머의 의견에 동의했다.

우리는 남은 시간 동안 벽을 강화할 돌과 광물을 캤다.

이틀 밤을 꼴딱 새운 우리는 숙소로 돌아오자마자 쓰러지듯 잠자리에 들었다.

다음 날 아침이 밝았을 때에도 우리는 주어진 과제에만 집중했다. 그날은 하루 종일 채굴한 뒤 흙 블록을 조약돌로 교체하여 벽을 강화하는 일만 했고, 다음 날은 내 회심의 걸작인 압력판이 당당하게 작동하는 걸 지켜보기 위해 밤을 지새웠다.

하지만 그저 가만히 앉아서 나의 천재적인 결과물의 성공적인 작동을 기다릴 수만은 없었다. 우리는 해골의 화살을 피하기 위해 두 블록마다 한 층씩 블록을 더 쌓아 벽을 개선했다. 들쭉날쭉한 톱니 모양이 있는 옛날 성벽처럼 말이다.

성벽 쌓기를 거의 끝냈을 즈음, 문이 열리고 닫히는 소리가 들렸다. 나는 일을 하다 말고 마을을 살폈지만 딱히 이상한 점은 보이지 않았다. 주민들이 집을 들락날락하는 것도 아니었고, 서머는 바쁘게 일하고 있었다. 순찰을 도는 골렘 말고는 아무런 움직임이 없었다. 나는 어깨를 으쓱하고는 성벽을 마저 쌓았다. 그런데 잠시 후 또 그 소리가 나더니 이어서 좀비의 신음이 들렸다.

이윽고 또 다른 좀비 소리와 성난 좀비의 신음이 연달아 들려왔다.

궁금증은 곧 해결됐다. 벽의 북쪽 문 옆에 골렘이 있었는데, 골렘에게 주먹을 맞은 좀비가 하늘 위로 날아갔다. 가만히 지켜보니 골렘이 압력판을 밟아 문이 열리면 좀비가 그 안으로 들어왔고, 그 순간 골렘이 주먹을 날렸다. 하지만 좀비의 수가 많아서 문 안으로 들어오는 좀비도 있었다.

"서머……."

내가 서머를 부르려는데, 서머도 이미 봤는지 반대편 벽에서 목소리가 들려 왔다.

"나도 알아. 보초를 돌던 골렘이 네 압력판을 작동시킨 거야!"

"내가 해결할게! 서머, 좀비를 맡아 줘!"

나는 벽을 달리며 말했다. 그리고 바닥을 향해 뛰어내렸다가 실수로 바로 옆에 있던 골렘을 치고 말았다.

"앗, 미안. 어떡하……."

내가 말을 하기가 무섭게 골렘이 커다란 손으로 나를 움켜쥐었다. 잔뜩 두들겨 맞은 나는 밤하늘을 가르며 날아가 몹이 득실거리는 벽 너머로 떨어졌다. 내 뼈가 으스러지는 소리와 더불어 좀비의 신음, 거미의 쓰읍쓰읍 소리 그리고 다가오는 해골의 달그락거리는 소리가 한데 어우러졌다.

"달려!"

서머가 불꽃 화살을 날리면서 외쳤다.

"내가 막아 줄게! 숙소로 가!"

나는 최대한 빠른 속도로 절뚝이며 움직였다. 치유되는 속도보다 빠르게 몹이 내 뒤를 추격해 왔다. 크리퍼가 앞에서 불을 번쩍였다. 나는 석궁으로 크리퍼를 쏘고 방패를 들었다. 잠시 후 폭발이 일면서 내 몸이 거미가 있는 곳으로 날아갔다. 나는 거미를 상대하기 위해 석궁에서 검으로 무기를 바꿨다. 서머의 불꽃 화살이 날아와 거미에게 꽂혔다.

"계속 뛰어!"

서머의 외침에 나는 언덕을 향해 있는 힘껏 달렸다. 하지만 앞에서 좀비가 다가오고 있었다.

"계속 가!"

서머가 외쳤다.

내가 좀비의 공격을 피해 언덕 끝까지 뛰어 올라가 숙소 문에 거의 다다랐을 때 모퉁이에서 크리퍼가 나타났다.

크리퍼가 우리 숙소 옆에서 터지도록 놔둘 수는 없었다. 나는 몇 발자국 뒤로 물러난 후 섬에서 터득한 전략을 쓰기로 했다. 이름하여 '불 끄기' 작전이다. 크리퍼를 공격한 후 그 즉시 뒤로 물러난 다음, 잠시 후 다시 공격하는 방법이다. 이 과정을 반복하면 크리퍼를 폭발시키지 않고 제거할 수 있을 뿐만 아니라 화약도 얻을 수 있다. 나는 공격, 후퇴, 공격, 후퇴, 공격을 반복한 후 마침내 화약 가루를 얻었다.

크리퍼로부터 얻은 전리품을 벨트 주머니에 넣는데, 물 엘리베이터를 타고 올라오는 서머를 발견했다. 나는 급히 계단을 올라가 옥상 중간에서 서머를 만났다.

"괜찮아?"

서머가 물었다.

"사실 엉망진창이었어!"

나는 마을을 내려다보며 투덜댔다.

"골렘한테 사고였다고 말하려고 했는데, 내 말을 안 듣잖아! 골렘은 정말이지 말을 너무 안 듣는다니까!"

나는 이야기할수록 화가 치솟았다.

"이건 불공평해! 내가 살던 곳에서는 내 입장을 말할 기회가 있었어! 법원, 배심원, 변호사가 있었는데 여기는……."

"여기는 아예 목소리가 없지."

서머가 마저 말했다.

"내 말이!"

나는 성질을 냈다.

"그래서 이 게임을 만든 사람들이 모든 결정을 내리는 거야."

"맞아!"

"아무리 좋은 의도로 한 행동이라도 골렘은 실수를 했지."

"맞아!"

"그런데 그 실수로 다치는 건 결국 우리고."

"그래……, 아."

서머는 마을을 내려다봤다.

"그래, 이제 너도 저들의 기분을 알겠지."

"그런 것 같아. 그리고 자유가 얼마나 중요한지도 말이야."

나는 주저하며 인정했다.

"떠날 자유도 포함해서 말이지."

서머는 말을 이었다.

"저들의 사법 체계가 네 마음에 들지 않을 수도 있어. 내가 남에게 얹혀사는 게으른 멍청이를 싫어하는 것처럼. 하지만 그게 이곳의 법칙이야. 그걸 받아들이거나 이곳을 떠나면 돼."

서머의 말이 마치 골렘의 주먹처럼 느껴졌다. 딱딱하고 강력한 진실의 강철 주먹.

"모두에게 선택권이 있어야 해."

서머는 한숨을 쉬었다.

"그리고 모두가 자유를 가져야 해."

나도 한숨을 지었다. 이제 알겠다.

"네가 맞았어, 서머. 거의 다."

"거의?"

"게임이라고 말한 부분만 빼고. 그건 사실이 아니니까."

"그래, 너도 틀릴 자유가 있는 거니까."

우리는 같이 웃었다.

"아직 마음이 불편해."

나는 따스한 햇살이 마을을 비추는 걸 보며 말했다.

"왜 종이 울리지 않은 걸까? 만약 그게 알람이라면 좀비가 석공을 쫓아갈 때는 왜 울리지 않은 거지?"

"종이 울릴 시간이 없었거나, 우리가 말한 것처럼 아직 우리가 보지 못한 다른 위협이 있을 수도 있지."

서머가 말했다.

"부디 그 다른 위협을 볼 일이 없으면 좋겠다."

나는 괜한 이야기를 꺼냈다고 생각했다.

"깊이 생각할 거 없어."

서머는 문을 향해 걸어가며 말했다.

"오늘은 하루 종일 광산 일을 해야 해. 또 그 전에 마지막으로 해야 할 일도 있고."

우리는 언덕을 내려가 마을 농장 옆에 있는 공터로 갔다. 그곳에 흙 블록을 내려놓고 밀 씨앗을 한 주먹 심은 다음, 흙 블록 주변을 흰색 섬록암으로 둘러쌌다. 그러고는 네 모퉁이에 횃불을 밝히고 울타리에 "농부"라고 적은 팻말을 설치했다.

"추모라고 할 것까진 없지만, 그래도 비슷하게 하긴 했네."

서머가 말했다.

나는 마을 주민들을 봤다. 다들 아무것도 변한 게 없다는 듯 각자 볼일을 보고 있었다.

"아무도 슬퍼하지 않는 것처럼 보여."

문득 언짢아진 내가 말했다.

"슬퍼하기는커녕 농부가 사라진 걸 인지도 못 하잖아. 전혀 신경도 안 쓰는 것 같아."

"감정이 보이지 않는다고 해서 신경을 안 쓰는 건 아니야."

서머가 반박했다.

"각 문화마다 애도의 방식은 다를 수 있어. 안 그래? 서로 다른 믿음을 존중해야 한다는 네 규칙처럼 말이야."

서머는 팔을 벌리고 나를 쳐다봤다.

"어떤 문화에서는 감정을 그대로 표출하도록 가르치는가 하면, 감정 표현을 꾹 참아야 한다고 가르치는 문화도 있어."

서머는 아래를 쳐다봤다.

혹시 서머는 자신이 살았던 문화에 대해 말하고 있는 건가? 아니면 스스로에 대해서? 아니면 둘 다인가?

나는 팻말을 향해 몸을 돌리고는 고개를 숙였다.

"무슨 말이라도 해야 할까?"

"그냥 잠시 묵념하는 게 어때?"

나는 고개를 끄덕이고는 눈을 감았다.

'농부야, 내 말을 들을 수 있는지 모르겠어. 이 세상이든 혹은 어디에서든 육체가 없어져도 영혼이 남는지 모르겠지만, 우리를 처음 만났을 때 반겨 줘서 고맙다는 말을 하고 싶어. 좋은 이웃, 친구, 선생님이 되어 줘서 고마워. 널 절대 잊지 않을게.'

나는 고개를 들고 눈을 떴다.

눈앞에 새로운 아기 주민이 보였다.

"엇, 안녕? 꼬마야."

나는 깜짝 놀라며 인사했다.

"여기 온 줄 몰랐네."

"우리에게 인사하려고 왔나 봐."

서머가 말했다.

"그렇다면 좋은 일이지."

내가 말했다. 아기 주민은 묘지를 향해 이렇게 말했다.

"흐어어."

"잘했어."

서머는 고개를 끄덕이며 말했다. 그리고 우리는 둘 다 진지한 목소리로 아기 주민이 한 말을 반복했다.

"흐어어."

14장

주민들의 자유를 빼앗지 않고도 마을을 안전하게 만들었으니, 아니 만들려고 노력했으니 광산 일을 하러 가야 했다.

"도구에 마법을 더 부여하는 게 어떨까?"

농부의 묘지를 떠나며 서머에게 물었다.

"좋은 생각이야."

서머는 밝게 대답했다.

"마법을 부여할 수 있는 청금석도 있잖아!"

전날, 우리는 탐험을 하면서 투구부터 장화까지 모든 아이템에 마법을 부여할 수 있을 만큼 많은 청금석을 얻었다. 우선 투구부터 작업을 시작했는데, '보호'와 '호흡' 두 가지 마법 중 서머는 '보호'를 선택했다.

"각각의 힘이 어떻게 작용하는지 알아보려면 우리가 서로 다른 힘을 선택하는 게 좋을 것 같아."

내가 제안했다. 나는 빛나는 호흡 투구를 썼는데, 일반 투구와 다른 점이 느껴지지 않았다. 숨 쉬는 것도 다르지 않았다.

"네더의 냄새를 더 좋게 바꿔 주는 건지도 몰라."

그다음으로는 흉갑에 마법을 부여했다. 서머는 '폭발로부터 보호'를 선택했고, 바지에는 '화염으로부터 보호'를 선택했다.

내 흉갑에는 '발사체로부터 보호'를 부여했다. 아무래도 원거리 공격을 막아 주는 마법인 듯했다. 그런데 바지에 부여할 마법에 '가시'라고 적혀 있는 걸 보고는 고개를 갸우뚱했다.

"별로 마음에 안 드는데."

가시가 바지 안쪽에 돋는 상상을 하자 몸이 절로 움찔했다.

"그런데 아무 일도 안 일어났네."

적어도 얼핏 봤을 때는 바지 안쪽에는 가시가 돋지 않았다.

"곧 알게 되겠지."

나는 말하며 장화를 꺼냈다. 장화에 부여할 수 있는 세 가지의 마법은 모두 썩 마음에 들지 않았다. '물갈퀴'는 바다에서만 쓸모 있을 것 같았고, '영혼 가속'은 영혼 모래에서 도움이 될 것 같았다. 그나마 유용한 '내구성'을 선택했다.

서머 역시 '영혼 가속'과 '물갈퀴' 중 고민을 하다가 조금 더 멋져 보이는 '차가운 걸음'을 선택했다.

"화염 보호하고 똑같진 않겠지?"

나는 궁금해졌다.

"어쩌면 용암 위를 걸을 수 있게 해 주지 않을까?"

서머가 말했다.

"그 이론을 실험해 보고 싶어?"

나는 '나는 빼 달라'는 뜻으로 주먹을 들어 올리며 말했다.

"지금은 아니지."

서머는 빛나는 장화를 신었다.

"청금석을 더 교환해서 마법을 계속 부여하자."

내가 말했다.

"그런데 말이야."

서머가 주저하며 말했다.

"마법을 부여할수록 뭔가 빠져나가는 기분이 들지 않아?"

"그래, 네가 하는 말이 무슨 뜻인지 알 것 같아."

나도 동의했다. 마법을 부여하는 작업을 하면서 영 이상한 기분이 들었다. 이 기분을 어떻게 표현해야 할지 모르겠다. 생전 처음 느껴 보는 기분이었다. 배고픔, 피로 같은 느낌이 아니었다. 평소에는 이런 감정이 있는지조차 몰랐는데, 최근 들어 그 감정이 눈에 띄게 소모되었다.

"어쩌면 마법을 부여하는 작업을 하면 기운이 떨어지는 걸지도 몰라. 일종의 '기력' 같은 거 말이야. 그리고 성공적인 모험을 하고 나면 그 기력을 회복할 수 있겠지."

서머가 고개를 끄덕였다.

"좋아, 가 보자!"

우리는 음식, 화살, 원목, 물약을 챙기고, 새롭게 마법을 부여한 갑옷까지 입고 농부를 집어삼킨 구멍으로 향했다.

지난번 농부를 발견한 터널을 걸을 때에는 다른 몹을 보거나 그 소리를 듣지 못했다. 하지만 용암 계곡으로 이어지는 통로를 지날 때 분명 뼈가 부딪히는 소리가 났다.

"우리 뒤야."

나는 서머에게 경고하고는 뒤를 돌았다. 해골 둘이 우리를 향해 다가오고 있었다.

"지난번이랑 비슷하네."

나는 방패를 들어 활을 쏘는 서머를 보호했다.

"오른쪽!"

내가 서머의 불꽃 화살을 피해 왼쪽으로 몸을 피하는 순간 서머가 외쳤다. 첫 번째 해골에 불이 붙자 나는 두 번째 해골의 화살을 막아 냈다.

"왼쪽!"

서머가 외쳤고, 나는 반대 방향으로 급히 움직였다.

"문제없……."

어디선가 들려오는 소리에 나는 말을 멈추었다.

"그어어어!"

몸을 돌리자 좀비가 우리를 향해 다가오고 있었다. 좀비는 내게 주먹을 날렸는데, 내가 아닌 좀비가 고통에 움찔했다.

"네 바지!"

서머가 감탄하며 외쳤다.

"가시 마법 말이야!"

서머의 말이 맞았다. 눈에는 아무것도 보이지 않지만, 좀비는 보이지 않는 마법의 가시에 찔린 것이다.

"고마워, 바지야."

내가 검을 휘두르자 좀비는 절벽 끝에서 비틀거리다가 끝내 용암 속으로 떨어지고 말았다.

"불쌍한 농부를 생각하면 아직도 마음이 아파."

서머가 아래를 내려다보며 말했다.

"그래서 다시는 그런 일이 일어나지 않도록 우리가 노력하고 있는 거잖아."

나는 천천히 아래로 움직이는 물 엘리베이터를 보며 말했다.

"여기서도 엘리베이터를 기다려야 하네."

내가 농담조로 말했다.

"그러게 말이야."

서머는 절벽 아래로 걸어갔다. 그런데 물 엘리베이터가 아닌 용암 쪽이었다.

"나 이 차가운 걸음 장화를 실험해 볼 거야."

"안 돼!"

서머가 발을 내딛는 순간 나는 소리를 질렀다. 서머는 이내 용암 속으로 사라졌다.

"서머!"

나는 서머가 사라진 쪽으로 급하게 달려갔지만, 아무리 찾아도 서머는 보이지 않았다.

"여기야!"

서머의 머리가 용암 위로 떠올랐고 날 향해 움직였다. 여전히 서머는 타들어 가고 있었다!

나는 용암 가장자리로 달려가 서머를 향해 손을 뻗었다.

"물러나."

서머가 웃으며 유유히 용암을 헤엄쳐 왔다.

"나 괜찮아!"

횃불처럼 깜빡이는 서머가 땅 위로 올라왔다.

"서머……."

나는 숨을 가쁘게 내쉬었다. 다행히 내가 살던 곳과 달리 이 세계에서는 공포에 질려도 바지를 갈아입어야 할 일은 없었다.

"이 장화는 용암 위를 걷게 해 주지는 못하네."

서머가 태평하게 말했다.

"그리고 바지의 보호 기능은 말할 가치도 없고."

"뭐? 그러면 어떻게? 무슨?"

내가 흥분한 상태로 계속 말을 더듬자, 서머가 빈 병을 내밀어 보여 주었다.

"화염 저항의 물약을 마셨지."

서머가 밝게 말했다.

"용암 속에 빠지자마자 장화가 아무런 도움이 안 된다는 걸 깨달았어. 내가 성격이 급하긴 해도 멍청하진 않거든."

"서머어어어!"

나는 성을 냈다. 아직 물약 효과가 남았다면 서머를 다시 용암 속으로 밀어 버리고 싶을 정도였다.

"다시는 그러지 마!"

나는 서머를 향해 몸을 돌린 뒤 깊은 한숨을 쉬었다. 그리고는 두근거리는 네모난 심장을 진정시키려 했다.

"미안해, 가이."

서머는 그제야 제법 진지하게 말했다.

"너한테 미리 말했어야 했는데."

"괜찮아."

나는 친구는 서로를 용서해 줘야 한다는 규칙을 떠올렸다.

"그런데 괜히 물약을 다 쓰고 후회하지는 않도록 하자."

내가 빈 병을 보며 말하자 서머는 내 말을 알아차리고는 물 양동이를 부었다. 용암이 꺼지자 계곡은 어두워졌다.

"횃불을 아끼는 게 더 좋겠지?"

서머는 말하며 첫 번째 야간 투시 물약을 꺼냈다.

"돌아가는 길에 횃불을 몇 개만 더 설치하자."

탄탄한 전략이었다. 특히 우리가 물약을 각각 세 개씩 챙긴 것도 신의 한 수였다. 나도 야간 투시 물약을 마셨다.

"계곡 끝이 열려 있어. 보여?"

"정말 그러네."

서머가 횃불을 놓으며 말했다. 우리는 터널을 걸어서 계곡의 끝으로 향했다. 터널에는 광물도 괴물도 없었다.

"너도 냄새 맡았어?"

나는 천천히 발을 떼며 물었다.

"무슨 냄새?"

서머가 내 옆으로 와서 걸음을 멈췄다.

"마치…… 풀 냄새 같달까? 아니면 나무인가?"

나는 깊게 냄새를 맡으며 말했다.

"맞아. 무슨 식물 같아."

서머도 깊게 숨을 들이마시고는 내 말에 동의했다.

서머는 눈을 감고 팔을 펼쳤다.

"그리고 공기에서 습기가 느껴져."

서머의 말이 맞았다. 하지만 용암처럼 고온 다습하지 않은 통상적인 실내 온도 정도였다.

걸음을 걸을수록 냄새가 짙어졌다.

"확실히 식물 냄새야."

내가 말했다.

"풀이랑…… 이끼? 그리고 꽃인데 풀밭에서 나던 냄새와는 달라. 뭔가 새로운 종류의 식물 냄새야."

"과일 향이야."

서머가 말했다.

"맞아."

내가 고개를 끄덕이는데, 야간 투시 물약 효과가 떨어졌다.

"아직은 안 돼!"

서머는 두 번째 물약을 마시려는 나를 말렸다.

"앞에 구불구불한 길 보여? 더 밝아진 것 같지 않아?"

나는 서머가 무슨 말을 하는지 알 수 있었다. 확실히 빛이 느껴졌다.

우리는 모퉁이를 돌자마자 급히 걸음을 멈췄다.

"어머."

서머는 크게 놀랐고, 동시에 나도 소리를 내질렀다.

"우아."

또다시 눈앞에 동굴이 나타났다. 이 동굴은 다른 동굴보다 훨씬 이상했다. 바닥은 웅덩이와 풀이 뒤섞여 있었고, 웅덩이에는 수련 잎이 둥둥 떠 있었다. 여기저기서 자라고 있는 나무는 지금껏 한 번도 본 적 없는 것이었다. 나무는 덤불이 많고 키가 작았으며 분홍색 꽃이 피어 있었다. 길게 늘어져 있는 덩굴에는 노란색으로 빛나는 열매가 달려 있었는데, 그 열매가 모든 걸 비추고 있었다.

"저거 먹을 수 있을까?"

서머는 가까이 있는 덩굴에 다가가며 물었다.

"맛은 이따가 보는 게 좋을 것 같아. 독이 있을 수도 있잖아."

나는 서머를 말렸다.

"나한테 우유가 있어."

서머가 빛나는 열매를 집으며 말했다.

"효과가 없을 수도 있어. 우유로 해독할 수 있다 해도, 동굴 거미를 만날 때를 대비해서 우유를 아끼는 게 좋지 않을까?"

내가 반박했다.

서머는 빛나는 열매를 입에 넣으려다 말고 생각에 잠겼다.

"네 말이 맞는 것 같아."

나는 콧노래를 흥얼거리며 말했다.

"네가 내 말을 인정하는 건 새로운 걸 발견하는 것만큼이나 즐겁다니까."

나는 말을 계속 이어 갔다.

"그런데 이 빛나는 열매가 먹을 수 없는 것이라고 해도 다른 데 쓸모가 있을 수도 있어."

우리는 빛나는 열매를 따서 터널 안으로 가지고 갔다.

"이번에도 내 생각이 맞는지 한번 보자."

내가 천장에 빛나는 열매를 매달려고 하자, 열매는 블록의 반 정도 높이의 관목으로 변하더니 천장에 달라붙었다.

"자, 이제 2단계."

나는 해골에게서 얻은 뼛가루를 관목에 뿌렸다.

"우아."

두 개의 빛나는 열매가 나타나자, 나는 감탄했다.

"얼마나 오랫동안 빛을 낼 수 있을지 모르겠지만. 어쨌든 지금으로서는 재생 가능한 불을 찾은 것 같아!"

"이건 정말이지 위대한 발견이야."

서머는 내 말투를 따라 하며 말했다.

"그렇고말고."

나 역시 서머의 목소리를 완벽하게 따라 하며 대답했다.

"빨리 가서 무얼 더 발견할 수 있을지 살펴보자."

재생 가능. 머릿속에서 이 단어가 맴돌았다. 이 세계가 계속해서 제공하는 것(당근 키우기 등)과 단 한 번만 주는 것(금 캐기 등)의 차이에 대해 처음 생각해 본 것은 아니다. 나중에 이 일은 굉장히 중요한 결과를 낳을 것이다.

그때 내 발아래에서 수백 개의 점토 블록을 발견했다.

"석공이 엄청 좋아하겠는걸!"

나는 마법이 부여된 삽을 꺼내며 말했다.

"저장 공간을 남겨 둬야 해."

서머가 내게 충고했다.

"저 아래에서 또 뭘 찾을지 누가 알겠어?"

어디선가 첨벙거리는 소리가 들렸다. 우리는 잠시 조용히 서서 그 소리에 귀를 기울였다. 빛나는 열매 불빛이 비추는 공간 안에 움직이는 건 아무것도 없었다. 그런데 또 첨벙거리는 소리가 났다. 누군가 있는 게 분명했다.

죽음의 수련 잎, 독이 든 키 작은 꽃나무, 점토로 된 괴물. 무엇이 나타날지는 알 수 없었다. 이 정도로 색다른 생물 군계는 네더에서 본 것이 마지막이었다. 그곳에서 우리는 호글린과 피글린을 만났다. 나는 한 손에는 방패를 다른 손에는 석궁을 들고 서머를 따라 수련 잎이 떠 있는 웅덩이를 건넜다.

우리는 최대한 천천히 움직였다. 걷다 멈추고 소리를 들으며 주변을 살피기를 반복했다. 빛나는 열매가 없는 부분은 그늘이 져서 아무것도 보이지 않았다.

"도저히 안 되겠어."

서머는 야간 투시 물약을 꺼냈다.

"이걸 마시면 동굴 전체가 잘 보이겠지."

우리는 두 번째 물약을 마시고는 빠르게 앞으로 걸어갔다.

"정말 멋진걸."

나는 주변을 보며 감탄했다.

"위협적인 것들은 보이지 않아."

"그런 것 같아."

서머도 내 말에 동의했다.

"그렇다고 없는 건 아니겠지."

또다시 첨벙 소리가 들렸다.

"호랑이도 제 말하면 온다더니."

나는 석궁을 꺼내 몸을 돌렸다. 이번에도 아무것도 없었다.

서머는 계곡 아래의 벽을 가리켰다.

"무언가 보이는 것 같아."

서머는 활을 내리고 그쪽을 향해 걸어갔다. 그리고 양동이를 꺼내 들었다. 왜 양동이를 꺼냈냐고 물으려던 그때, 서머는 황금빛 아홀로틀이 있는 커다란 웅덩이 앞에 멈춰 섰다.

"내가 바라던 거야!"

서머는 신이 나서 말했다.

"두 마리만 있으면 가족을 만들 수 있어! 책에서 보니까 아홀로틀 두 마리한테 열대어를 먹이면 아홀로틀이 세 마리가 된대. 떠돌이 상인이 열대어를 팔지 않았나?"

"응, 팔긴 했지. 그런데 아홀로틀은 더 만들어서 뭐 하게?"

나는 먹이기 위해 생물을 산다는 생각에 움찔하며 물었다.

"물고기 양식장을 더 만들 거야!"

서머가 잘난 척하는 말투로 말했다.

"대구가 나오는 강을 다 막으면 어부한테 팔 수 있는 물고기를 세 배, 네 배, 아니 무한대로 만들 수 있어."

나는 서머에게 조심스럽게 경고를 했다.

"조심해. 저 연못 속에 뭐가 더 있을지 몰라."

서머가 웃으며 양동이로 아홀로틀을 퍼냈다.

"괜찮아. 연못은 완전히 안전할 거야."

펑!

내 뒤에서 크리퍼가 터졌다. 정신이 아찔하고 온몸이 아팠다. 나는 공중으로 날아가 연못에 빠졌다. 몹시 춥고 아팠다. 눈을 떠 보니 머리 위로 뿌연 푸른 물이 보였다. 그리고 서머가 물 위를 걷고 있었다! 폭발 때문에 뇌가 이상해진 걸까?

나는 헤엄을 쳐 수면 위로 올라가려 했다. 그런데 머리가 딱딱한 얼음에 부딪혔다.

연못이 얼어 있었다! 나는 얼른 동굴 벽 근처에 얼지 않은 틈을 찾아 그리로 헤엄쳤다. 서머도 나를 따라 달려갔다. 서머가 거의 다다랐을 때 틈이 얼어붙고 말았다.

서머의 장화 때문이다! '차가운 걸음' 마법은 물을 얼려 물 위를 걸을 수 있게 해 준다는 뜻이었다. 하지만 그 덕분에 나는 물밖으로 나가지 못하고 갇혀 버렸다.

나는 물속에서 꼬르륵거리며 서머에게 저리 가라고 했다. 그리고 곡괭이를 꺼내 얼음을 부수려 했지만, 서머가 다시 연못을 얼어붙게 했다! 나는 서둘러 다른 방법을 찾기 위해 사방을 살폈는데, 동굴 벽에 터널이 있었다. 그곳에도 분명 물이 들어차 있을 것이고, 막다른 터널일 것이다. 지금 상황에서 유일하게 나갈 방법은 물 위로 나가는 것뿐이었다.

끔찍한 놀이였다. 내가 이쪽저쪽으로 헤엄쳐 가면 서머는 열심히 그 위를 얼어붙게 만들었다. 서머가 일부러 그러는 게 아니란 건 당연히 알았다. 서머는 미친 듯이 팔을 허우적거리며 들리지도 않는 소리를 내질렀다. 그러고는 나를 돕기 위해서 곡괭이를 꺼내 난리를 피웠다. 하지만 정작 본인이 상황을 최악으로 만들고 있다는 걸 인지하지 못하고 있었다.

'서머! 저리 가! 저리 가란 말이야. 숨 막힌다고!'

그러고 보니 진작 숨이 찼어야 했다. 얼마나 오랫동안 숨을 참은 거지? 헤엄치기를 멈추자 나는 물속으로 가라앉았다. 전에 물에 빠졌던 일을 떠올렸다. 이 정도로 오래 물속에 머문 적은 없었다. 물론 내 폐에서 산소가 빠져나가고 있었지만 그 속도는 평소보다 훨씬 느렸다. 발이 흙바닥에 닿았을 때 나는 서머를 보며 얼음에서 멀어지라고 손을 휘휘 저었다. 서머는 이제야 내 손짓의 의미를 이해한 듯 멀리 떨어졌다.

'좋았어. 아직 산소가 다 떨어지진 않았어.'

나는 곡괭이를 꺼냈다. 얼음을 부수기 적당한 곳을 찾아서 곡괭이질을 했다.

"서머!"

마침내 수면 위로 올라온 내가 숨을 헐떡이며 외쳤다.

"미안해, 가이! 난 정말 멍청해."

뭍에 서 있던 서머는 빛나는 장화를 손에 들고 소리쳤다.

"이 끔찍한 장화 때문이란 걸 이제야 깨달은 거 있지."

"아니, 그건 축복이었어!"

나는 신나서 통통 뛰며 말했다.

"그게 아니었으면 내가 물속에서 이렇게 오래 버틸 수 있는지 깨닫지 못했을 거라고!"

나는 내가 입은 장화, 바지, 흉갑을 바라봤다.

"내가 입은 것 중에 산소 공급을 늘려 주는 아이템이 있어."

"분명 투구일 거야."

서머는 내 머리를 가리키며 말했다.

"그 '호흡' 말이야."

"아, 그거!"

코끝에 걸친 안경을 발견한 사람이 된 기분이다.

"이 마법 덕분에 우리는 광산뿐만 아니라 이제 물속까지 탐험할 수 있게 됐어!"

나는 신이 나서 뒤에 있는 연못을 가리켰다.

"저 아래 있는 수중 터널부터 시작하면 될 것 같아."

"그래. 네가 인어 놀이를 하는 동안 나는 점토나 캐야겠다."

서머가 동의했다.

"조심해."

나는 이렇게 말한 뒤 다시 말을 정정했다.

"너뿐만 아니라 땅도 조심하란 말이야."

서머가 아리송한 표정으로 나를 바라보았다.

"이곳은 독특한 생물 군계니까 풍부한 자원을 다 휩쓸어 가지는 말자는 뜻이었어."

나는 재생 가능한 자원과 그렇지 않은 자원을 생각했다.

"내 섬에서 배운 것 중에 하나는 내가 섬에게 보호를 받으려면 나도 섬을 보호해야 한다는 거야."

나는 설명을 계속하면서 동굴 가운데에 상상의 선을 그렸다.

"그래서 섬을 나눠서 반은 내가 쓰고 반은 섬이 쓸 수 있도록 했지."

"합리적인 정책이네. 좋아. 그런데 두 가지 조건이 있어."

서머가 주먹을 들어 올리며 말했다.

"혹시 네 마법의 삽을 빌릴 수 있을까?"

"자, 여기."

나는 마법이 부여된 삽을 서머에게 던졌다.

"그리고 내가 걱정하지 않게 자주 물 밖으로 나와 줄래?"

"그래."

나는 약속하고는 연못을 향해 몸을 돌렸다. 그때 야간 투시 효과가 사라졌고, 마지막 물약 병을 들이켰다.

"야간 투시 물약 효과가 떨어지기 전에 돌아올게."

나는 물속으로 들어갔다. 잠깐이지만 두려움을 느꼈다.

'괜찮아. 이 투구는 잘 작동할 거야.'

나는 스스로를 토닥였다.

차츰 두려움이 사라지고 마음이 차분해졌다. 나는 완전한 행복에 도달했을 때의 기분을 느꼈다. 그도 그럴 것이 이 마법의 투구로 나의 첫 번째이자 최악의 악몽을 타파했으니 말이다. 용암에 빠졌을 때 화염 저항의 물약을 마신 것보다도 좋았다. 이번만큼은 이 순간을 즐길 수 있었기 때문이다.

물속 탐험은 정말이지 즐거웠다! 약간 추운 걸 **빼면** 편안하기까지 했다. 물의 얕은 압력은 두툼한 이불 같았다. 그리고 달 위를 걷는 듯 발걸음이 가벼웠다.

잠시 후 물속 계곡에 도착해 그곳을 살펴봤다. 또 다른 터널이 보였다.

나는 반대편 입구로 헤엄쳐 갔다. 저 멀리 통로에 반가운 무언가가 반짝였다. 철이었다! 나는 그리로 가서 채굴을 했다. 마법이 부여된 곡괭이 덕분이 빠르게 채굴할 수 있었다. 철이 더 있는지 찾기 위해 살펴보다가, 나를 빨아들이는 구멍이 있다는 걸 알아차렸다. 아래를 내려다보자 블록 세 개 깊이의 움푹 팬 공간 위로 얇은 공기층이 있었다.

나는 이 세계에서 적용되는 재미있는 법칙을 떠올렸다. 바로 몇 블록만 지나고 나면 물이 바닥난다는 것이다.

그때 유유자적 움직이던 내 몸에 폐에서 마지막 산소가 **빠져**나간 것처럼 치명적인 고통이 느껴졌다.

숨이 찼다! 또!

나는 본능적으로 수면 위로 올라갔지만, 단단한 얼음에 머리를 부딪혔다. 위로는 나갈 방법이 없다. 이러다가는 두 번 다시 연못으로 돌아가지 못하게 될 것이다.

킥! 또다시 고통이 느껴졌다. 이제 몇 초 남지 않았다!

'블록을 파야 해! 빨리 파야 해! 목숨이 달린 일이야!'

돌을 칠 때마다 고통이 내 몸을 강타했다.

돌이 부서질수록 공간이 생겼고, 세차게 밀려드는 물에 몸이 앞으로 밀려났다. 그리고 마침내 다시 숨을 쉴 수 있었다. 나는 거칠게 기침하며 소리를 쳤다.

"바보 같이! 시간을 제대로 봤어야 했는데!"

정말이지 바보 같은 실수였다. 나는 헛구역질을 한 후 치유의 물약을 들이켰다.

"다음에는 시간을 꼭 재야지. 초까지 재서……."

"그어어어!"

축축한 주먹이 내 등을 때렸다. 뒤를 돌아보니 푸르뎅뎅하게 부푼 얼굴의 드라운드가 있었다! 드라운드는 나를 또 공격했지만, 보이지 않는 가시에 찔렸는지 아파했다.

"두 번이나 날 쳤겠다! 이제 끝내 주마."

나는 검을 휘둘러 드라운드를 베었다.

드라운드는 사라지고 연기만 남았다. 나는 숨을 깊게 들이마시며 마음을 가라앉혔다. 하지만 이러고 있을 때가 아니었다. 일분일초라도 빨리 연못 위로 올라가야 했다.

연못 위로 올라가려는 순간, 야간 투시 물약 효과도 끝났다.

15장

"왜 하필 지금이야?"

나는 차분하려고 애썼지만 결국 소리를 질렀다.

앞이 보이지 않았다. 어떻게 돌아가지?

왼쪽으로 꺾으면 터널이 나올 거라는 정도는 알고 있지만, 다른 터널의 입구는 찾지 못할 것이다. 괜한 시도를 했다가 어둠 속에서 길을 잃을 수도 있고, 숨을 쉴 공간을 찾지 못해 죽을지도 모른다. 나는 깜깜한 어둠 속에서 잘 보이지도 않는 절벽의 틈을 찾기 위해 손을 더듬거렸다. 하지만 아무리 더듬어도 찾을 수가 없었다. 결국 나는 원래 있던 자리로 돌아왔다. 이러는 동안에도 마법 투구의 귀한 산소는 줄어들고 있었다. 나는 이 어둠 속에서 홀로 죽게 될 것이다!

위! 갑자기 머릿속에서 생각이 번뜩였다. 나는 수면 위로 올라가기 위한 계단을 만들었다. 완벽한 해결책이 아니란 건 알

앉지만, 적어도 이곳을 탈출할 수는 있을 것이다. 그렇게 해서 밖으로 나간 다음, 우리가 들어왔던 원래 입구를 찾아서 서머에게 달려가면 된다.

물이다! 위에 또 물이 있었다! 물속에 호수가 또 있다니! 계단 아래로 굴러떨어진 나는 새로 들어온 물과 터널 안에서 흘러온 물 사이에 갇히고 말았다. 화가 나서 고래고래 소리를 질렀지만, 아무도 이 외침을 듣지 못했다.

짧은 침묵 속에서 또 다른 목소리가 들렸다.

음매.

이것은 내 머릿속에서 나는 소리다. 처음 섬에 떨어진 후 언제나 힘든 일의 연속이었다. 그럴 때마다 그동안 습득해 온 규칙으로 위기를 모면하곤 했다. 또다시 그런 상황에 놓인 지금, 내 오랜 친구인 음매가 그 사실을 상기시켜 줬다.

당황하지 말고 정신 똑바로 차려. 너도 알잖아. 이런 상황은 언제나 똑같다는걸.

음매가 말했다.

"네 말이 맞아."

나는 스스로에게 말했다.

"하지만 이런 상황에 놓일 때마다 너무 두려워."

우선은 마음을 가라앉혀야 해. 흙 블록 있어?

음매가 무슨 말을 하려는 건지 알았다. 흙 블록 냄새를 맡으면 마음이 평온해진다. 나는 흙 블록을 꺼내 깊게 숨을 들이마시며 흙냄새를 맡았다.

"이제 어떻게 하면 될까?"

어둠 속에서 음매의 모습이 맴돌았다.

정육면체의 법칙.

"그래! 정육면체의 법칙!"

나는 한숨을 쉬며 섬에서 있었을 때를 떠올렸다.

"계획하기, 여기서 나갈 방법을 찾아야 해. 준비하기, 불이 필요해! 여기서나 밖에서나 양쪽 모두에서 말이야."

나는 옆에 있던 블록을 캐고 그 속에 횃불을 설치했다. 불빛이 깜빡이는 걸 보자 마음이 편안해졌다. 이제 내가 어떻게 행동해야 할지 판단이 섰다.

"우선순위 정하기, 이런 물속에서는 생각을 할 수가 없어!"

나는 머리 위에 있는 계단을 돌 블록으로 막았다. 그리고 또다른 방식으로 실험을 해 보기로 했다. 나는 옆에 있는 벽면을 판 후 작업대를 설치했다. 그러고는 문 세 개를 만들어 우선 입구에 문을 하나 설치했다. 그런데 입구에 문을 설치하자마자 물이 곧바로 빠져 버리는 게 아닌가! 그뿐만이 아니라 문을 열었을 때도 물이 들어오지 않았다. 정말 이상한 일이었다. 마치이 안에 보이지 않는 힘의 장이 있는 것만 같았다.

"멋진데."

모처럼 신이 난 나는 서머처럼 말했다. 다시 몇 분 동안 이 안전한 방수 구역을 넓혀 갔다.

"다음 단계는 연습하기, 물에 횃불을 설치할 거야."

나는 '힘의 장' 끝에 선 채로 팔을 뻗어 터널 바닥에 횃불을 설치했다. 잠깐 동안은 자체 공기로 불이 타며 깜빡거렸지만, 이내 불은 어둠 속으로 사라졌다.

"기다리기."

조바심을 내지 않으려 애쓰며 말했다.

"첫 번째 계획이 생각처럼 되지 않을 수도 있다는 거 알잖아."

두 번째 계획은 같은 장소에 빛나는 열매를 놓는 것이었다. 분명 땅에 붙지는 않을 것이다. 지난번 천장에 달려고 했을 때도 몇 초 후에 불이 꺼졌던 기억이 떠올랐다.

"인내하기."

한숨이 저절로 나왔다.

"세 번째 계획을 생각해야 해."

나는 또다시 흙 블록 냄새를 맡으며 마음을 진정시킨 후 불로 쓸 수 있는 재료를 분류했다. 레드스톤 조명이라면 완벽했겠지만, 재료가 없었다. 그리고 용암도 없는 데다가 물속에서는 흑요석을 만들기도 쉽지 않았다. 부싯돌과 철은 시도해 볼 만했다. 잠시 기다리면서 자갈을 캤다. 원석과 석탄을 화로에 넣었을 때 또 다른 아이디어가 떠올랐다.

랜턴. 랜턴 안으로는 물이 안 들어오지 않을까?

나는 횃불을 작업대에 올린 후 주변에 철 조각들을 놓아 랜턴을 만들었다. 그리고 좀 전의 횃불처럼 랜턴을 물이 가득한 터널 바닥에 설치했다. 불이 꺼지지 않았다!

"이야!"

불을 보자 환호하고는 즐거워서 껑충껑충 뛰었다. 그러다가 낮은 지붕에 머리를 부딪혔다. 상관없었다. 그 무엇도 지금의 내 기분을 망칠 수는 없었다! 고마워, 음매야.

갖고 있는 철의 양을 계산해 보니, 돌아가는 길을 전부 밝힐 수는 없다는 결론을 내렸다.

"문제없어."

나는 자신 있게 말했다.

"랜턴을 회수하면서 가면 되니까 산소의 양에만 집중하자."

나는 주머니 속에 있는 남은 두 개의 문을 바라봤다.

"이 정도면 급할 때 숨 쉴 공간을 만들 수 있어."

문밖을 나가서 첫 번째 랜턴을 켜자 오른쪽에 무언가가 보였다. 희미한 불빛? 분명 전에는 없던 것이다.

나는 문 너머로 비치는 불빛에 집중한 채 복도를 걸어갔다. 또 다른 계곡 틈으로 다가갈수록 빛이 밝아졌다. 무엇인지 확인하기 위해 걸음을 멈췄다. 그러고는 소리를 질렀다.

잠시 후 나는 연못으로 나와 서머를 찾았다.

"서머! 서머! 이것 좀 봐! 서머?"

"가이, 도대체 어디 갔던 거야?"

서머는 잔뜩 화가 난 표정으로 터널 입구에 서 있었다.

"네가 하도 안 나와서 따라 들어가려고 했잖아!"

"미안해, 복잡한 사연이 있었어!"

나는 팔을 들어 용서를 빌며 말했다.

"너무 멀리 갔다가 산소가 떨어져서……. 우선 이걸 좀 봐!"

"뭔데? 날 이렇게까지 걱정시킬 만한 가치가 있는 일이야?"

서머의 가시 돋친 말에 나는 "네가 나한테 아무 말도 없이 용암 속으로 들어갔을 때처럼 말이야?" 하고 예전 일을 꺼내는 대신 성숙하게 앞으로 나아가는 걸 선택했다.

"따라와. 네가 보면 정말 좋아할 거야."

나는 호흡 투구를 서머에게 던지며 말했다.

"너는 어쩌려고?"

"내 숨은 걱정하지 않아도 돼."

나는 서머가 할 질문에 미리 대답했다.

"다 해결해 놨거든."

서머는 더 이상 묻지 않고 묵묵히 투구를 썼다.

나는 다시 물속으로 뛰어들어 첫 번째 '산소 기지'로 헤엄쳐 갔다. 산소 기지는 랜턴이 다 떨어져 터널 천장에 머리를 두 번 박고 나서 생각해 낸 것이다. 천장을 캐자 내 예상처럼 구멍 안에 공기가 가득 차 있었다! 나는 중간중간 2×2 크기를 넘지 않는 작은 임시 산소 기지를 만들어 두었다.

산소 기지로 들어간 나는 깊게 숨을 들이마셨다. 서머가 잘 따라오는지 확인하기 위해 아래를 쳐다본 순간 서머의 머리가 옆에 나타났다.

"멋진 해결책이다."

서머도 인정했다. 나에게 다가오던 서머가 소리를 질렀다.

"아야!"

"아, 미안해!"

나는 가시 바지를 벗으며 사과했다.

"이 가시는 친구와 적을 구분할 줄 모르나 봐."

서머는 내 말에 아무런 대꾸도 하지 않고 질문했다.

"이거 얼마나 더 있어?"

"내 뒤만 따라와. 조금 멀어."

내가 진지하게 말했다.

우리는 임시 기지 세 개를 지난 후 계곡 가장자리에 도착했다. 나는 깊게 숨을 들이마신 후 가둬 둔 공기 아래로 내려가 건너편에 있는 랜턴에 집중했다. 솔직히 조금 무서웠다. 투구를 쓰지 않고 연습해 보긴 했지만, 그때는 지금과 달리 손에 들고 있는 것만으로도 큰 위안이 되었기 때문이다.

다행히 나는 반대편으로 건너간 뒤 터널 바닥에 있는 또 다른 '산소 기지'의 문 안으로 들어갔다. 문 하나만 설치했을 뿐인데 공기가 가득한 공간이 만들어지다니! 하지만 한 명만 들어갈 수 있었기에 나는 서머를 불렀다.

"거의 다 왔어."

우리는 문이 달린 두 번째 랜턴으로 헤엄쳐 갔다. 나의 임시 기지를 지나 마침내 복도 끝에 있는 불 켜진 문으로 향했다. 서머에게 가리킬 필요도 없었다. 우리 머리 위에서 네모난 해가 밝고 선명하게 비추고 있었다. 전에 터널로 들어섰을 때는 깜깜한 밤이어서 여길 미처 보지 못했다.

이윽고 우리는 따뜻하고 축축한 공기 속으로 머리를 내밀었다. 주변에는 두툼하고 키가 큰 이파리들이 보였다.

"또 정글이야!"

서머가 외쳤다.

"정글이 아니야."

나는 녹색으로 우거진 풀 사이에 있는 잿빛을 가리켰다.

"익숙해 보이지 않아?"

사원이었다. 멀리 있었지만 분명히 알아볼 수 있었다. 그리고 운이 썩 좋지 않았던 그날 저녁, 잠을 청하기 위해 올라갔던 거대한 나무도 있었다.

"호수는 저기 위에 있는 것 같아."

나는 메마른 땅 위로 올라가며 말했다.

"그리고 우리가 헤엄쳐 온 이 강물로 이어지는 것 같아."

"만약 이게 마을로 이어지는 강이라면 어두워지기 전에 숙소에 도착할 수 있을 거야."

서머가 내 옆으로 헤엄쳐 와서 배를 만들며 말했다.

"지도를 가져왔으면 좋았을 텐데."

나는 서머의 배 옆에 내 배를 놓으며 말했다.

"이 말을 몇 번이나 하는 건지 모르겠네."

"신경 써야 할 게 너무 많으니까."

서머는 배에 올라타며 아쉬워했다.

한동안 우리는 조용히 노를 저으며 아름다운 풍경을 감상했다. 판다도 만났다. 판다는 대나무 숲에서 뒹굴며 놀고 있었다.

"남쪽으로 가니까 좋네."

나는 커다란 나무의 덩굴 아래를 지나며 말했다.

"처음 왔을 때 못 본 걸 발견할 수도 있잖아."

나는 이 말이 현실이 될 줄은 이때만 해도 알지 못했다.

우리는 정글을 지나 해가 이글거리는 사막으로 들어섰다.

"이건 그립지 않았는데."

서머는 마른 목소리로 투덜댔다. 우리는 빈 물약 병에 물을 담기 위해 잠시 멈췄다. 하지만 병을 입가에 댔을 때, 무언가를 발견하고는 움직임을 멈췄다. 푸른 하늘과 잘 구워진 땅 사이에 짙은 검은색의 무언가가 보였다.

"저게 뭐지?"

나는 망원경을 찾으며 물었다. 땀이 잔뜩 난 눈가를 찌푸리며 저 멀리 모래 언덕 위로 솟아난 건물을 바라봤다.

"사원인가?"

서머도 망원경을 눈에 가져다 댔다.

"너무 멀리 있어서 그런지 망원경으로 잘 안 보여."

우리는 다시 노를 저었다. 이번엔 보다 조심스럽게 다가갔다. 저게 무엇이든 경계하며 다가가야 한다.

우리는 강가에 배를 대고 건물의 전체 모습이 보일 때까지 뜨거운 모래를 걸어갔다. 기지였다. 조약돌로 된 지상층 위에 좀 더 좁은 이 층이 있었다. 짙은 색의 목재가 들보와 옅은 색의 자작나무 바닥을 받치고 있었다. 그 위의 삼 층은 좀 더 넓었고 옅은 자작나무 바닥으로 되어 있었다. 또 그 위로는 어두운 목재로 된 지붕이 있었다. 부분적으로 담이 둘러진 삼 층 끝자락에 회색 얼굴에 성난 눈이 그려진 현수막이 매달려 있었다.

"전에 저런 거 본 적 있어?"

서머에게 물었다.

"없어."

서머는 망원경 너머로 대답했다.

"일단 거리를 유지하는 게 좋을 것 같아."

나는 망원경으로 누군가가 지상층을 돌아다니는 걸 볼 수 있었다. 처음에는 그들이 어두운 옷을 입고 석궁을 들고 다니는 주민처럼 생겼다고 생각했다. 자세히 보니 그들의 피부는 마치 마녀처럼 잿빛이었다.

"전혀 우호적으로 보이지 않는걸."

서머가 단호하게 말했다.

"섣불리 단정 짓진 말자."

나는 긍정적으로 생각하기 위해 서머의 말을 반박했다.

"저들이 무기를 가지고 있긴 하지만 우리에게도 무기가 있잖아. 그리고 피부가 잿빛인 건…… 그러니까 사람을 피부색으로 판단하는 건 최악 중에서도 최악 아니야?"

"그런 이유 때문이 아니야."

서머가 아무렇지 않게 말했다.

"저들이 잡아 둔 걸 보고 한 말이야."

나는 서머가 보는 곳을 향해 다시 망원경을 들었다. 처음에는 팔을 뒤로 포박당한 사람 두 명이 말뚝에 묶여 있는 모습이 보였다. 그런데 자세히 보니 그들은 사람이 아니라 밀과 울타리, 눈, 코, 입을 조각해 놓은 호박으로 만든 모형이었다.

"사람을 잡아 둔 게 아니야."

내가 웃으며 말했다.

"내 생각에 저건 활쏘기 연습용 과녁 같은데?"

"그거 말고. 오른쪽 말이야!"

서머가 급하게 속삭였다.

망원경을 살짝 돌리자 울타리로 된 감옥에 갇혀 있는 철 골렘이 보였다.

"저 골렘은 자신의 의지와는 상관없이 감금되어 있어."

서머가 말했다.

"골렘은 좋은 몹이니까 골렘을 가둔 자들은 상식적으로 못된 사람이라는 거지."

함부로 단정 지으면 안 된다고 생각했지만, 공격적인 느낌의 현수막과 갇혀 있는 골렘을 보니 증거가 명백한 우호적이지 않은 상황이었다.

"잘은 모르지만 저 **약탈자** 때문에 우리 마을 주민들이 지금과 같은 상황이 된 게 아닐까?"

서머는 망원경에서 눈을 떼지 않은 채 대답했다.

"국가가 왜 쇠퇴하는지에 대해 우리가 나눴던 대화를 말하는 거야?"

"아니, 어째서 사람들이 단순한 삶을 선택하는지에 대해 말하는 거야."

내가 말했다.

"그게 자신의 선택이 아닐 때 말이지."

나는 위협적인 현수막을 쳐다봤다.

"만약 저들 때문에 주민들이 우리가 처음 만났을 때의 모습처럼 살고 있었던 거라면? 어쩌면 저 약탈자들이 마을을 정복해서 주민들의 화려했던 문명을 파괴시켜 지금의 마을 주민만이 겨우 남게 된 게 아닐까? 주민들은 우리가 사막에서 발견한 버려진 마을 사람들과 친척일지도 몰라."

나는 이렇게 말하며 머리를 흔들었다.

"그래서 종이 있었던 거야! 그래서 주민들은 종을 치지 않은 거라고. 그리고 내가 종을 쳤을 때 깜짝 놀란 거지!"

"네 말이 맞다면 다시는 그런 일이 일어나게 두면 안 돼."

서머는 망원경을 넣고 활을 꺼냈다.

"각각 양쪽에서 저 기지를 공격하자. 내가 불꽃 화살을 연달아 쏴서 저들의 시선을 끌면 너는 서둘러서……."

"아니, 잠깐."

나는 서머의 말을 잘랐다.

"진정해! 약탈자들이 마을을 침략했다는 내 주장이 전부 맞다는 게 아니야."

"하지만 만약 네 말이 맞다면?"

서머가 활을 든 채 조급한 눈빛으로 나를 쳐다봤다.

"만약 내가 틀렸으면?"

괜히 입을 함부로 놀린 것 같아 후회가 밀려왔다.

"그리고 내가 옳았다고 해도, 저들이 우리를 공격할지도 모른다는 이유로 저들을 먼저 공격할 수는 없어!"

"가이, 약한 소리 좀 그만해! 저들을 이기지 못할까 봐 걱정하

269

는 거잖아. 우리는 새 무기와 갑옷으로 무장했으니 기습 공격을 하면 분명 이길 수 있을 거야."

"그 말이 아니야."

나는 단호하게 두 주먹을 들어 올렸다.

"그리고 말이 나와서 하는 말인데, 우리가 꼭 이긴다는 보장도 없어. 우리한테는 보호해야 할 마을이 있잖아. 만약 우리가 저들을 공격했다가 저들이 우리를 따라오면······."

"하지만 이제 우리 마을에는 벽이 있잖아."

서머도 지지 않았다.

"그 벽이 저들을 막아 낼 수 있는지 아직 모르잖아!"

나도 끝까지 이유를 댔다.

"우리가 지금 무얼 상대하려는 건지 전혀 모른다고. 저들의 능력이나 마을 주민들이 어떤 위험에 처하게 될지도 모르고."

"그럴수록 더더욱 위험 요소를 제거해야지."

서머가 압박을 가했다.

"마을 주민들을 미리 보호하기 위해 선제공격을 해야 해."

"하지만 주민들에게는 그 문제에 대한 의견을 물어볼 투표권이 없잖아."

"그건······."

서머는 투표에 대한 논쟁에서는 입을 다물 수밖에 없었다.

"물론 네 말이 맞겠지. 모두가 전쟁에 동의하지 않는 한 모두에게 영향을 끼칠 전쟁을 시작해서는 안 되니까."

서머가 활을 내리고는 나를 바라봤다.

"그럼 저 나쁜 놈들과 약탈자 전초 기지는 어떻게 하지?"

"아무것도 안 할 거야."

나는 저들을 향해 주먹을 쥐며 말했다.

"그냥 놔두자. 우리는 이 지역에서 챙겨갈 것도 없고, 주민들도 이렇게 멀리까지는 오지 않잖아. 일단은 지금의 평온한 상태를 유지하자."

우리는 천천히 그리고 조용히 모래 언덕을 내려와 배로 향했다. 나는 서머와의 말싸움에서 이긴 데다 엄청난 재앙이 될 수도 있는 일을 피하게 되어서 기뻤다. 하지만 노를 저어 돌아가는 동안 뭔가 중요한 걸 잊은 것 같은 찜찜한 기분을 떨칠 수가 없었다.

잠시 후 수평선 너머로 키 큰 회색 벽이 보였고 우리는 마을에 도착했다. 남쪽 문을 통해 벽 안으로 들어가자 모여 있는 마을 사람들이 보였다.

"다들 안녕!"

기분이 좋아진 내가 손을 흔들었다.

가장 가까이에 서 있던 주민은 농부의 장례식에서 만났던 아이였다. 이제는 다 자라 밀짚모자를 쓰고 있었다.

"너 농부구나! 아니, 농부 주니어 아니, 그냥 주니어라고 불러야 하나? 우리가 방금 어떤 곳을 탐험하고 왔는지 알아? 말해도 믿지 못할 거야."

나는 침착하게 말을 이어 갔다.

"그리고 거기서 어떤 위험을 발견했는지도 말이지. 그러니까

271

친구들한테 사막으로는 절대 나가면 안 된다고 얘기해 줘. 만약에 약탈자 전초 기지를……."

"수다 좀 그만 떨어."

서머가 혀를 찼다.

"이제 진지하게 거래 좀 할까?"

"으허허."

주니어가 대답했다.

서머는 석공에게 다가가 풍부한 양의 점토를 보여 줬다. 내 예상대로 석공은 우리가 갖고 있는 점토의 양을 감당하지 못했다. 결국 거래 중간에 가게는 문을 닫고 말았다.

"그래도 다음 단계로 업그레이드시켰잖아."

내가 긍정적으로 말했다.

"하지만 우리는 아무것도 못 건졌네."

서머가 말했다.

다음 거래에서 회색 돌 스무 개와 에메랄드 한 개, 혹은 에메랄드 한 개와 조각된 석재 벽돌 네 개를 교환할 것이다.

"괜찮아."

내가 말했다.

"내일 가게가 다시 열면 그때 마저 팔면 돼. 지금은 누가 또 거래를 하고 싶은지 찾아보자."

"성직자!"

주민들 사이에서 서머가 소리쳤다.

"거래할래?"

보라색 예복을 입은 주민에게 다가가 많은 양의 에메랄드를 주고 크기는 작지만 귀하디귀한 발광석을 샀다.

"이제 숙소에 제대로 불을 밝힐 수 있겠군."

"그리고 레벨도 올렸네."

나는 성직자 주변에 이는 보랏빛 거품을 가리켰다.

업그레이드 된 성직자는 우리가 지금까지 본 적 없는 물건들을 제안했다. '인갑'이라고 하는 타원형의 녹색 물건 네 개를 팔면 에메랄드 한 개를 벌 수 있었고, 에메랄드 다섯 개로 '엔더 진주'라는 걸 살 수 있었다.

"저것에 대해 읽어 본 적 있어."

나는 머리를 긁을 수 있으면 좋겠다고 생각하며 말했다.

"내 섬에 있던 야생에 관한 지침서에서 봤거든."

"그렇다면 같은 내용을 찾을 수 있을지도 몰라."

서머는 도서관으로 날 끌고 가며 말했다.

우리는 관련 책을 찾았고, 야생 지침서 가운데 처음 읽은 부분에는 인갑에 대한 모든 게 나와 있었다.

"인갑은 자라나는 바다거북으로부터 얻을 수……."

나는 큰 소리로 책을 읽다가 깜짝 놀랐다.

"여기에 거북이 있어? 언제 생긴 거지?"

"계속 읽어 봐."

서머가 재촉했다.

"알겠어."

나는 다시 책을 읽었다.

"인갑으로 거북 등딱지를 만들어서 '거북 도사의 물약'을 만들거나 다른 인갑을 합쳐서 갑옷을 만들 수 있다."

"굉장히 흥미롭군."

서머가 얼굴을 찡그리며 말했다.

"그런데 지금은 쓸모가 없잖아."

나도 한숨을 쉬었다. 그런 다음 원래의 내 목표를 찾았다.

"엔더맨."

나는 보라색 눈에 키 큰 몹의 그림 아래에 적힌 글을 읽었다.

"엔더맨을 발견할 수 있는 곳은…… 절대 눈을 쳐다보지 말고……. 섬에서 본 내용이군. 아, 찾았다! 엔더맨을 죽이면 엔더진주를 얻을 수 있고 그것으로……. 이럴 수가!"

"왜?"

내 섬에 있던 지침서에도 이런 내용이 있었나? 아니면 내가 놓친 걸까? 나는 엔더맨이 왜 위험한지에만 집중했다. 이 부분을 건너뛰지만 않았다면 섬을 떠난 후 내 모험이 지금과는 완전히 달라졌을 수도 있을까?

"서머."

나는 콩닥거리는 심장 소리 너머로 나직하게 서머를 불렀다.

"우리가 **집으로 돌아갈 방법**을 찾았어."

16장

"블레이즈 가루를 섞으면 엔더 진주를 이용해서 요새를 찾을 수 있다."

엔더 진주의 효과에 대해 읽던 나는 이 부분에 눈길이 갔다.

"이 요새에는 포털이 있다. 포털을 활성화시키면 엔드로 가는 문이 열린다."

"우아."

서머는 아리송하게 반응했다.

"그럴 수 있겠네."

"도대체 '그럴 수 있겠네'는 뭐야?"

나는 흥분을 주체하지 못하고 소리를 질렀다.

"이거야! 우리가 찾던 게 바로 이거라고!"

"그래."

서머는 빠르게 고개를 끄덕였다.

"맞아, 이걸 거야."

서머의 목소리는 부자연스러웠다. 억지로 긍정적으로 대답하려고 애쓰는 듯 보였다.

"왜 그래? 도대체 뭐가 문제야?"

나는 서머를 이해할 수 없었다. 마을 주민과 대화를 시도하는 것보다도 힘들었다.

"아무것도 아니야!"

서머가 화를 냈다. 그러더니 몸을 떨었다.

"나는…… 그냥……."

서머는 예전처럼 다시 두려워하고 있는 건가?

그래서 집으로 가는 방법을 찾으려는 대신 계속해서 사막을 걸어가자고 고집했던 걸까? 나는 그 순간을 또렷이 기억한다. 그 순간은 서머가 산에게 작별 인사를 했을 때와 더불어, 계속해서 모험을 하느냐 마느냐로 우리의 우정이 끝날 뻔했을 때와 같은 기억으로 내 머릿속에 분류되어 있다.

"서머. 집으로 돌아가는 게 두려운 건 알지만……."

나는 서머에게 조심스럽게 말했다.

"아니야!"

서머가 내 말을 잘랐다.

"그게 아니야. 나는 더 이상 예전의 내 삶이 두렵지 않아."

서머는 잠시 말을 멈추고 코를 훌쩍였다.

"나는 그냥 살아가는 게 무서운 거야……."

마지막 말을 내뱉는 서머의 목소리가 갈라졌다.

"너 없이."

그 말을 듣고 나는 무슨 말이라도 해 보려고 했다. 무슨 말을 해야 할지 모르겠지만 말이다. 하지만 서머는 아무 말도 하지 말라는 의미로 팔을 들어 보였다.

"네가 터널에서 길을 잃었을 때, 나는 다시 혼자가 되었지. 그 기분. 그래서 우리가 처음 만났을 때부터 네게 숨기려고 했던 거야. 단순히 네가 나를 예전의 나로 끌고 간다고 생각해서가 아니라, 나 스스로 다른 사람이 필요하지 않은 독립적인 사람으로 성장했다고 생각했기 때문이야. 그런데 지금은……."

서머는 말을 계속 이어 가려고 했지만 그러지 못했다.

이야기 초반에 내가 신경 쓰이는 게 있는데 나중에 이야기하겠다고 했던 것 기억나는가? 우리가 노를 저어 강을 가로지를 때 말이다. 그래, 그 이야기를 바로 지금하려 한다.

내가 신경 쓰였던 것은 바로 **이별의 두려움**이었다. 나 역시 어딘지도 모르고, 가장 친한 친구가 누구였는지도 기억나지 않는 우리가 원래 살던 곳으로 다시 돌아가 눈을 떴을 때, 과연 어떤 기분일까 생각했고 또 많이 걱정했다.

상실과 고통.

나는 처음 서머와 다툰 후 그런 감정을 느꼈다. 다시 혼자 길을 떠나야 한다는 생각을 했을 때, 내 마음속에 상처가 남았다. 누군가와 함께 살아가고 익숙해지고 의지하다가 그 사람을 잃게 되면 나의 일부분을 잃는 것과 같다. 나는 어째서 많은 사람이 이와 같은 고통을 피하려고 하는지 이해할 수 있었다.

언젠가 잃게 될까 봐 두려워서 친구나 가족을 만들지도, 의미 있는 관계를 맺지도 않는 것이다. 처음부터 아무것도 없으면 잃을 것도 없으니 말이다. 우리 둘 중 한 명이 갑자기 사라지면 용암에 빠지는 것보다 훨씬 더 고통스러울 것이다.

"우리는 서로의 진짜 이름도 몰라."

서머가 코를 훌쩍이며 말했다.

"또 실제로는 어떻게 생겼는지, 혹은 어느 나라에 사는지도 모르고. 그냥 서로 다른 나라에서 왔다는 것만 알잖아."

서머의 갈라진 목소리가 한층 높아졌다.

"만약 우리가 지구 정반대편에 살면 어떡해?"

서머의 말은 일리가 있었다. 나 역시 서머만큼 두렵다고 얘기해야 하나? 아니, 지금은 아니다. 서머는 늘 나보다 강했다. 이번에는 내가 서머를 위해 강해져야 한다.

친구라면 서로를 돌볼 줄 알아야 하니까.

"만약 그렇게 된다면 말이야."

나는 네모난 어깨를 태연하게 으쓱해 보이며 입을 열었다.

"내가 다시 널 찾을 거야."

"다시?"

"물론이지."

나는 과장된 허세가 아닌 굳은 결의를 다지며 외쳤다.

"너를 찾으려고 하지 않았을 때도 나는 널 찾아냈어. 그런데 내가 마음먹고 널 찾는 일은 식은 죽 먹기지."

서머는 작게 흐느끼며 미소를 지어 보였다.

"걱정 마, 서머."

나는 서머의 어깨에 내 어깨를 기댔다.

"집으로 갈 준비를 해 보자."

책에 따르면 이 계획에는 많은 시간과 재료가 필요했다. 엔드 포털을 활성화하기 위해서는 엔더의 눈 열두 개가 필요한데, 엔더의 눈을 만들기 위해서는 우선 엔더 진주와 블레이즈 가루가 있어야 한다.

엔드 포털을 찾기 위해서는 엔더의 눈을 허공에 던져서 눈알이 '가리키는 방향'을 따라가야 한다. 하지만 어느 지점이 되면 길이 사라지기 때문에 계속해서 엔더의 눈을 던져야 한다. 그러다가 눈알이 망가질 수도 있으니 여분도 필요하다.

그러니까 엔더 진주를 충분히 마련하기 위해서는 에메랄드가 총 여든 개나 필요하단 뜻이다.

"여든 개? 말도 안 돼!"

계산을 마친 내가 낮은 소리로 화를 냈다.

"그럼 우리의 귀한 자산을 어떻게 소비해야 할지 꽤 신중하게 생각해 봐야겠네."

서머는 코로 크게 한숨을 내쉬었다.

우선 우리는 석공이 점토에 파묻힐 정도로 거래를 많이 했다. 처음 거래로는 다음 단계로 업그레이드하기가 역부족이었다. 하지만 내가 새로 이름 붙인 '풍족의 동굴'에 다녀오면 달라질 것이다. 우리는 육로로 광물을 채굴하면서 갔다. 그 결과 엄청난 양의 석탄, 철을 발견했다. 지하 늪지대에서는 우리 주변에 있는 점토만 캤다. 그리고 점토를 캔 후 땅을 다시 회복시켜 놓았다. 구멍을 메우고 웅덩이에는 풀과 수련 잎을 풍성하게 채워서 자연적으로 보이도록 만들었다.

며칠에 걸쳐 석공은 우리가 가진 재료를 모두 사들이면서 다음 단계로 업그레이드됐다.

"별 볼 일 없는 것만 있네."

서머가 새 거래 물품인 섬록암과 안산암을 가리키며 말했다.

"그래도 벌써 목표량의 삼 분의 일을 채웠어!"

나는 에메랄드 서른여섯 개를 들어 보이며 말했다.

"광산 일을 하면 에메랄드를 더 모을 수 있을 거야."

서머가 말했다.

그 말에 나는 머뭇거렸다.

"내가 생각해 봤는데 말이야. 우리는 이 세계 어딘가에 길을 잃은 여행자들이 또 있고, 그들이 우리가 온 길을 따라올 거라고 믿고 있잖아. 그렇지?"

서머는 마저 말해 보라는 의미로 고개를 끄덕였다.

"내 생각에는 우리가 재료가 될 만한 걸 다 캐서 아무것도 남기지 않는 건 잘못된 것 같아. 만약 우리가 뒤늦게 이곳을 발견했는데, 이미 광물이 모두 채굴되었다면 기분이 어떻겠어."

서머는 잠시 고민에 빠졌다.

"그럼 너는 그에 대한 해결책도 생각해 놨겠지?"

"응. 정확히 말하자면 네가 알려 준 거야."

나는 강을 가리키며 말했다.

"네 물고기 양식장 말이야. 물고기를 죽이는 게 마음에 들지는 않지만, 영원히 고갈되지 않는 자원을 만들어 내는 그 방식은 대단하다고 생각해. 우리는 그 방법을 모든 재료에 적용해서 생각해야 해."

나는 가방에서 새로 캔 석탄과 철을 꺼냈다.

"물론 이 재료들은 팔 거야. 하지만 앞으로는 이익을 내기 위해서가 아니라 생존을 위해서만 광물을 캐기로 하자. 필요한 재료는 네 물고기 양식장이나 농장처럼 '재생 가능한 재료'에서도 얻을 수 있으니까."

나는 벽 너머 광활한 대지를 가리키며 말했다.

"강가 작업장에서 네가 키우는 도구용 참나무 세 그루처럼 '나무 농장'에 대해서 생각해 봤어. 지금처럼 작은 규모가 아닌 대형 규모로 말이지. 그렇게 되면 석탄 대신 나무를 연료로 쓸 수 있고, 막대기는 팔아서 에메랄드를 얻으면 돼."

서머는 분명 나의 야심찬 계획을 상상해 머릿속에 그려 보고 있을 것이다.

"흠, 빠르거나 쉽지는 않겠군. 그런데 네 말처럼 언젠가 여기에 올 여행자가 아무것도 남지 않은 것을 본다면 기분이 좋진 않을 것 같아."

"좋아, 그러면 재생 가능한 재료로 가자!"

내가 말했다.

"끊임없이 줄 수 있는 재료에 집중해 보자."

이 새로운 방식 때문에 작업 속도가 느려질 것이라는 서머의 말은 사실이었다. 서머의 물고기는 하루에 한 번만 얻을 수 있고, 나무는 자라는 속도가 더 느리다. 특히 사과 참나무는 더욱 그렇다. 하지만 사과 참나무는 열매도 열리고 수직으로 곧게 자라 좁은 간격으로 심을 수 있어 제격이다.

나는 꽃밭에 있는 참나무를 베었다. 그런 후 수확한 세 개의 묘목을 다시 심었다. 네 번째 묘목은 베어 낸 참나무가 있던 자리에 심었다.

그다음으로 서머의 물고기 양식장에서 얻은 뼛가루를 묘목에 뿌렸다. 묘목은 곧바로 자라서 풍성한 나무가 되었다.

"멋진걸."

나는 첫 수확을 거두며 말했다. 그 뒤 여섯 개의 묘목을 다시 심고서는 사과와 막대기 그리고 이 계획이 성공할 것이라는 자신감을 갖고 마을로 향했다.

"화살 제조인 양반."

나는 일터로 향하는 깃털 달린 모자를 쓴 주민을 만났다.

"막대기 안 살래?"

즉시 막대기 서른두 개를 팔고 에메랄드 한 개를 벌었다.

"조금씩 나아가고 있군."

서머는 어부에게서 번 에메랄드를 들고 말했다.

"엄청난 도약이 될 거야."

나는 통나무를 늘어놓으며 말했다.

"저 철을 제련하기 시작하면 말이지."

그런데 서머는 석공을 바라보며 아무 말이 없었다.

"잠시 생각 중이야."

서머는 잠시 말이 없다가 이내 입을 열었다.

"저 아래에서 용암을 양동이에 담아 온 후 강에 붓는 거야."

서머는 힐끔 땅을 쳐다본 다음 다시 강을 쳐다봤다.

"그러면 나무를 태우는 화로를 쓰지 않고 끝없이 재생 가능한 조약돌을 수확할 수 있지 않을까?"

"좋았어!"

나는 서머의 묘안에 고개가 절로 끄덕여졌다.

"그리고 화려하고 귀한 도구 말고 돌로 된 도구를 사용하면 우리의 자산 중 시간만 소비하는 셈이 되는 거지."

"그러면 시작하자!"

서머는 이렇게 외치고는 숙소 근처에 있는 벽 문을 향했다.

"이건 네가 맡아."

나는 양치기를 보며 서머에게 말했다.

"또 다른 재생 가능한 자원이 생각났거든."

양털은 우리가 처음 거래한 품목 중 하나였다. 그런데 마을을 확장시키는 데 정신이 팔려서 양털에 대해서는 까맣게 잊고 있었다. 양치기가 여전히 흰색과 검은색 양털을 필요로 한다는 걸 확인한 후 농장으로 곧장 향해 익은 밀 여섯 개를 수확했다.

나는 양 몇 마리가 풀을 뜯고 있는 풀밭으로 향했다. 그곳에는 흰 양 두 마리와 검은 양 한 마리가 있었다.

"양들아, 안녕. 그동안 너희를 잊고 있었지 뭐야."

나는 흰 양 두 마리에게 밀을 먹여 털이 보슬보슬한 귀여운 어린 양을 만들어 냈다. 그러고는 작업대를 설치하고 양털을 넣어 둘 상자를 옆에 놓았다.

"거래할 양이 되기까지는 시간이 좀 걸리겠는걸."

나는 가위질을 한 뒤 네 개의 흰색 양털과 검은색 양털 하나를 상자에 넣었다.

"너는 더 오래 걸리겠구나."

나는 헐벗은 검은 양에게 말했다.

"만약 너를 흰색 양과 교배시키면 회색 양털을 얻게 될 텐데 그건 양치기가 원하는 게 아니거든."

나는 검은 양을 보며 고민했다.

"서머의 물고기 양식장에서 얻은 오징어 먹물로 흰색 양털을 염색할 수 있을까? 그래, 일단 해 봐야 알겠지."

나는 숙소로 돌아갔다가 돌 곡괭이를 손에 쥐고 언덕 아래를 파고 있는 서머와 마주쳤다.

"내 새로운 채석장에 온 걸 축하해."

서머가 설명했다.

"계획대로 안 되면 다시 구멍을 메우고 없었던 일인 것처럼 잊어버리면 돼."

"더 획기적인 일이 떠올랐어."

나는 언덕을 올라갔다.

"뭔지 말 안 해 줄 거야?"

서머가 내 뒤에 대고 물었다.

"성공하면 말해 줄게."

내가 웃으며 말했다. 그리고 잠시 후 먹물주머니를 가지고 나왔다. 때마침 서머는 새로 판 채석장으로 들어가고 없었다.

"해 보면 알게 되겠지."

나는 흰 양에게 다가가 먹물주머니를 사용했다. 그러자 양의 구름 같은 흰 털이 부싯돌처럼 새까맣게 변했다.

"우아."

나는 소를 향해 외쳤다.

"역시 문제를 통해 진화하는 거야."

그리고 그 진화는 훌륭했다!

일주일이 채 지나지 않았을 즈음, 농장과 서머의 물고기 양식장에서 여섯 마리의 검은 양을 만들기에 충분한 밀과 먹물주머니를 얻을 수 있었다.

나는 일곱째 날 아침, 양들에게 말했다.

"약속할게. 더 이상 가족을 늘리지 않을 거야. 너희의 풀밭을 혼잡하게 만들고 싶진 않거든."

나는 나무 농장의 크게 자라난 나무 끝을 쳐다봤다.

"그리고 이제 곧 마무리 지을 때가 온 것 같아."

나는 다 큰 참나무가 줄지어 자라는 농장으로 걸어가서 돌도끼를 꺼냈다. 두 그루의 나무를 계단 형식으로 자른 덕에 가장 높이 있는 나무까지 손이 닿았다. 나무 끝에 손이 닿자, 나는 다시 아래로 내려와 남은 통나무 두 개 높이의 밑기둥을 잘라 냈다. 이 작업을 하루 종일 해야 하므로 돌도끼가 많이 들 것이다. 하지만 여분의 도구가 충분했으니 상관없었다.

서머의 '돌 농장'에서 우리는 판매용 돌과 새로운 양식장을 지을 자재를 모두 얻었다. 서머는 약탈자 전초 기지에서 멀리 떨어진 곳에 연어가 나오는 곳을 두어 군데 더 찾아냈다. 새 아홀로틀을 한 곳에 넣고 아홀로틀 새끼를 다른 곳에 넣어 뒀더니 서머와 어부 둘 다 꽤나 바빠졌다.

"더 이상 돌을 캘 시간이 없어."

어느 날, 저녁 식사를 하면서 서머가 말했다.

"아침마다 물고기, 물고기, 또 물고기야."

"우리가 살던 곳에서 사람들이 왜 사업을 크게 늘리면 문제가 생기는지 이제 이해가 된다."

나는 말하면서 그동안 내가 경험해 온 모험을 떠올렸다.

"사업은 참 복잡한 일인 것 같아."

서머가 말했다.

"집에 돌아가기 위해서만 하는 사업이라 그나마 다행이다."

거의 다 온 것만 같았다. 나는 나무를 베면서 머릿속으로 우리가 지금까지 해 온 일들을 세어 봤다. 물고기, 밀, 양털, 돌, 원목. 이 모든 것이 조금씩 모여 어젯밤까지 모은 에메랄드는 예순여덟, 아니 일흔두 개나 됐다! 주머니에 어제 거래에서 얻은 에메랄드 네 개가 있었는데, 그걸 다시 상자에 넣는 걸 잊고 있었다. 그렇다면 혹시 오늘 여든 개가 될까?

머릿속으로 에메랄드 개수를 세고 있는데 가까이서 목소리가 들렸다.

"하르르!"

목소리가 어딘가 이상했다. 일반 주민의 목소리라고 하기엔 거칠고 더 화가 난 듯 들렸다.

"하르르!"

나는 나뭇잎 사이로 양옆을 살펴봤지만 보이는 것은 아무것도 없었다.

"하르르!!"

소리는 아래쪽에서 들렸다. 내가 나무를 내려가기 위해 몇 걸음 옮겼을 때 냄새가 풍겨 왔다. 좀비의 악취는 아니었다. 아주 오랫동안 목욕을 하지 않은 사람의 체취에 더 가까웠다.

'제발 저 계단 아래 있는 게 내가 생각한 게 아니길.'

하지만 나의 바람은 산산이 부서졌다.

나무에서 내려오자마자 회색의 약탈자 중 한 명과 눈이 마주쳤다. 그들은 모두 다섯 명에 석궁을 가지고 있었고, 다섯 번째 약탈자의 등에는 성난 얼굴이 그려진 현수막이 있었다. 문득 이들을 어디선가 본 기억이 났다. 농부가 사라진 날 아침, 멀리 안개 속에서 뿌옇게 보이던 모습. 바로 약탈자 전초 기지에 있던 약탈자들이었다. 그리고 저들은 지금 마을로 돌아왔다.

"저기, 친구들. 만나서…… 반가워."

나는 겁먹지 않은 척 다정하게 대하려고 애를 쓰며 말했다.

이들은 아무런 대꾸도 하지 않고 빤히 쳐다보기만 했다.

"난 너희와 싸우고 싶지 않아. 알겠지?"

나는 천천히 허리춤에 도끼를 차며 말했다.

"봐, 무기도 없어. 위험한 사람 아니야."

그런 후 양팔을 위로 들어 올렸다.

여전히 아무런 움직임도 없었다. 위협적인 "하르르!" 소리만 들릴 뿐이었다. 저들의 숨결은 먼 거리에서조차 불쾌하게 느껴졌다. 마치 한 번도 이를 닦은 적이 없는 것처럼 말이다.

"음, 알겠어."

마치 폭탄을 해체하는 심정으로 다시 차분하게 말했다.

"내 말을 이해하지 못하는 것 같은데 말이야."

나는 최대한 침착하게 보이기 위해 조심스럽게 움직였다.

"우리는 친구가 될 수도 있고, 아니면 적이 될 수도 있어."

나는 주머니에서 에메랄드를 꺼내 들어 보였다.

"우리 거래 안 할래? 평화 협정을 맺자."

딱 한 걸음의 전진. 그게 전부였다.

순간 화살이 날아와 갑옷을 입은 내 어깨를 맞혔다. 나는 뒤로 넘어지면서 내가 가장 힘겹게 배운 규칙을 떠올렸다.

평화를 유지하기 위해 아무리 노력해도, 가끔은 싸울 거리를 찾는 사람과 만날 수 있다.

내가 언제 검을 꺼냈는지도 기억나지 않았다. 화가 났다. 나는 가장 가까이 있던 약탈자를 다이아몬드 검으로 베었다.

"하르르!"

약탈자는 소리를 질렀고, 나는 몇 번 더 검을 휘둘렀다.

"네가 원하는 게 이거야? 이러려고 여기까지 온 거야?"

내가 소리치며 또다시 검을 휘두르자 연기가 피어올랐다. 낡은 석궁이 내 벨트 주머니 안으로 들어왔다.

기뻐할 새도 없이 세 개의 화살이 동시에 날아들었다.

"다 덤벼!"

나는 소리를 치며 다음 공격 대상을 향해 달렸다.

석궁이 꽤 익숙해져서 활을 쏘기까지 얼마의 시간이 걸리는지 잘 안다. 팽팽하게 줄을 잡아당기는 소리도 내게는 충분한 경고 신호가 되었다. 화살 두 방은 힘없이 내 방패에 막혔지만, 세 번째 화살은 내 엉덩이에 꽂혔다.

"두고 보자."

나는 씩씩거리며 두 번째 약탈자를 해치웠다.

"이번에는 네 차례야."

나는 저들이 좁은 대형을 이루도록 자리를 비켰다. 그런 다음 내 뒤에 있는 녀석이 실수로 동료들을 쏘도록 만들었다.

해냈다!

내 근처에 있던 약탈자는 동료가 쏜 화살에 등을 맞았다. 하지만 해골과 달리 이들은 서로 싸우지 않았다.

"이런, 너희는 훈련이 잘되어 있구나."

그때 멀리서 '으허허' 하는 소리가 들려왔다. 심장이 철렁 내려앉는 것 같았다.

주민들이다! 저들이 마을 가까이에 와 버렸다. 다들 벽 너머 안전하게 일터에 있는 건가? 혹시 아침 산책 시간인가? 약탈자들을 마을에서 멀어지게 해야 해! 나를 뒤쫓게 만들어야겠어!

끊임없이 퍼붓는 화살 때문에 방패에 점점 금이 갔다. 얼마나 더 버틸 수 있을까?

나는 세 번째 약탈자를 무찌른 후 근처에 있던 또 다른 약탈자에게로 향했다. 이 약탈자는 현수막을 갖고 있었다. 약탈자는 위협적으로 나를 쏘아봤다.

"하르르!"

내가 활을 피하자 약탈자가 비웃었다.

"내가 널 무서워할 것 같아? 온갖 일을 다 겪은 내가?"

나도 비웃으며 막고 공격했다.

"좀비, 거미, 크리퍼, 해골!"

공격하고 막았다.

"굶주림, 독, 용암!"

이번에는 활에 맞았다. 상관없었다. 공격하고 또 공격했다.

"눈보라, 사막 그리고 네더까지 경험한 내가 네 허접한 현수막 따위에 움찔할 것 같아?"

마지막 한 방. 연기 자욱한 땅으로 현수막이 떨어졌다.

"좋았어!"

내가 소리를 질렀다. 그런데 현수막이 내 벨트 주머니로 들어오자, 갑자기 이상한 기분이 들었다. 불길하고 무시무시한 기분에 등골이 오싹해졌다. 이상한 소리처럼 들리겠지만, 저주를 받은 것 같다는 표현 말고는 달리 설명할 길이 없었다.

"하르르!"

그때 화살이 날아왔다. 마지막 약탈자가 남아 있었다!

그런데 석궁을 치켜든 약탈자가 갑자기 불에 탔다.

"서머!"

약탈자가 연기만 남긴 채 사라진 후, 나를 향해 달려오는 친구의 모습이 보였다.

"가이! 너 괜찮아?"

서머가 외쳤다.

잔뜩 화살을 맞은 내 꼴은 분명 말이 아니었을 것이다.

"무슨 일이 일어난 건지 모르겠어."

막 전투를 마친 나는 한껏 흥분한 상태로 말했다.

"그냥 나무를 베고 있었는데 약탈자들이 나타났어. 그런데 내 말을 듣거나 거래도 안 하고 싶어 했어. 저들은 그저……."

"다 끝났어."

서머가 나를 달랬다.

"큰 싸움을 치렀으니 이제 좀 쉬어야 해."

그때 멀리서 나팔 소리가 들려왔다. 그리고 바로 이어서 또 다른 소리가 났다. 우리도 아는 소리였다. 종소리!

"아직 끝나지 않았군."

서머는 긴장한 채 우리 주변을 살폈다.

"약탈자들이 이리로 오고 있는 거야."

"어서!"

내가 헐떡이며 말했다.

"마을로 돌아가자!"

우리는 남쪽 문으로 들어갔다. 벽 너머는 혼돈 그 자체였다. 당황한 주민들은 발길을 재촉했고, '으허허' 하며 외쳤다.

"침착해야 해!"

나는 반사적으로 소리쳤다.

"다들 집으로 들어가서 문을 잠가."

급박한 상황에서도 침착한 내 자신에게 조금 놀랐다.

"마을 안에 있으면 우리는 안전해!"

나는 분수대 앞에 서서 말했다.

"다들 괜찮을 거야."

그때 정신없이 왔다 갔다 하는 주민들의 소리 사이로 깊은 저음의 소리가 들렸다.

"하르르!"

"분명 벽 밖에 있을 거야."

서머가 말을 마치자마자 나는 문에 있는 틈 사이로 무언가 움직이는 걸 보았다.

"저길 봐!"

나는 문틈 사이로 걸어 다니는 약탈자들을 가리켰다. 그쪽으로 달려가 보니 약탈자가 문 반대편에 서 있었다.

"문틈을 메워야겠어!"

나는 주머니에서 통나무를 찾으며 소리를 쳤다.

"만약 저들이 호글린처럼 문을 열 줄 안다면……."

"그건 아닐 거야. 열 줄 알았다면 벌써 열었겠지."

서머는 문틈을 살피며 고개를 저었다.

"하르르!"

문 너머 약탈자가 서머의 말에 동의하듯 이렇게 외쳤다.

"안으로 들어오지 못하는 걸 수도 있어."

내가 말했다.

"그러면 우리도 공격할 수가 없잖아."

나는 심장이 빠르게 뛰는 걸 느꼈다. 호흡도 가빴다.

"어떻게 해야 하지? 대체 어떻게 해야 해?"

"우선 간식을 좀 먹어."

서머의 말이 맞았다. 화살에 맞은 상처가 아직 욱신거렸고 배에서도 꼬르륵 소리가 났다.

"이번 약탈자들은 어디서 온 것 같아?"

내가 쿠키를 씹으며 물었다.

"혹시 이리로 향하던 중이었을까? 아니면 이미 마을 반대편에 와 있었던 걸까?"

서머가 어깨를 으쓱했다.

"지원을 요청한 것 아닐까? 텔레파시를 보냈을 수도 있고."

"어쩌면 내 잘못일지도 몰라."

나는 한숨을 쉬었다.

이해가 안 된다는 듯 고개를 갸우뚱하는 서머에게 말했다.

"내가 저들의 현수막을 가지고 있거든. 그 현수막에 추적 신호기 같은 게 있는지도 몰라."

나는 문틈으로 나를 쳐다보고 있는 녹색의 눈을 봤다.

"진짜 그런 거라면 이 현수막을 버려야 해. 마을에서 최대한 멀리 떨어진 곳에 말이야."

나는 반대편 문을 가리켰다.

"저 문으로 나가면 저들보다 앞서갈 수 있을 거야. 그러면 강을 건너……."

"스스로를 더 위험한 상황에 빠뜨리겠다고? 안 될 말이지."

서머가 미소를 머금고 말했다.

"얼굴이 그려진 그 현수막 때문에 네가 그런 생각을 하는 건 이해하는데, 그건 저들이 사라진 후에 생각해도 될 문제야."

서머는 가까이에 있는 계단을 가리켰다.

"같이 벽 위에서 저들을 저격하자."

"그래."

나는 서머의 말에 동의하며 돌계단을 향해 달렸다. 우리는 작은 다리를 건너 통로로 들어갔다.

"안 보여."

나는 들쭉날쭉한 성벽 사이로 약탈자를 찾았다.

"이쪽이야. 또 다른 대장이 있어."

서머가 앞에서 말했다.

현수막을 갖고 있는 약탈자가 있다는 뜻이었다. 현수막의 끝이 높이 솟아 있어서 위치를 쉽게 알 수 있었다.

하지만 한 가지 문제가 있었다. 저들이 벽 가까이에 붙어 있어서 위에서는 그 모습이 보이지 않는다는 것이었다. 저들의 발 구르는 소리며 분노에 찬 목소리만이 들릴 뿐이었다.

"용암이 있다면 좋았을 텐데. 부어 버리면 그만이잖아."

내가 후회하는 목소리로 말했다.

"나한테 더 실용적인 계획이 있어. 기다려."

벽의 높이를 눈으로 살피던 서머가 통로로 내려갔다.

서머는 튀어나온 T 자 모양의 머리 부분 북쪽 모퉁이에 자리를 잡고, 내 아래쪽에 있는 약탈자들을 향해 활을 쏘았다. 고통스러운 신음이 들렸다. 서머가 내게 명령했다.

"석궁 준비해."

불타고 있는 약탈자 셋이 서머가 있는 곳으로 향했다. 내가 석궁을 날리자, 한 번에 화살 세 개가 발사됐다.

약탈자 둘은 즉시 죽었고, 마지막 하나는 몇 걸음을 더 뗐다. 서머가 또 한 번 화살을 쐈고, 그걸로 상황은 끝이 났다.

"우리가 해냈어!"

내가 외쳤다.

"다 끝났어!"

우리는 문을 열고 나가 약탈자가 남긴 아이템을 향해 달렸다. 낡은 석궁 사이로 에메랄드가 떠 있었다.

"약탈자들도 에메랄드를 좋아하네."

내가 에메랄드를 주우며 말했다.

"저것도 가져갈까?"

서머가 떠 있는 현수막으로 향하며 물었다.

"그건 그냥 두자."

어쩐지 저주받은 기분이 사라진 것 같았다. 하지만 그 순간, 또다시 나팔 소리가 들렸다.

17장

"또?"

충격을 받은 나는 벽 안으로 급히 뛰어 들어갔다.

"약탈자들이 더 있단 말이야?"

"이건 단순한 급습이 아니야."

서머는 한숨을 쉬며 벽 안으로 달렸다.

"**전쟁이야.**"

전쟁. 규모는 얼마나 될까? 얼마나 오래 지속되는 거지?

'이 전쟁을 끝낼 방법이 있을 거야. 이렇게 순식간에 일어난 전쟁이라면, 쉽고 빠르게 끝낼 수 있는 방법도 있지 않을까?'

나는 서머를 따라 달리며 생각했다.

서머가 통로에서 망원경으로 사막 지평선을 보며 말했다.

"아무도 없어!"

나는 서머 곁으로 다가가 물었다.

"아무도 없다고?"

서머가 잘못 봤을 리 없다. 그리고 우리 둘 다 분명 나팔 소리를 들었다. 직감적으로 망원경을 들고 반대편을 살폈다.

"꽃밭 쪽이야!"

내가 소리쳤다.

이번 약탈자 무리는 다섯 명으로 석궁을 든 궁수 셋, 현수막을 든 대장 그리고 처음 보는 약탈자 한 명이었다. 이 약탈자는 회색 코트, 짙은 청록색 바지를 입고, 도끼를 들고 있었다.

"약탈자들은 적응하고 발전할 줄 아나 봐."

나는 그들을 지켜보며 말했다.

"엄호해!"

석궁을 든 약탈자가 다가오자 서머가 외쳤다. 우리는 약탈자들의 공격 시야에서 벗어나기 위해 성벽 뒤로 숨었다.

"그런데 왜 꽃밭 쪽에서 오는 거지?"

나는 반격을 노리며 벽 사이로 틈틈이 그들을 살폈다.

"우리가 전초 기지 방향을 보고 있다는 걸 알았나 봐."

서머는 잠시 가만히 있었다.

"그럴지도."

서머가 입을 다시 열었다.

"아니면……."

불길한 소리를 내면서 열리는 문을 보며 서머는 말을 멈췄다.

'제발 마을 주민들이어야 할 텐데.'

나는 간절히 바랐다. 하지만 주민이 아닌 근처에 있던 골렘들

297

이 우리가 있는 벽 아래로 모이고 있었다. 남쪽 문이다!

"약탈자들이 마을로 들어왔어!"

서머는 활을 들고 석궁을 든 약탈자를 향해 달려갔다.

새로운 약탈자가 주니어 쪽으로 도끼를 들고 달리는 모습을 보고 나는 무작정 벽 아래로 뛰어내렸다.

"주니어! 조심해!"

나는 석궁을 쏠 수 없었다. 발사된 여러 발 중 하나가 주니어를 맞힐 수도 있기 때문이다. 약탈자는 주니어의 머리를 향해 도끼를 들었다. 나는 첫 농부를 떠올렸다.

'안 돼! 또다시 주민을 잃을 수 없어! 절대!'

나는 석궁 대신 검을 들고 전력으로 달려가 약탈자의 등을 다이아몬드 검으로 내리쳤다. 도끼를 든 약탈자는 붉으락푸르락한 표정으로 분노에 찬 신음을 내뱉었다.

그러더니 공격 대상을 주니어에서 나로 바꿨다. 약탈자의 공격은 강력했고 몹시 아팠다. 네터에서 피글린 녀석들에게 두들겨 맞은 후로 이렇게까지 심한 공격을 당한 것은 실로 오랜만이었다. 나는 신음을 토하며 휘청휘청 뒤로 물러났다.

"왜 이러는 거야? 왜 계속 공격하는 거냐고!"

나는 검을 휘두르면서 외쳤다. 하지만 돌아오는 대답은 역겨운 숨결과 '하악' 소리뿐이었다.

"문을 막아!"

서머가 도끼를 든 약탈자를 검으로 베며 외쳤다.

"한 명도 들어갈 수 없도록 문을 막아야 돼!"

우리는 입구를 막기 위해 흩어졌다. 통나무를 쌓는 동안 여덟 번의 '펑' 하는 소리가 들렸다.

서머는 계단으로 돌아가며 한숨을 쉬었다.

"자, 다시 대형을 이루자. 너는 내가……."

"잠시만. 생각난 게 있어."

나는 숨을 내쉬며 설명을 했다.

"우리가 약탈자들을 해치울 때마다 저들은 더 강력해져서 돌아오고 있어."

"그래서?"

서머는 어서 말해 보라는 듯 팔을 휘둘렀다.

"그러니까 남아 있는 약탈자들은 죽이지 말아 보자."

나는 서머를 따라 벽 위의 좁은 길로 들어서며 말했다.

"대체 무슨 일이 일어나는 건지, 어떻게 하면 우리가 이 악순환을 끊어 낼 수 있을지 알아낼 때까지 말이야."

서머는 고민에 잠긴 듯 가만히 있더니 이렇게 말했다.

"좋은 생각이야. 그런데 악순환을 끊는 방법은 어디서 찾아야 하지?"

"어디겠어?"

나는 도서관을 가리키며 말했다.

"분명 우리가 간과한 게 있을 거야. 만약 없다고 해도 우리가 도서관에 있는 동안 약탈자들이 돌아갈 수도 있잖아."

하지만 그런 일은 일어나지 않았다. 밤이 될 때까지 우리가 도서관에서 책을 읽자, 약탈자들은 성난 소리로 툴툴댔다. 거기에 어둠과 함께 등장한 몹들의 신음 소리, 쓰읍쓰읍 소리, 딸그닥거리는 소리까지 합쳐졌다. 약탈자와 몹은 사이가 꽤 좋아 보였다.

우리는 적에 관한 새로운 정보를 찾지 못했다. 심도 있게 책을 읽고 꼼꼼하게 정보를 탐색했지만, 저들이 어디서 왔는지, 왜 공격을 하는지, 어째서 공격을 멈추지 않는지 그리고 어떻게 하면 이 전쟁을 끝낼 수 있는지 알 수 없었다.

그나마 건진 정보는 좀비화된 주민을 치료하는 방법이었다.

"먼저 '투척용 나약함의 물약'을 던진다."

나는 크게 읽었다.

"다음에 황금 사과를 먹인다."

"불쌍한 농부가 죽기 전에 진작 알았다면 좋았을 텐데."

서머가 씁쓸하게 말했다.

"알았다고 해도 손을 쓰진 못했을 거야."

나는 서머의 죄책감을 느끼며 말했다.

"과거 일은 생각하지 말자. 당장 해치울 것도 많잖아."

나는 또 다른 책을 열면서 말했다. 무슨 일이든 잘 털고 일어서는 서머의 정신력을 본받아 긍정적인 자세를 가져 보려고 노력했다. 여기 어딘가에 분명 숨겨진 내용이 있을 것이다.

마지막 책까지 덮고 나자 동이 텄다. 나는 화가 났다.

"당연히 이 도서관에 우리에게 필요한 게 없을 수밖에. 도서관에 투자를 충분히 하지 않잖아! 어째서 사람들은 비싼 자동차나 옷만큼이나 도서관을 중요하게 여기지 않는 거지?"

"진정해. 여기서 보낸 밤이 완전한 시간 낭비가 아니었다는 걸 알면 기분이 좀 나아지려나?"

서머는 다른 책을 들어 보였다.

"이 책을 너한테 처음 보여 줬을 때 골렘을 더 만드는 방법에 대한 부분은 아예 빠트린 거 있지!"

서머는 단단한 철 블록 네 개를 T 자로 놓고, 조각한 호박을 그 위에 놓으면 철 골렘을 만들 수 있다는 부분을 보여 줬다.

"하지만 우리한테는 철이 충분하지 않잖아."

내가 투덜댔다.

"새로 만들 만큼은 없지만 기존의 다친 골렘을 고치기에는 충분해."

서머의 말이 맞다. 약탈자들과 싸우기 전에도 마을의 골렘들은 이리저리 금이 가서 부서지기 직전이었다. 지금 우리에게는 약탈자들과 싸울 수 있는 최적의 골렘이 필요했다.

거래 공간으로 가서 철 주괴를 모은 후, 가장 심하게 다친 골렘에게 다가갔다.

"우리가 전투 의무병 역할을 하네."

나는 철 주괴를 들며 말했다. 단 하나의 철 주괴로 너덜너덜했던 골렘이 새것처럼 바뀌었다.

"이제 싸울 준비 다 됐어."

나는 뿌듯한 목소리로 말했다. 벽 밖에서 들리는 함성 소리에 대답이라도 하듯 말을 덧붙였다.

"이번에 소탕하지 못하면 더 많은 싸움을 치르게 될 거야."

"내가 저들과 싸울 방법에 대해서 생각을 좀 해 봤거든."

서머는 이렇게 말하고는 작업대로 나를 데려갔다. 그러고는 그 위에 내가 준 통나무를 올렸다.

"어젯밤에 이 전쟁에 대해, 그리고 내가 살던 나라가 전쟁에 어떻게 대처했는지에 대해 생각을 좀 해 봤어."

통나무는 판자로 변했다.

"내가 살던 나라가 바다에서 전쟁을 많이 했다고 말했던 거 기억나? 그런 전쟁에서는 거대한 배를 이용했거든."

서머는 판자를 세 개씩 두 줄로 놨다.

"그리고 그 배는 바로 이걸 이용했어!"

서머는 의기양양하게 완성된 다락문을 들어 보였다.

"무슨 말인지 모르겠어. 왜 배에 다락문이 필요한 거지?"

내가 말했다.

서머가 말없이 웃더니 나를 데리고 밖으로 나갔다. 휑한 벽으로 걸어간 서머는 조약돌 블록을 캐고 다락문을 설치했다.

"가이, 뒤로 물러서."

서머가 진지하게 말했다.

"혹시라도 화살에 맞으면 안 되니까."

서머는 납작한 나무문을 아래로 열며 소리쳤다.

"나 여기 있지롱! 나 잡아 봐라."

서머가 활을 들자, 나는 그제야 이해할 수 있었다.

"포문이구나!"

영화에서 본 적이 있었다. 배의 옆면이 열리면서 대포가 발사되고 장전할 때는 다시 닫히는 것이다.

"적이 진화한다면 우리도 그에 따라야 하지 않겠어?"

서머가 재잘거리며 활의 시위를 잡아당겼다. 그리고 열린 틈으로 약탈자에게 활을 쏘고 다락문을 잽싸게 닫았다.

"불꽃에 다 타 버릴 때까지 기다린 다음에 다시 아까처럼 활을 쏘면 돼."

"멋진걸!"

나는 감탄하며 더 많은 포문을 만들었다. 서머의 이 전략은 정말이지 훌륭했다.

이제 현수막을 흔들며 주변을 돌고 있는 대장 약탈자 하나만 남았다.

"약탈자가 너한테 가고 있어."

나는 통로에 서서 서머에게 말했다.

"알겠어."

맞은편에서 포문이 열리는 게 보였다. 약탈자 대장이 서머와 나 사이로 들어왔을 때 우리는 화살을 쐈다. 온몸에 불이 붙은 대장은 석궁을 한 발 더 맞은 뒤에야 연기가 되어 사라졌다. 사라진 자리에는 깃발만이 남아 떠 있었다.

나는 누군가에게 간절한 바람을 담아 기도했다.

'제발 이번이 마지막이게 해 주세요.'

하지만 나의 바람과 기도만으로는 전쟁을 끝낼 수 없었다.

"부아아아아아아아앙!"

또 다른 침략을 알리는 나팔 소리가 울렸다!

우리는 망원경을 들고 주변을 살폈다. 이번에는 약탈자들이 들판을 가로질러 다가오고 있었다.

"도끼 든 약탈자 발견."

내가 말했다.

"옆에는 마녀인가?"

"확실해."

서머도 확인했다.

"그런데 도대체 저건 뭐지?"

나도 눈을 가늘게 뜨고 망원경으로 새로운 괴물을 쳐다봤다. 몸은 마치 소 같았지만, 실제 소 옆을 달리는 모습을 보고 있자니 그보다 몸집이 두 배는 더 컸다. 얼룩덜룩한 갈색 가죽, 내 주먹만큼이나 큰 곧은 뿔, 철판이 덧대진 내 키만 한 다리, 안장이 놓인 등, 야수와 같은 짙은 녹색의 눈.

"괴물 황소 같아."

속이 울렁거렸다. 나는 침을 꿀꺽 삼키고 말했다.

"책에서 봤어. 저건 '파괴수'래."

말을 마친 서머가 활을 들어 쏘았다.

"파괴수는 스테이크가 몇 인분이나 나오는지 보자!"

완벽한 명중이었다. 달려오던 파괴수가 불에 탔다.

"자, 또 받아 봐라!"

서머가 다시 화살을 쏘았다.

하지만 파괴수는 서머에게 세 번, 나에게 한 번의 화살을 맞고도 죽지 않고 벽까지 다가왔다!

"마치 테니스공으로 커다란 탱크를 치는 것 같아!"

서머가 신경질을 냈다.

"계속 공격을 시도하기에는 너무 위험해!"

내가 이렇게 말하자마자 얼굴 옆으로 화살이 날아들었다.

"포문으로 가!"

서머가 외쳤고, 우리는 통로에서 땅으로 뛰어내렸다. 나는 닫힌 문을 향해 몸을 돌렸다. 틈새가 약탈자들로 새까맣게 메워졌다.

"여기야!"

소리친 다음 나는 포문을 열고 석궁을 들어 달려오는 파괴수를 향해 발사했다. 하지만 악마 같은 파괴수는 내가 서 있던 문까지 달려와 뼈가 바스러질 듯 강하게 부딪쳤다. 네더 멧돼지 따위와는 비교도 안 됐다.

"아야!"

강한 충격에 나는 뒤로 넘어졌고, 숨이 턱 하고 막혔다.

"벽에서 물러나야 해."

내가 숨을 헐떡이며 말했다. 파괴수의 공격은 너무나 강력해서 그 힘이 단단한 물체 너머로까지 전달되었다. 그렇다면 건물들은 어떻게 되는 거지? 일부는 이 벽과 연결되어 있는데!

나는 충격으로 여전히 고통스러웠지만, 집집마다 뛰어다니며 소리쳤다.

"벽 근처로 가면 안 돼!"

나는 땀을 뻘뻘 흘리는 주민들에게 외쳤다.

"하하하하하!"

어디선가 나타난 마녀가 소름 끼치게 웃었다.

나는 서머에게 달려가며 물었다.

"무슨 일이야?"

"지긋지긋한 마녀가 파괴수한테 치유의 물약을 던졌어."

서머가 투덜댔다.

안 그래도 강력한 파괴수에게 치유의 물약을 던지다니. 우리의 노력이 물거품이 된 순간이었다.

"저들한테도 의무병이 있는 셈이네."

나는 석궁을 들며 말했다.

"그렇다면 우리에게는 의무병이 최우선 공격 대상이지."

서머는 내 말에 동의하며 고개를 끄덕였다.

"당장 마녀한테 있는 화살을 다 쏴 버릴 거야!"

서머는 포문에서 몇 발자국 뒤로 물러나 팔을 길게 뻗어 문을 열고는 마녀를 살폈다. 나도 같은 수법을 시도하려 했지만, 또다른 석궁을 든 약탈자와 마주치고 말았다.

"하르르!"

약탈자들은 내가 방패로 화살을 막자 성질을 냈다.

"제발 길 좀 그만 막을래?"

내가 애처롭게 말했다.

"파괴수가 계속 시야를 막고 있어!"

서머도 이를 갈며 성질을 냈다.

"다른 각도에서 시도해 봐."

내가 제안했다.

"벽 위로 올라가!"

서머는 계단으로 달려가 파괴수를 쏠 수 있는 위치에 자리를 잡고 화살을 날렸다. 그런데 유리가 깨지는 소리가 들렸다.

"또 치유의 물약이야."

서머가 소리를 질렀다.

"주변에 있는 적들을 다 치유하고 있어!"

"잠시만!"

내가 포문을 닫으며 말했다.

"만약에 내가 좋은 각도를 찾으면 함께 공격하자!"

그 순간 또 유리 깨지는 소리가 났다. 서머가 있는 곳이었다. 서머는 날아오는 약병을 보고 허둥지둥 도망쳤다.

"조심해! 마녀가 이번엔 우리를 향해 물약을 던지고 있어!"

서머가 달리며 외쳤다.

"설마 우리한테도 치유의 물약을 던지는 건 아니겠지?"

나는 어쭙잖은 농담을 던지고는 포문으로 갔다. 그러고는 구멍을 내다보면서 적들이 다가오는 시간을 측정했다.

"서둘러!"

서머가 벽을 따라 달리며 화살을 쐈다.

"화살이 부족해!"

"최선을 다하고 있어."

나는 투덜대며 답했고, 그때 문득 보라색 옷을 보았다.

"마녀를 잡아!"

내가 소리쳤다.

"계속해서 쏴! 정신을 산만하게 해야 해!"

나는 포문을 열어 마지막 남은 화살을 쐈다. 그때 나를 향해 물약이 날아왔다. 피하려 했지만, 물약은 수류탄만큼이나 폭파 범위가 넓었다.

"이런……. 맞아 버렸네……."

나는 느릿하게 웅얼거렸다. 그나마 내가 맞은 물약이 감속의 물약임에 감사했다. 다리는 납덩이처럼 무겁고 팔은 콘크리트 같았다. 문을 닫으려 했지만 움직임이 느려서 배에 화살을 맞고 말았다.

"문에서 벗어나!"

서머는 내가 있는 곳으로 뛰어 내려와 포문을 닫았다.

"재장전해야 해."

"화살 제조인!"

나는 느릿느릿하게 걸어서 서머에게 갔다. 문득 숙소 근처에서 화살 제조인을 본 기억이 떠올랐다. 서머가 토끼처럼 거래 공간으로 달려가는 동안 나는 거북이처럼 그 뒤를 따라갔다.

내 기억이 맞았다. 화살 제조인은 숙소의 첫 번째 계단을 올라갔다 내려갔다 하고 있었다.

"저어기."

나는 마치 치과에서 마취 주사를 맞은 것 같은 혀로 말했다.

"우우리이가아 화아살이 필요오해애."

내가 몸을 뻗기도 전에 화살 제조인은 이 층으로 올라갔다.

비록 말은 느렸지만 빠르게 회전하는 내 머리는 내게 계단 아래 가만히 서 있으라고 명령을 내렸다.

그리고 그건 옳은 판단이었다. 잠시 후 화살 제조인이 계단을 내려올 때 나는 가방에서 에메랄드를 꺼내 보였다. 화살 제조인에게 에메랄드 세 개로 화살 마흔여덟 개를 샀다.

잠시 후 나타난 서머가 급하게 외쳤다.

"아직 거래창 닫지 마!"

하지만 화살 제조인의 주변에 분홍색 거품이 일었다. 의도치 않게 화살 제조인의 단계를 높인 것이었다. 이제 '내구성'이 부여된 석궁 또는 물약이 묻은 화살 다섯 개를 살 수 있었다.

처음에는 물약 화살의 효과를 정확히 몰랐지만, 구매를 마치고 각 화살 아래 적힌 내용을 읽고는 환호성을 질렀다. 물약 화살 중에 '감속의 화살'이 있었기 때문이다.

"우아아아아아!"

나는 느리게 환호하며 나무늘보처럼 행복의 춤을 췄다. 단순히 물약 화살 또는 막대한 양의 화살을 얻었기 때문만은 아니다. 새로운 공생 규칙도 얻었다. **공동체가 위협을 받으면 각자 자신의 몫을 해내야 한다.** 나와 서머, 골렘처럼 직접 나서서 싸우는 사람뿐만 아니라 화살 제조인이나 사서 같은 일반 주민도 우리를 도움으로써 자기 몫을 해내고 있는 것이다.

우리가 살던 곳에서도 분명 이렇게 했을 것이다. 아니, 적어도 이래야 한다.

'우리는 할 수 있다!'

우리가 비로소 하나가 되었다는 뿌듯한 마음에 무거웠던 걸음이 가벼워졌다. 실제로는 감속의 물약 효과가 서서히 사라지고 있기 때문일지도 모른다.

"완벽하군."

서머는 내 발걸음이 차츰 빨라지는 걸 보고 말했다.

"이 새 무기를 최적으로 활용할 방법이 생각났어."

내가 미처 묻기도 전에 서머가 계단으로 향했다.

"설명할 시간 없어. 너는 벽 가까이로 가 있어. 파괴수한테 또 공격받으면 안 되니까 너무 가까이 가진 말고. 너한테 시선이 집중될 정도로만 가까이 다가가."

서머는 적에게서 멀찍이 떨어져 좁은 통로를 달려갔다.

"포문을 열었을 때 일반 화살을 쏴서 저들의 시선을 따돌려. 감속의 화살은 내가 말할 때까지 아껴 둬야 해."

서머가 활을 꺼냈다.

"그리고 내가 말하면 곧바로 뒤로 물러날 준비하고 있어."

서머는 물약 폭탄은 잊은 건가? 그리고 벽 가까이 서서 저들의 관심을 어떻게 끌 수 있지?

이 점에 대해 반박하려고 하는데 서머가 내 말을 막았다.

"날 믿어."

나는 서머를 믿는다. **친구라면 서로를 믿어야 한다.**

나는 벽에 최대한 가까이 다가갔다. 이윽고 포문을 열고 석궁을 들었다. 일반 화살로 궁수 약탈자를 맞히자 나머지 약탈자들이 나를 쳐다봤다.

"방패 들어. 내가 말할 때까지 뛰면 안 돼."

서머가 명령을 내렸다.

화살의 촉이 망가진 방패에 부딪히는 것을 느꼈다.

"마녀들은 보통 감속의 물약을 던진 후에 독약을 던지지?"

서머의 목소리가 높은 곳에서부터 들려왔다.

"음, 그럴걸?"

발에 화살을 빗맞은 내가 끙끙대며 대답했다.

"어쩔 수 없군."

서머가 작게 말했다.

"조금만 더 가까이."

나는 서머가 속삭이는 소리를 들었다.

"조금만 더……."

그러더니 내게 외쳤다.

"뛰어!"

나는 뒤로 물러나 옆으로 도망쳤다. 유리병이 깨지는 소리가 귓가에 울렸다.

"네가 해냈어!"

서머가 외쳤다.

통로로 달려가던 나는 가장자리를 힐끔 쳐다봤다. 녹색 독 거품이 적들의 몸에서 피어오르고 있었다. 이게 바로 서머의 계획이었다! 나를 미끼로 이용해서 적들을 한곳으로 모이게 만든 후, 마녀가 자기편을 공격하게 한 것이다.

"이런! 자기편을 제대로 공격했대요!"

나는 마녀를 향해 비웃었다.

마녀는 아랑곳하지 않고 이번에는 분홍빛 병을 들어 올렸다.

"치유의 물약이야!"

서머가 활을 들며 외쳤다. 불꽃 화살이 마녀의 얼굴에 맞았고, 그와 동시에 마녀가 물약을 손에서 놓쳤다.

"공격!"

서머의 명령에 나는 감속의 화살을 쐈고, 두 명의 궁수와 대장 약탈자를 맞혔다.

"계속 쏴!"

서머는 마녀가 사라질 때까지 공격을 퍼부으며 말했다. 나는 석궁을 재장전한 후 화살을 쐈다. 가장 먼저 궁수들이 사라졌고, 그다음에는 대장이 사라졌다. 그리고 마침내 거대한 파괴수도 우리의 합동 공격에 굴복하고 말았다.

"이제 하나만 남았군."

서머가 즐겁게 말했다.

"서머, 공격 멈춰."

내가 말했다.

서머는 나를 쳐다보며 당혹스러운 듯한 말투로 물었다.

"혹시 또 작전 시간을 갖자는 건 아니지?"

나는 고개를 저었다.

"그럴 필요 없어. 이 전쟁을 끝낼 방법이 떠올랐거든."

18장

나는 처음 얻은 현수막을 손에 들고 말했다.

"약탈자들에게 추적 신호기 같은 역할을 하는 이 현수막을 서쪽 밭을 가로질러 아주 멀리 떨어진 곳에 갖다 놓는 거야."

그러고는 벽 너머를 가리켰다.

"이 방법이 통하면, 약탈자들이 더 이상 마을을 위협하지 않을 거야. 그리고 약탈자들을 벽 안에 가둘 수 있을지도 몰라."

나는 어깨를 으쓱하며 말했다.

"그래, 한번 시도는 해 보자."

서머가 회의적인 목소리로 대답했다.

"하지만 때를 잘 맞춰야 해."

서머가 북쪽 벽 포문을 힐끗 쳐다봤다. 틈 사이로 밖을 돌아다니는 도끼를 든 약탈자의 모습이 보였다.

"내가 망원경으로 널 지켜보고 있을게. 그리고 네가 현수막을 꽂으면 내가 도끼 든 녀석을 해치울게."

"알겠어. 놈들이 더 몰려오기 전에 얼른 갔다 올게."

나는 고개를 끄덕이며 말했다.

"해 보자."

서머는 동쪽 문 앞에, 나는 서쪽 문 앞에 자리를 잡았다.

서머가 문을 열고 한 발 밖으로 나가 외쳤다.

"여기야, 이 냄새나는 약탈자야!"

도끼를 든 약탈자가 으르렁대며 서머를 향해 다가갔다.

나는 그사이 서쪽 문을 열고 최대한 빨리 문밖으로 나갔다.

"저 녀석은 절대 널 잡지 못할 거야."

서머는 이렇게 외친 후 화살을 쐈다.

뒤를 돌아보니 녀석은 꽤 먼 곳에서 나를 쫓고 있었다. 서머의 감속 화살 덕분에 꽤 거리를 확보했다. 약탈자도 이런 사실을 깨달았는지 이내 마을로 몸을 돌렸다.

계속해서 들판을 가로질러 달려 낮은 언덕에 도착한 뒤 주위를 살폈다. 그곳엔 동물은 물론 나무도 없었다. 나는 위로 올라가서 서머를 향해 손을 흔든 후 땅에 현수막을 꽂았다.

그 순간, 어쩐지 불길한 기분이 들었다.

"서머, 하지 마!"

나는 다급하게 외치며 팔을 흔들면서 달렸다.

"쏘지 마!"

이미 늦었다. 서머는 내가 현수막을 꽂자마자 망원경을 내려놓는 바람에 말리는 나를 보지 못했다. 이내 서머의 화살을 맞은 약탈자의 몸에 불이 붙었다. 마을까지 사 분의 일 정도 갔을 때, 도끼를 든 약탈자는 연기가 되어 사라졌다.

"부우우우우우우!"

또다시 나팔이 울렸고 땅이 진동했다.

나는 멍하니 멈춰 서서 불길한 현수막을 쳐다봤다. 부디 내가 옳았기를 바랐다. 약탈자들이 불빛에 모여든 벌레처럼 현수막 주변만을 맴돌기를 말이다.

하지만 그런 일은 일어나지 않았다.

"도대체…… 어디에서……."

나는 내 자신에게 물었다.

"가이, 뛰어!"

멀리서 서머가 소리치는 게 들렸다.

나는 뒤를 돌아보았다. 이런! 너무 많았다! 궁수들 사이에 도끼를 든 약탈자가 여럿이 있었고, 마녀는 못해도 셋은 됐다. 저들은 현수막을 무시하고 마을과 나를 향해 다가오고 있었다!

나는 있는 힘껏 달렸다. 다리에 경련이 일고 폐가 타들어 가는 것만 같았다. 내 머리는 새롭고 무자비한 공생 규칙으로 지끈거렸다. **전쟁은 시작하는 것보다 끝내는 것이 더 어렵다.**

"거의 다 왔어!"

서머가 화살을 쏘며 외쳤다.

문틈 사이로 빛이 보였다. 조금만 더 가면 돼. 이제 열 걸음.

쾅!

뒤에서 파괴수가 날 무자비하게 들이받았다. 순간 나는 종이

인형처럼 마을 옆으로 멀리 날아갔다. 바닥에 떨어지면서 발목에 금이 갔다. 나는 문을 향해 몸을 돌렸다. 그러자 나와 문 사이를 막고 선 적들이 눈에 들어왔다.

"옆으로 돌아서 와!"

서머가 외쳤다.

"동쪽 문으로!"

숨이 헐떡거렸다. 등에 화살을 맞았고 그다음에는 종아리를 맞았다. 뒤에서 유리병이 깨지는 소리가 났다. 다행히 물약 폭탄을 피했지만, 또 다른 마녀가 물약을 다시 던졌다.

나는 이쪽저쪽으로 뛰면서 물약을 피했다. 마녀가 너무 많았다. 한 명이 물약을 던지는 사이, 다른 마녀들이 쫓아왔다. 독이나 감속의 물약이라도 맞으면 이대로 끝이다!

벽 모퉁이를 돌자 열린 문이 보였고, 그 뒤로 더 많은 약탈자가 있었다. 무리를 이탈한 약탈자들이 서머가 날 위해 열어 놓은 문으로 향하고 있었다.

우린 궁지에 몰리고 말았다.

"강으로 가!"

벽에서 서머의 목소리가 들렸다.

"네 투구!"

그렇지! 호흡! 나는 몸을 돌려 강으로 빠르게 달렸다. 그러고는 솟아오른 둑을 뛰어넘어 강 속으로 풍덩 들어갔다. 차가운 물이 날 반겼다. 나는 날아드는 화살을 피해 물속 깊숙이 잠수했다.

또 한 번 첨벙 소리가 났다. 파괴수가 나를 따라 물로 뛰어들었다. 다행히 파괴수는 수영을 못했다. 그 뒤에 따라오는 누구도 수영을 하지 못했다. 저들은 물에 빠져 허우적댔다.

하지만 물고기 양식장의 댐이 양쪽으로 나를 막아섰다. 또 갇혔다. 이번에는 정말 익사할지도 모른다. 그때 아홀로틀 골디가 나타났다. 골디는 가까이에 있는 궁수에게 헤엄쳐 가더니 궁수를 물었다.

"고마워."

나는 공기 방울을 보글거리며 말했다. 지금이 기회다. 내가 마법의 곡괭이로 한쪽 벽을 부수자 다른 아홀로틀 액스가 친구를 돕기 위해 그 사이로 헤엄쳐 왔다.

"조심해."

파괴수가 가까워지는 걸 보며 내가 외쳤다. 나는 수면 위로 헤엄치다가 얼굴에 화살 두 방을 맞고 말았다. 강둑에 있던 궁수들이 나를 쫓아 물속으로 들어왔다.

"거기서 나와!"

서머가 여전히 벽에서 활을 쏘며 외쳤다.

"네가 약탈자들을 다 끌어들이고 있어!"

나는 다시 물속으로 들어갔다. 물고기 양식장 구멍으로 나올 계획이었다. 그때 무언가가 보였다. 강바닥에 어두운 빈 공간이 있었다. 지하 수중 동굴이나 터널일지도 모른다.

'여길 통해 액스가 강에서 마을 연못으로 온 거라면……. 나도 갈 수 있지 않을까?'

나는 희망을 품고 수중 동굴로 들어갔다. 그리고 앞에 보이는 희미한 불빛을 향해 최대한 빠르게 헤엄쳐 나아갔다. 산소 양이 얼마나 남았는지, 바위 천장에 머리가 얼마나 많이 부딪히는지 따위는 신경 쓰지 않았다. 얼마나 헤엄쳤을까? 어느덧 환하고 따뜻한 공기 밖으로 나와 있었다. 마을이었다!

"하르르!"

그 순간 내 앞에 약탈자가 나타나 도끼로 내 머리를 내려치려고 했다. 결국 약탈자들이 마을 안으로 들어온 것이다. 나는 공격을 피하면서 골렘에게 얻어맞는 약탈자 둘을 보았다.

"하악!"

약탈자가 또 도끼를 휘둘렀다.

"아니, 으윽⋯⋯ 이러지 마!"

어서 문을 닫아야 한다. 그르렁대는 소리와 무기를 휘두르는 소리를 뒤로하고 서둘러 문을 향해 달렸다.

"하르르!"

문을 닫기 일보 직전, 또다시 적의 외침이 들렸다. 그런데 바로 내 앞이었다! 문을 막기도 전에 문이 벌컥 열리더니 석궁을 든 약탈자가 나타났다.

"뒤로 물러나!"

나는 통나무로 약탈자를 위협하며 소리쳤다. 약탈자가 석궁을 들고 쏠 준비를 하는 틈에 문을 닫고 통나무를 쌓았다. 마지막 통나무를 올리고 나니 아까 공격했던 약탈자가 또 나를 공격했다. 나는 얼굴을 찡그리며 약탈자를 베어 버렸다.

"여기 있었구나!"

서머는 통로에서 내려와 나를 향해 달려왔다.

"그런데 어떻게……."

"강 속에 터널이 있었어."

나는 가쁜 숨을 몰아쉬며 말했다.

서머는 서둘러 활을 들고 물가를 쳐다봤다.

"괜찮아. 저들은 헤엄을 칠 수 없어."

"맞아."

안도감이 온몸을 감쌌다. 그리고 문득 그 생각이 떠올랐다.

"아홀로틀은?"

"무사해."

서머는 안심하라는 의미로 네모난 손을 들어 보였다

"네가 사라지자마자 액스의 물고기 양식장으로 갔지."

서머의 눈은 벽을 향했다.

"다행히도 놈들은 아홀로틀을 뒤쫓지 않았어."

"그나마 다행이네."

나는 깊은 한숨을 쉬었다.

"다행이지."

서머는 실망감이 살짝 깃든 목소리로 내 말을 반복했다.

"네 작전이 계획대로 되지 않아서 안타까울 뿐이야."

우리의 실패를 비웃기라도 하듯 약탈자의 함성 소리가 벽을 타고 넘어 들려왔다.

"새로운 방법을 찾아야겠어."

"나 그 방법이 뭔지 알 것 같아."

나는 벽 너머에 있는 것들을 향해 몸을 돌리고는 말했다.

기분이 바닥으로 가라앉는 느낌이었다. 저주보다도 최악이었다. 네더에서 우리의 우정이 끝날 뻔했을 때와 같은 복통이 느껴졌다. 진실을 받아들여야 한다는 불편한 두려움.

"네 말이 맞았어."

나는 최대한 차분하게 말했다.

"우리가 처음 저들을 발견했던 날 네가 했던 말 말이야. 저들은 공격을 멈추지 않을 거라고 했던 거."

나는 다시 몸을 돌려 서머를 보며 무겁게 말을 이어 갔다.

"내가 저들의 기지를 파괴해야 해. 약탈자 전초 기지 말이야."

"우리. 우리가 파괴해야지."

서머가 내 말을 정정했다.

"아니. 나 혼자 가야 해."

나는 고개를 저었다.

"가이, 말도 안 되는 소리 좀 하지 마."

서머가 웃었다.

"우리가 함께하면 훨씬 더 효율적일 텐데. 왜?"

"그러면 마을을 무방비 상태로 둬야 하잖아."

나는 단호하게 말했다.

"그리고 내가 틀렸다면, 기지를 무너트려도 이 전쟁이 끝나지 않는다면 누군가는 여기서 다음 공격을 막아야 하니까."

"그래, 그런데……. 하지만……."

서머는 급하게 반박할 말을 찾느라 말을 더듬었다.

"하지만 이 마을 주민한테는 벽도 있고 골렘들도 있잖아. 기지에 가는 사람은 너 혼자뿐이고."

서머가 주저했다. 내 기분을 상하게 할까 봐 그런 것이다.

"그러니까 내가 가야 해. 왜냐하면…… 그건 말이지……. 내가 더 잘 싸우니까."

"그래, 네 말이 맞아."

내가 바로 동의하자 서머는 놀란 듯 눈을 크게 떴다.

"그러니까 네가 남아야 하는 거야. 내가 전초 기지에서 싸우다가 제압당하면 언제든 마을로 도망치면 돼. 하지만 여기서 그런 일이 생기면 그다음 공격은 내가 감당하지 못할 거야. 그러면 우리가 목숨 걸고 지키려고 했던 모두가 죽게 돼."

내가 집들을 가리키며 말했다.

"아니, 아니야. 그건 말도 안 돼."

서머가 강렬하게 머리를 흔들었다.

"서머."

나는 부드럽게 말했다.

"네가 지금 무슨 일을 하려는 건지……."

"서머."

이번엔 좀 더 크고 강하게 말했다.

"내 말이 맞다는 거 너도 알잖아."

말이 없었다. 그저 낮게 훌쩍이는 소리만 들렸다.

"그래, 그러면 가서 위대한 영웅 놀이 해! 하지만 아무 계획이

나 준비, 도구도 없이 갈 생각은 절대 하지 마. 알겠지?"

"알겠어."

"그리고 그 뭐였지? 그래, 그 정육각형 규칙대로 할 거야!"

나는 서머의 말을 굳이 고쳐 주지 않았다. 그저 서머의 흥미롭고 완벽한 계획을 듣기만 했다. 그 계획이 무엇인지는 나중에 얘기하겠다. 여러분을 놀라게 하고 싶으니 말이다. 서머는 꽤 오랫동안 이 계획을 생각해 온 듯했다. 어쩌면 서머는 전생에 군인이나 장군이었을지도 모른다.

"완벽해."

내가 감탄하자 서머는 고개를 끄덕이며 말했다.

"자, 이제 네 투구 빌려줘."

나는 서머에게 쓰고 있던 투구를 건넸다.

서머는 투구를 쓰고 물속으로 들어가 물 엘리베이터까지 잠수해서 이동했다. 약탈자들은 전혀 눈치채지 못했다. 나는 서머가 숙소 건물 지붕으로 올라가는 걸 지켜본 후 마을로 갔다.

가장 먼저 여분의 나무와 철로 망가진 방패를 수리했다. 다음에는 모루에 내 석궁과 약탈자의 석궁을 올리고 두 개의 석궁이 하나가 되는 걸 지켜보았다.

다음은 화살 제조인을 찾아가 일반 화살과 물약이 묻은 화살을 잔뜩 샀다. 그리고 농부 주니어에게 음식을 샀다. 약탈자들과 싸우는 동안 입은 상처를 생각하면 음식이 절대적으로 필요했다. 나는 구매한 빵과 당근을 게걸스럽게 먹었다.

나와의 거래로 농부 주니어는 업그레이드되었다. 그러더니

'수상한' 스튜 두 가지를 팔았다. 수상하다고 생각한 이유는 두 개의 그릇에 담긴 스튜 모두 토끼 스튜 같지 않았기 때문이다.

"호기심이 잘못된 건 아니니까."

나는 섬에서 얻은 규칙을 읊었다.

"신중한 호기심이기만 하다면 말이지."

즉, 우유를 준비해야 한다는 뜻이다. 나는 주니어에게 에메 랄드를 건네고 수상한 스튜를 두 개 샀다.

"우유는 필수지. 혹시라도 독이 들었을 수도 있으니까."

나는 우윳빛이 도는 첫 번째 스튜를 들이켰다. 버섯 맛이 조 금 느껴졌다. 아무런 효과가 느껴지지 않았지만, 해가 지고 있 는 와중에 갑자기 주변이 환해졌다.

"와! 야간 투시 스튜야!"

나는 기쁨의 환호를 질렀지만 효과는 사 초 정도로 짧았다.

"아무것도 없는 것보다는 낫지."

나는 이렇게 말한 후 다른 그릇을 입술에 갖다 댔다.

우웩. 이번 스튜는 맛이 없었다. 온몸의 근육이 풀어지는 기 분이 들었다. 나약함 효과였다.

"하아. 팔기 전에 경고라도 해 줬어야지."

서둘러 우유를 찾았지만 양동이가 탱크만큼 무겁게 느껴졌 다. 다행히 우유를 입술에 갖다 대기도 전에 효과는 사라졌다.

"이봐, 판매 제품 좀 바꿔 봐."

나는 주니어에게 말했다.

농부는 '으허허' 하고 대답했는데, 이렇게 말하는 것 같았다.

"그래도 손해만 본 건 아니지 않아?"

"맞아."

나는 이렇게 말하고는 야간 투시 스튜를 더 샀다. 그러자 주니어는 또 단계를 업그레이드했다.

"세상에나!"

거래창에 뜬 황금 당근과 반짝이는 수박 조각을 보고 환호성을 질렀다.

"여태까지 이걸 찾았는데, 이제야 나타났네!"

나는 남은 에메랄드를 다 써서 황금 당근과 수박을 샀다.

나는 물약을 만들 준비를 했다. 우선 치유의 물약을 위한 반짝이는 수박 조각과 야간 투시를 위한 황금 당근이 필요했다. 야간 투시 효과가 더 길면 좋겠다고 생각했지만, 레드스톤까지 쓸 여유는 없었다. 이 계획을 위해서 레드스톤 가루가 얼마나 많이 필요할지 몰랐기 때문이다. 그래도 사 초뿐인 스튜 효과에 비하면 삼 분은 꽤 괜찮았다.

물약을 다 만들고 밖으로 나왔을 때 서머도 연못에서 나오고 있었다. 서머의 손에는 빛나는 병이 들려 있었다.

"물약 만드느라 바빴어."

서머는 이렇게 말하고는 빛나는 병들을 선보였다.

"나도! 그건 무슨 물약이야?"

내가 기분 좋게 서머에게 물었다.

"신속의 물약 두 병이야."

서머는 대답하며 내게 물약을 건넸다.

"약탈자 전초 기지로 갈 때 그리고 올 때 쓰면 돼."

"고마워."

나는 서머에게 감속의 화살을 건넸다.

"만약 내가 기지를 빠져나오지 못하면 이걸 적에게 쏴 줘."

"좋은 생각이야."

서머는 내게 또 다른 병을 줬다.

"이건 투명화 물약이야. 지난번 떠돌이 상인이 마셨을 때와 같은 효과가 있을 거야."

다음 두 물약은 마치 새벽 같은 색이었다.

"마지막 남은 이 두 개의 물약은 화염 저항의 물약이야."

서머가 말했다.

"하나는 네가 갖고 있어."

내가 말했다.

"두 병을 다 쓸 만큼 작전이 오래 안 걸릴 수도 있잖아."

서머는 고개를 끄덕이더니 솜사탕색 물약을 건넸다.

"정글에서 만났던 그 박쥐들 기억나?"

서머가 물었다.

"어제 저녁 책에서 읽었는데, 그 박쥐를 '팬텀'이라고 한대. 그때 내가 얻은 팬텀 막으로 느린 낙하의 물약을 만들었어."

"멋지다! 높은 곳에서 다치지 않고 떨어질 수 있겠어."

"그러니까 필요할 때만 써야 해."

서머가 경고했다.

"고마워. 내가 줄 건 이것뿐이야."

나는 서머에게 방금 만든 치유의 물약과 야간 투시 물약을 건
넸다.

"하지만 주니어를 다음 단계로 업그레이드시켜서 황금 당근
과 반짝이는 수박 조각을 얻을 수 있게 됐어. 정말 잘됐지?"

"끝내준다."

서머는 내 선물을 받고는 '패키지'를 건넸다. 내가 기지를 무
너트리는 데 필요한 모든 것이었다. 준비 과정이며 설명이 너
무 복잡하고 길어서 떠날 채비를 모두 마쳤을 때는 어느덧 해가
뉘엿뉘엿 지고 있었다.

"신속의 물약이 두 개 있어서 다행이야."

서머가 말했다.

"밤에 마을로 돌아올 때 몹들을 다 피할 수 있을 거야."

"그래."

나는 고개를 끄덕였지만 목소리에 옅게 걱정이 묻어났다.

사실 이 작전은 환한 대낮에도 위험했다. 그런데 약탈자의 공
격도 모자라 몹까지 나타난다고 생각하니 속이 울렁거렸다.

"자, 이것도 가져가."

서머가 내게 자신의 마법이 부여된 도끼를 쥐여 줬다.

"네 일반 도끼를 사용할 때보다 시간을 절약할 수 있으니까."

그러고는 가방에서 시계 두 개를 꺼내어 하나를 건넸다.

"우리는 동시에 작전을 진행해야 하니 이게 필요할 거야."

영화에서 군인들이 죽을 각오로 싸우러 나가는 모습 같았다.

"내 생각엔 네가 기지에 도착해서 작전의 초반 과정을 해치우

면 오후의 반 정도쯤 지날 거야."

서머는 천천히 도는 시계를 쳐다봤다.

"해가 사라질 즈음 나는 남은 약탈자들을 다 해치울 거야. 그동안 너는……, 그래, 네가 뭘 해야 하는지 알고 있겠지."

"알아."

나는 왼손에 시계를 찼다. 배가 아픈 것 같았다.

"그럼 가 볼게."

서머가 고개를 끄덕였다.

"그래."

나는 서머가 자신의 감정을 숨기려고 노력하는 걸 알 수 있었다. 서머는 다음 말을 하기 전에 목청을 가다듬었다.

"행운을 빌게."

나는 손이 있어도 악수조차 할 수 없는 이 세상을 원망했다.

심장이 쿵쾅거리고 입안이 사막처럼 메말랐다. 나는 천천히 연못을 향해 걸었다.

"가이."

서머의 부름에 나는 걸음을 멈추고 뒤를 돌아봤다. "네가 반드시 해낼 거라는 거 알아. 너는 이 세상, 또는 다른 세상 어디에서도 가장 강하고 용감한 사람이야."와 같은 가슴 아린 말을 기대했지만, 서머는 그런 말을 하지 않았다.

"이걸 주는 걸 깜빡했어."

서머는 나를 향해 가시 마법이 부여된 바지를 던졌다.

"고마워."

나는 바지를 입으며 대답했다.

나는 물속으로 들어갔다. 차가운 강물에 온몸이 떨렸다. 어두운 터널을 헤엄쳐 갔다. 강 밖으로 고개를 내밀었는데 약탈자는 전혀 보이지 않았다. 아홀로틀 골디가 헤엄쳐 얼굴 가까이로 다가와 부드러운 엉덩이로 내 볼을 쓰다듬었다.

"마치 작별 인사 같네. 고마워."

내가 수면 위로 올라왔을 때 멀리서 소리가 들렸다.

"하르르!"

날 발견한 약탈자 무리의 반 정도가 강으로 향했다.

"계속 가!"

서머가 약탈자들을 향해 감속의 화살을 쏘며 외쳤다.

물 밖으로 나와 황급히 벨트 주머니에서 신속의 물약을 찾고 있는데, 화살이 내 얼굴을 스쳤다. 서머의 화살을 맞아 느려진 약탈자들이 물속에서 나를 향해 활을 쏘고 있었다.

드디어 신속의 물약을 찾은 나는 단숨에 들이켰다. 이내 빛의 속도로 사막을 가로지르며 함성을 질렀다.

"이야호!"

19장

나는 약탈자 전초 기지를 향해 달렸다. 얼마나 더 가야 할까? 이 속도로 얼마나 더 달릴 수 있지? 저들은 날 기다리고 있을까? 혹시 보초가 있을까? 아니면 마을처럼 종이 울리려나? 머릿속에서 걱정이 끊이지 않았다.

드디어 저 멀리 모래 언덕 위로 어둡고 둥그스름한 물체가 모습을 드러냈다! 전초 기지의 돔형 꼭대기가 분명했다. 나는 조심스럽게 근처에 있는 모래 언덕으로 살금살금 걸어갔다. 망원경으로 보니 저들은 날 기다리고 있지 않은 듯했다. 경비가 더 삼엄하지도, 방어를 강화하지도 않았다. 승리에 대한 자신감만이 가득 찬 저 네모난 머리로는 누군가의 공격을 받을 수도 있다는 생각은 하지 못하는 모양이었다.

나는 이전만큼 많은 수의 약탈자를 보고 긴장이 됐다. 마을로 약탈자들을 끊임없이 보내면서도 어떻게 저렇게 많은 수가 아직 기지에 남아 있는 걸까? 혹시 기지 안에 약탈자 생성기가 있는 건가? 여기서 좀 더 저들의 움직임을 살펴보고 싶었지만, 손목의 시계가 나에게 시간이 많지 않다는 점을 상기시켰다.

"우선 잘 볼 수 있어야 해."

나는 야간 투시 물약을 들이켰다.

"그리고 저들한테 모습을 들켜서는 안 되지."

이어서 투명화 물약까지 마셨다. 썩은 고기와 당근이 섞인 이상한 맛에 얼굴이 절로 찌푸려졌다. 몸이 변했다는 느낌은 딱히 들지 않았고, 아래를 내려다봐도 달라진 게 없는 듯했다.

"아, 맞다. 옷을 벗어야지."

나는 장화를 벗었다. 발이 있어야 할 곳에 발이 보이지 않으니 기분이 이상했다. 더 지체하지 않고 갑옷과 방패를 주머니에 넣었다. 나는 말 그대로 **투명**해졌다.

전초 기지로 향하며 혹시나 약탈자들에게 들릴까 봐 숨소리도 내지 않고, 내 냄새를 맡을지도 몰라 적당한 거리를 유지했다. 사막의 열기는 땀을 말리는 데 탁월했다. 앞에 네 명의 약탈자가 있었는데, 각자 순찰을 돌고 있었다.

"하아아!"

약탈자가 내 쪽으로 다가왔다. 우리는 부딪히기 직전이었다.

나는 천천히 그리고 조심스럽게 약탈자에게서 멀어졌다. 혹시라도 내 존재를 알아채면 어떡하지? 싸워야 하나? 도망칠까? 나는 무기에 손을 올린 채 눈으로는 도망칠 길을 찾았다.

"하아아!"

약탈자가 더 가까이 다가왔다. 석궁을 들어 올렸다. 그러고 는 바로 내 옆으로 지나갔다.

물약이 통했다! 나는 정말 투명 인간이 된 것이다. "바로 이거 지!" 하고 외칠 수가 없어서 아쉬웠다.

'서머가 봤다면 좋아했을 텐데. 드디어 날 조용하게 만들 방 법을 찾았다고.'

나는 조심스럽게 첫 번째 목표로 다가갔다. 철 골렘을 가둔 나무 감옥이었다. 나는 주변을 살피며 다른 약탈자들이 없는지 확인했다. 완벽한 기회였다.

머릿속에서 목소리가 들렸다.

이럴 필요 없어. 저들은 네가 여기 있다는 걸 몰라. 얼른 마을로 도 망쳐. 안전하게 지내면서 더 좋은 계획을 찾으면 돼.

무기로 향하던 손이 멈췄다. 그때 또 다른 목소리가 들렸다.

음매.

"그래, 네 말이 맞아."

나는 서머의 강력한 도끼를 들고선 말했다.

"용기를 내는 건 쉽지 않은 일이지!"

네더라이트 도끼로 나무를 부쉈다. 골렘을 가두고 있던 나무 기둥이 산산조각 났다.

"걱정하지 마. 널 당장 구해 줄게."

내가 또 다른 기둥을 부수면서 말했다.

슝!

등에 화살을 맞았다. 유령처럼 날아다니는 도끼를 보고는 내 몸이 어디에 있는지 추측한 것이 분명했다.

"명중이네."

나는 마지막 남은 나무 기둥을 부수며 숨을 헐떡였다.

자유의 몸이 된 철 골렘이 움직였다.

"공격해!"

이렇게 외치며 나는 도끼를 주머니에 넣었다. 그리고 몸을 돌리자 석궁을 쏠 준비를 하고 있는 약탈자의 커다란 회색 코가 바로 눈앞에 있었다. 나는 옆으로 피했지만, 냄새, 소리, 혹은 직감 때문인지 석궁은 계속해서 날 따라왔다. 하지만 약탈자가 석궁을 쏘기 전에 한 쌍의 철 주먹이 공격을 막았다.

"하아악!"

골렘에게 공격을 당한 약탈자는 포효했다.

더 많은 화살이 골렘을 향해 날아들었다. 철 골렘은 빨갛게 깜빡거렸다. 마치 나에게 움직이라고 신호를 보내는 것 같았다. 하지만 신속의 물약 효과가 끝나 버렸다. 다른 물약의 효과는 얼마나 더 남았지? 골렘은 얼마나 더 버틸 수 있을까?

바로 앞에 전초 기지의 출입문이 있었다. 또 다른 약탈자가 문 앞에 서서 석궁을 들고 있었다.

피할 시간이 없었다. 다이아몬드 검을 꺼내 들고 휘두르자 문을 지키던 약탈자는 사라졌다. 하지만 뒤에서 날아온 화살이 내 코에 박혔다. 나는 서둘러 기지 안으로 들어가 몸을 피했다. 시계를 보니 이 순간을 오래 즐길 수는 없었다.

서머가 일명 '퍼스트 하우스 작전'이라고 부르는 이 작전을 위해 준비한 패키지를 설치할 시간이었다. 우리가 무얼 하려고 하는지 아직 눈치채지 못한 독자라도 이 패키지의 내용물을 들으면 단번에 알 수 있을 것이다.

TNT. 그것도 어마어마하게 많은 양이었다! 서머의 산과 사막 사원에 저장되어 있던 화약 가루, 상인에게서 사들인 화약 가루를 이용했다. TNT 폭탄을 만드는 데 필요한 모래는 강바닥에서 파낸 모래로 충당했다. 그렇게 모은 재료들을 합치자, 기지의 천장에 닿을 만큼 많은 폭탄을 만들 수 있었다.

나는 기둥 주변에 나선형 계단처럼 폭탄을 쌓아 올렸다. 그리고 각 폭탄마다 레드스톤 가루를 조금씩 뿌려서 동시에 폭발하도록 만들었다. 나는 빠르고 조심스럽게 이 층으로 올라갔다.

이 층에서는 아래에서 벌어지는 싸움을 볼 수 있었다. 골렘 혼자 약탈자 무리를 상대하고 있었다. 무자비하게 공격을 받아 여기저기 망가진 골렘의 모습을 보고 있자니 목이 메었다.

"고마워."

나는 작게 속삭이고는 폭탄을 설치하는 일에 다시 집중했다.

TNT, 나무판, 레드스톤. 천천히 그리고 침착하게 폭탄을 쌓으며 삼 층으로 올라갔다. 삼 층은 사방이 막혀 있어 밖에 있는 약탈자들은 절대로 나를 쏠 수 없었다.

저들이 밖에 있는 한 말이다.

순간 다리에 화살을 맞고 앞으로 넘어졌다. 고개를 돌리자, 또 다른 약탈자가 보였다.

알고 보니 약탈자는 기지 안 어디선가 생성되고 있었다. 그리고 그때 야간 투시 효과가 끝나고 말았다.

"아, 이런······."

어깨로 화살이 날아왔다. 나는 서머의 도끼를 허공에 대고 휘둘렀다. 창문도 없는 방은 깜깜했다.

"어디야?"

내가 다급하게 외쳤다. 다리에 또 화살을 맞았다. 도끼를 휘둘렀지만 공격에는 실패했다. 그때 활시위를 당기는 소리가 들렸다. 나는 화살을 피하기 위해 몸을 피했다. 왜 하필 지금 물약의 효과가 끝난 걸까? 어떻게 하면 약탈자를 찾을 수 있지?

단 몇 초라도 볼 수만 있다면······. 아, 방법이 있다!

나는 야간 투시 효과가 있는 수상한 스튜를 들이켰다.

일 초.

약탈자의 위치를 찾았다.

이 초.

네더라이트 도끼로 약탈자의 등을 내리쳤다.

삼 초.

약탈자를 벽으로 내몰아 미친 듯이 공격했다.

눈앞이 다시 어두워졌다. 하지만 연기 냄새가 나는 걸로 보아 약탈자를 해치웠다는 걸 알 수 있었다.

어둠 속을 더듬으며 다시 방 안으로 들어왔다. 나는 기억력과 약간의 운으로 천장까지 폭탄을 쌓고는 천장을 뚫어 선선한 위층으로 나갔다. 기둥에 달린 횃불이 테라스를 밝히고 있었다.

이번 층은 다른 층보다 두 배나 높았지만, 나는 집중해서 신속하게 일을 처리했다. 반쯤 올라갔을 때 쇠를 긁는 것처럼 날카로운 소리가 나더니 잠시 후 조용해졌다.

약탈자와 싸우던 골렘이 결국 죽고 만 것이다.

'네 죽음이 헛되지 않게 할게.'

나는 지붕으로 올라갔다. 철 골렘을 해치운 약탈자들이 나를 발견했다. 그리고 공기를 가로지르며 화살이 날아들었다. 나는 순식간에 고슴도치가 되었다. 화살이 갑옷을 뒤덮었다. 물약을 마시거나 화살을 피할 시간도 없었다.

'고통은 잊고 하던 일을 마저 해야 해!'

화살이 다이아몬드 갑옷을 뚫고 살까지 파고들었다.

'한 블록만 더 쌓으면 돼!'

나는 마지막 천장을 뚫고 드디어 밖으로 나갔다. 달이 떠오르고 있었다. 시계를 보니 낮이 거의 다 끝나 가고 있었다. 나는 남은 폭탄을 꺼냈다.

"하아아!"

이번엔 지붕에서 약탈자가 나타났다. 화살을 맞은 나는 지붕 가장자리까지 밀려났다.

석궁을 당기는 소리가 났다.

"이럴 시간 없다고!"

나는 큰 소리로 외치며 약탈자에게 달려들었다. 무기는 없었지만 필요치 않았다.

"하아아!"

약탈자가 고통스러운 듯 빨갛게 달아올랐다.

"가시 바지 맛 좀 봐라!"

약탈자를 밀어붙이고 가시로 결정적 한 방을 날렸다.

'하아아' 소리를 외치며 약탈자는 옆으로 떨어졌다.

마침내 마지막 TNT를 설치한 후 네 개의 유리블록을 깔고 용암이 든 양동이 네 개를 놓았다. 이 작전명을 '퍼스트 하우스'라고 한 것은 바로 섬에 있던 내 첫 번째 집처럼 약탈자들도 불행을 두 배로 겪게 될 것이기 때문이다. 폭탄과 불로써 말이다.

마지막 단계로 나무 버튼을 설치하고, 시계를 확인했다. 이제 시간이 되었다! 나는 우윳빛의 느린 낙하 물약을 마시며 동시에 버튼을 눌렀다. 그러고는 지붕 가장자리로 달려갔다.

펑! 펑! 펑!

폭발 때문에 내 몸은 포탄처럼 날아갔다.

여러 번 폭발이 일어났지만 느린 낙하 효과 덕분에 위험한 곳에서 멀리 떨어진 곳으로 안전하게 두 발로 착지할 수 있었다.

"야호!"

해냈다! 내가 약탈자 전초 기지를 무너트렸다! 이 세계에서 사진을 찍을 수 있다면 멋진 모습을 남길 수 있을 텐데! 한때 웅장하던 기지는 불에 휩싸인 채 붕괴되었다. 용암 분수가 꼭대기에서부터 천천히 흘러내리면서 나무를 태웠고, 돌이 굴러떨어졌다.

약탈자들은 그 모습을 보며 가만히 서 있었다. 당황하지도, 자신들의 처참한 패배를 인정하지도 않았다. 심지어 폭발한 분화구 아래에 서서 용암이 떨어지기를 기다리는 약탈자도 있었다. 약탈자들은 충격을 받아 넋을 놓은 듯 보였다.

이 불지옥에서 제법 멀리 떨어져 있던 약탈자 딱 한 명만 빼고 말이다. 녀석은 복수를 하려는 듯 나를 공격해 왔다.

"그렇게는 안 되지! 너도 항복하는 게 좋을 거야."

나는 비웃으며 석궁을 쐈다. 그러고는 시계를 확인했다.

"왜냐하면 지금 내 친구가 너희 약탈자 놈들을 모조리 처리하고 있을 거거든!"

또다시 활을 쏠 준비를 하며 웃었다.

"내가 살던 세상에서는 이럴 때 뭐라고 하는지 알아?"

나는 석궁을 쏘며 연기를 향해 외쳤다.

"미션 완료!"

남아서 마지막 남은 한 명까지 없애고 싶었지만, 어느새 다른 적대적인 몹들이 나타났다.

"이 난장판은 너희끼리 잘 치워 봐."

나는 조롱 섞인 말을 건넨 뒤 신속의 물약을 마셨다.

마을까지 달려가는 길은 마치 승리의 퍼레이드 같았다. 드디어 전쟁이 끝났다! 내가 마을을 구했다! 폭탄을 이용해서 이 위험한 미션을 용감하게 성공했다. 마치 영화의 절정 같은 장면이었다.

마을로 돌아가는 길에 여기저기서 나타난 몹들을 피해 지나가면서 나는 우쭐한 인사를 건넸다.

"미안, 너희는 내 우선순위가 아니라서 말이야. 다 상대해 주고 싶지만 지금은 명예 훈장을 받으러 가야 하거든!"

반가운 마을의 불빛이 보였다.

나는 달리다 말고 눈앞의 잿빛을 쳐다봤다. **무언가 잘못됐다.** 벽에 거대한 구멍이 생겼다. 그리고 그 너머로 움직이는 형체들이 보였다. 정신이 없고 혼란스러웠다.

'이런, 안 돼!'

나는 다시 달렸다. 땀이 나고 토할 것 같은 기분이었다.

무슨 일이지? 내가 기지를 부수기 전에 또 침략이 있었던 걸까? 분명 그랬을 것이다. 다른 경우의 수에 대해서는 생각하고 싶지도 않았다. 하지만 생각을 멈출 수가 없었다.

만약 마을에 쳐들어 온 약탈자들이 전초 기지에 있던 녀석들과 다른 무리라면? 그렇다면 왜 약탈자들이 사막에서 오지 않았는지 설명이 가능하다. 그리고 그 느낌…… **저주.** 성공에 취해 미처 몰랐다. 이제야 그 저주가 내 최악의 실수를 비웃고 있음을 알아차렸다. 저들이 우리를 건드리지 않으면 우리도 저들을 건드리지 않아야 했다. 하지만 우리가 다른 약탈자들을 공격했을 때, 그런 선택지는 사라져 버렸다. 나는 단순히 저들이 비슷하게 생겼다는 이유로 저들을 한 무리로 여긴 것이다.

내가 살던 세상의 지도자들, 생사를 가를 권력을 쥔 어른들도 실수로 죄 없는 다른 사람을 공격한 적이 분명 있다. 그렇지 않고서는 지금 내 머릿속에 이 문장이 떠오를 리 없었다. 그리고 나는 이 문장을 새로운 공생 규칙으로 받아들였다.

잘못된 장소, 잘못된 시간에 일어난 전쟁보다 파괴적인 것은 없다.

"서머!"

나는 반대편으로 가서 벽에 난 구멍을 헤치고 나갔다.

혼돈의 현장이 날 반겼다. 약탈자들이 마을 곳곳에 있었고, 그사이 밤에 나타나는 몹까지 뒤섞여 있었다.

"그어어!"

좀비가 신음을 하며 나를 막더니 공격했다. 나는 아픈 줄도 모르고 좀비 옆을 지나쳐 갔다.

"서머, 어디 있어?"

나는 가까스로 해골의 화살을 피하고는 방패를 들어 막았다. 그때 골렘의 철 주먹이 해골을 뼛가루로 만들어 버렸다.

나는 주변을 살피며 서머의 다이아몬드 갑옷을 찾았다.

"아이야하하하!"

유령처럼 창백한 날개가 달린 회색 생물체가 나를 향해 날아왔다. 검을 들고 창백한 몸통에는 붉은 혈관이 퍼져 있었다. 나는 하늘에 대고 검을 휘둘렀다. 이들은 서로 연결이 되어 있는지, 또 다른 생물체가 고음을 내며 날아왔다.

"도대체 너희는 뭐야?"

나는 날아오는 생물체를 향해 검을 휘둘렀지만 옆구리를 공격당했다. 이 못된 요정에게는 조력자가 있었다. 나는 검 대신 석궁을 들고 뒤로 물러났다. 성난 벌처럼 돌진하는 둘을 향해 석궁을 쐈다. 세 발의 화살이 날아가 명중했다.

드디어 서머를 찾았다. 서머는 마을 저편에서 도끼를 든 약탈자와 마주하고 있었다. 그런데 약탈자의 옷이 어딘가 달랐다. 어두운 색의 긴 예복 가운데에는 위아래로 넓은 금색 띠가 있었

고, 소매 끝도 금색 띠가 둘러져 있었다. 그리고 무기도 없이 양
팔을 넓게 벌리고 있었다.

"서머!"

약탈자 옆에 있던 송곳니가 서머를 향해 달려들었다. 서머가
화살을 쏘려는 순간, 송곳니가 다리를 무는 바람에 화살이 제멋
대로 날아가 버리고 말았다.

"서머한테서 떨어져!"

나는 석궁으로 송곳니를 공격하면서 소리쳤다.

예복을 입은 약탈자가 두 팔을 벌리며 나를 향해 돌아섰다.
하지만 내 화살과 서머의 화살이 약탈자의 주술을 막았다.

"가이! 너……."

서머의 목소리가 날카롭고 떨렸다.

"무너트렸어!"

나는 숨을 헐떡이며 말했다.

"내가 기지를 무너트렸다고. 그런데……."

"알아. 그런데 우리 계획대로 안 됐어!"

서머가 고개를 저으며 말했다.

"대체 저 벽은 어떻게 된 거야?"

내가 구멍 난 벽을 가리키며 물었다.

20장

다시 나, 서머다. 이 책 처음에 내가 다시 돌아올 거라고 얘기했던 거 기억하는가? 가이가 용감하게 영웅 놀이를 하러 간 동안 내게 어떤 일이 일어났는지 들려주겠다.

이 이야기는 가이가 작전을 수행하러 연못으로 들어간 순간부터 시작된다. 그때 나는 강이 보이는 북쪽 벽에 있었다. 가이의 머리가 물 위로 떠오르자 약탈자들이 나타났다. 강둑에 모인 놈들을 향해 나는 감속의 화살을 발사했다. 둑 반대편의 가이는 벨트 주머니에서 신속의 물약을 찾고 있는 듯했다. 대체왜 물약을 미리 손에 들고 있지 않은 거지?

마침내 물약을 마신 가이는 쏜살같이 시야에서 사라졌다. 나도 계속해서 약탈자 무리를 저격했다. 하지만 저들을 전부 죽여서는 안 된다는 걸 명심했다. 그랬다가는 더 많은 약탈자들이 쳐들어올 것이기 때문이다. 나는 가이가 약탈자 전초 기지에 도착할 때까지 기다려야 했다. 이 작전의 성공 여부가 여기에 달려 있었다.

그렇다고 저 무리를 그대로 두겠다는 뜻은 아니다. 게다가 마녀는 제거 대상 일 순위였다. 나는 동쪽 벽에서 궁수 약탈자들과 현수막을 든 대장 사이에 있는 마녀를 발견했다. 저들을 모두 말살하기에 안성맞춤인 기회였다. 나는 깔깔대는 마녀를 향해 감속의 화살을 쐈다. 그러고는 나만의 **깜짝 선물**을 찾았다.

가이를 만나기 전, 혼자 물약 실험을 하다가 실수로 독약을 넣은 적이 있었다. 그때만 해도 보고 배울 책이 없었기 때문에 시도와 실패를 통해서만 터득해야 했다. 결국 그 물약을 마시고 사경을 헤맨 후 절대 독약은 넣지 않겠다고 다짐했다. 그런데 이번 전쟁에서 마녀들의 투척용 물약을 보고, 그 가치를 이해했다. 그래서 예전의 그 방법으로 투척용 독약을 만들었다.

지금 내 손에는 독약이 보글거리고 있었다.

"맛 좀 봐라!"

나는 마녀가 서 있는 벽을 향해 물약병을 던졌다.

그런데 깨지지 않았다! 물약병은 튕겨 나가더니 마녀의 발아래에 떨어졌다. 제조 과정에서 빼먹은 단계가 있었나 보다.

물약 제조 과정을 어떻게 수정해야 할지 떠올랐다. 던지면 폭발해야 하니 제조 과정에 화약이 들어가는 것이 분명했다. 황급히 다시 투척용 물약을 제조했다.

"부디 두 번째는 운이 따르길."

내가 만든 새 투척용 물약은 가까이 모여 있던 약탈자 무리

한가운데서 터졌다. 성공이다! 초록빛 거품이 일자 나는 불꽃 화살을 연달아 쏘았다. 약탈자는 몸이 불길에 휩싸인 와중에도 나를 향해 활을 쏘았지만 상대할 겨를이 없었다. 마녀가 저들을 치유하는 걸 막으려면 계속해서 불꽃 화살을 쏴야만 했다. 나는 마침내 마녀를 연기로 만들어 버렸다.

나는 벽 아래로 지친 몸을 숨기고 재빨리 토끼 스튜를 먹었다. 몸을 재정비한 후 갑옷을 고치기 위해 거래 장소로 갔다. 잠시 숨을 돌리니 가이가 걱정됐다.

나는 가이를 믿는다. 그렇지 않았다면 절대 가이를 보내지 않았을 것이다. 하지만 친구가 홀로 적의 소굴로 들어갔다고 생각하니 긴장감에 온몸이 저릿저릿했다. 나는 이 느낌을 떨쳐내려고 약탈자들을 차근차근 없앴다. 마녀를 하나 죽이고 궁수 몇을 없앤 다음, 파괴수와 한판 겨루는 일만 남게 됐다.

가이가 없으니 쉽지는 않았다. 궁수뿐만 아니라 해골까지 나를 공격했다. 왼손에 시계를 쥐고 있어서 방패도 쓸 수가 없었다. 적들은 내 머리를 과녁처럼 여겼다.

잠시 뒤로 물러나 재정비를 하는데, 주민들에게 뜻밖의 도움을 받았다. 숙소에 있던 주민들이 골렘을 소환한 것이다.

나는 신나게 골렘을 응원했다. 하지만 골렘이 파괴수와 싸우고 다른 약탈자들까지 공격하자, 일을 그르칠까 봐 걱정되었다. 나는 "잠시만 기다려! 저들을 모두 죽이면 안 돼. 그러면 또 다른 적들이 침략해 올 거야!" 하고 외쳤다.

당연히 골렘이 내 말을 이해할리 없었다. 그저 묵묵히 자신의 역할을 수행할 뿐이었다. 골렘을 멈출 유일한 방법은 골렘을 쏘는 것이지만, 그랬다가는 나머지 골렘에게 공격을 받을 것이다. 다행히 활을 들기 전, 시곗바늘이 푸른색을 덮었다. 즉, 자정이 되었고 가이가 전초 기지를 폭파시켰다는 뜻이다.

"자, 해 보자."

나는 웃으며 도끼를 든 약탈자에게 화살을 날렸다. 골렘과 나는 궁수를 두어 명 더 해치운 후 현수막을 든 대장을 해치웠다. 대장은 연기가 되어 사라졌고, 나는 골렘에게 인사를 건넸다.

"고마워."

그러고는 가이를 반갑게 맞이하기 위해 북쪽 벽으로 걸어갔다. 그 순간, 이 세계에서 들을 수 있는 소리 중 가장 최악의 소리가 내 귀를 울렸다.

"부우우우우우우우아아아아앙!"

지긋지긋한 나팔 소리였다. 이런, 또 습격이라니! 나는 다시 남쪽 벽으로 달려갔다. 목뒤에서 두통이 느껴졌다.

셀 수조차 없이 너무나 많은 수였다. 뾰족한 모자를 쓴 마녀, 현수막을 든 대장 여럿, 악마 같은 파괴수, 그리고 소매 끝이 금색으로 둘러진 예복을 입은, 처음 보는 인물 둘이 있었다.

우리의 계획이 실패했다는 사실에 너무나 화가 났다. 이 모든 게 수포로 돌아가다니! 심지어 지금 나 홀로 최대의 병력과 맞서야 하는 상황에 맞닥뜨렸다.

나는 가장 높이 그리고 멀리 쏠 수 있도록 활을 들었다. 불꽃 화살을 하나 쏜 다음 두 개를 더 쐈다. 생일 케이크의 초처럼 궁수의 몸에 불이 붙었다.

나는 계속해서 움직이며 공격했지만, 약탈자들을 무찌르기에는 역부족이었다. 늘 그렇듯, 문제는 의무병이었다. 내가 궁수의 몸에 불을 붙이고 다음 공격 장소로 이동하는 사이, 궁수의 주변에 분홍빛 거품이 일었다. 마녀가 치유한 것이다. 마녀에게 불꽃 화살을 쏘려고 했지만, 벽에 너무 가까이 붙어 있어 쏠 수 없었다. 게다가 새롭게 고친 골렘은 오래 버티지 못하고 쓰러졌다. 약탈자들의 공격은 강력했다.

이제 더는 피할 수 없었다. 모든 적이 나만 바라보았다. 게다가 예복 입은 소환사가 불러낸 날개 달린 무시무시한 악마도 셋이나 있었다. 나는 활을 쏴 그중 하나를 맞혔다. 그리고 다음 녀석을 공격하려는 순간 강한 공격을 받고 벽 위에서 떨어졌다.

바닥으로 떨어진 나는 온몸에 상처를 입었다. 그리고 무슨 이유에서인지 몸에 불이 붙었다! 공격이 이어져서 치유의 물약을 마실 시간이 없었다. 나는 눈을 가늘게 뜨고는 불길 사이로 공격할 틈을 찾았다. 하지만 이 날개 달린 녀석들은 모기처럼 변덕스럽게 날아다니는 바람에 활을 겨누기가 어려웠다.

몸을 돌리자 악마 하나가 벽을 통과해 나를 향해 날아오는 게 보였다. 붉은 혈관이 드러나 보이는 몸통에 끔찍한 비명 소리를 내는 것이 마치 유령 같았다. 나는 몸에 붙은 불을 끈 후, 치유의 물약과 화염 저항의 물약을 마셨다. 어떻게 해서든 저 소환사를 가장 먼저 제거해야 했다. 그러지 않으면 저 악마들이 우리가 세운 벽을 쓸모없게 만들 것이다.

벽 위로 올라가 벽 너머로 고개를 내밀자, 반짝이는 금색 예복이 보였다. 활을 쏴 소환사를 맞혔지만, 악마의 소환을 멈출 만큼 강력한 상처를 입히지는 못했다. 다시 또 공격을 하려는데, 날개 달린 악마가 나를 방해했다.

"그럴 때가 아니야, 팅커벨."

나는 활을 쏴서 악마를 맞혔다. 그런 후 피어오르는 연기를 향해 다시 재빠르게 활을 쐈다. 나는 고소하다는 듯 쳐다봤다.

"복수는 공평한 거야."

그때 갑자기 무언가 뒤에서 나를 공격했다.

팬텀이었다. 내가 잠들지 못한 나흘 밤 동안 새로운 적이 추가된 것이다. 손쓸 겨를도 없이 나는 몹이 우글거리는 아래로 떨어졌다. 그리고 가장 먼저 크리퍼와 마주쳤다.

나는 방패를 들 시간도 없이 뛰었다. 폭발과 동시에 나는 공중으로 날아갔고, 땅에 떨어지면서 온몸이 부서졌다. 그 와중에 끔찍한 광경까지 목격했다.

크리퍼가 폭발하면서 벽에 구멍이 난 것이다! 약탈자들은 물론이고 주변에 있던 몹까지 그 구멍으로 쏟아져 들어왔다.

나는 부러진 다리를 움직여 비틀대며 마을로 달려갔다.

마을 주민들을 집 안에 머물게 해야 한다. 전에는 집 문을 막자는 가이의 말에 반대했지만, 지금은 그것만이 희망이다. 나는 첫 번째 집으로 절뚝거리며 갔다. 잔뜩 겁을 먹고 집 안에 있는 지도 제작자에게 소리쳤다.

"벽에서 떨어져!"

자갈 두 개로 입구를 막았다. 한 집 끝. 얼마나 더 해야 할까?

나는 아픈 몸을 이끌고 다음 집으로 갔다. 그때 집 안에 있던 양치기와 멍청이가 뛰쳐나왔다.

"당장 집으로 들어가, 이 멍청이들아!"

버럭 소리를 질렀다

하지만 둘은 마치 머리 없는 닭처럼 이쪽으로 달려왔다. 나는 급히 그 둘을 도서관 방향으로 밀었다. 다행히 이들도 눈치를 챘는지 도서관으로 순순히 들어갔다.

두 개의 흙 블록으로 도서관 입구를 막자마자 갑자기 도끼가 내 등에 내리꽂혔다. 나는 뒤를 돌아 주먹으로 내 앞의 잿빛 얼굴을 때렸다. 뒤로 휘청한 약탈자가 또다시 도끼질을 하려 했지만, 나는 불꽃 화살 두 방으로 이 싸움을 끝냈다.

이번에는 소환사 하나가 접근했다. 소환사가 양팔을 들어 올리자, 상어 이빨 같은 송곳니가 나타나 내 발을 물었다. 그 바람에 화살이 엉뚱한 방향으로 날아갔다.

"서머한테서 떨어져!"

가이다!

가이는 석궁으로 소환사를 공격했다. 소환사는 팔을 들어 올리며 소환 자세를 취했지만, 우리는 합동 공격으로 막았다.

가이는 기지를 부쉈다고 중얼거렸다. 나는 고개를 저으며 그건 별 소용없었다고 구시렁댔다.

그러자 가이는 고개를 떨구고 팔을 들어 보이며 말했다.

"네가 맞았어, 서머. 네 말이 다 맞았어."

다시 나, 가이가 돌아왔다. 맹세하건대, 나는 결코 저런 말을 한 적이 없다! 기지를 부수자는 건 서머의 계획이었다.

여하튼, 이제 이 장을 마저 쓰려 한다. 내가 서머에게 질문하는 부분부터 시작하겠다.

"어떻게 된 거야?"

"시간 없어!"

서머는 내게 자갈을 한 움큼 건넸다.

"구멍을 막아!"

그러고는 가까이에 있는 집을 향해 달려갔다. 서머가 뭘 하려는지 물어볼 필요도 없었다. 나는 벽에 난 구멍을 향해 달렸다.

내가 가진 자갈은 구멍을 다 메울 만큼 충분하지 않았다. 급한 대로 자갈로 구멍을 막았지만, 여전히 몹이 지나갈 정도로 틈이 컸다. 나는 주머니를 뒤져 남아 있던 통나무를 꺼내 틈 사이에 쌓았다. 여전히 구멍에 틈이 있긴 했지만, 몹이 드나들지는 못할 것 같았다.

"더 이상은 못 들어와야 할 텐데."

나는 숨을 몰아쉬며 검을 들고 몸을 돌렸다.

그 순간 썩은 주먹이 내 턱을 치는 바람에 뒤로 휘청거렸다.

"너 설마…… 대장장이?"

초록 피부, 붉은 눈. 대장장이가 좀비가 되었다.

"이런, 친구야. 너마저."

나는 공격을 피하며 뒤로 물러나며 애처롭게 말했다.

"그어어."

새롭게 좀비가 된 주민은 신음 소리를 내며 썩은 손을 뻗었고, 나는 뒤로 고개를 젖히며 이를 피했다.

"걱정하지 마!"

내가 공격을 피하며 말했다.

"널 원래대로 되돌릴 수 있어. 치료할 방법을 찾았거든."

하지만 지금은 나약함의 물약이나 황금 사과가 없었다. 그렇다고 해서 여기에 대장장이를 두고 갈 수는 없었다. 좀비가 됐으니 다른 몹에게 공격을 받진 않겠지만, 골렘은 예외였다.

이미 골렘 하나가 철컹거리며 다가왔다.

"나를 따라와!"

나는 좀비 대장장이에게 애원했다. 근처에 양치기의 가게가 있었다. 가게는 비어 있었다. 나는 대장장이를 바라보며 양치기의 가게를 향해 천천히 걸음을 옮겼다.

"날 쫓아와!"

제발 무사히 가게에 도착할 수 있기만을 바랐다. 골렘과 대장장이, 그리고 나 사이는 겨우 몇 걸음 차이였다.

바로 내 위에서 삐걱거리는 소리가 났다.

팬텀이었다. 팬텀이 옆에서 나를 공격하며 대장장이의 대각선 쪽으로 몰아갔다.

"흐어어어."

대장장이는 내 얼굴 옆에서 성난 소리를 냈다.

나는 팬텀을 공격하고 싶은 걸 꾹 참으며 소리쳤다.

"제발 가만히 옆에만 있어!"

그러고는 양치기의 집 안으로 들어간 다음, 대장장이가 들어오기를 기다렸다.

잠시 후 좁은 집 안에서 나를 물어뜯으려는 좀비와 끔찍한 시간을 보냈다. 나는 혹독한 공격을 당하면서도 생각했다.

'그 안에 아직 네가 있는 거 알아. 이 죽은 몸뚱이 속에 갇혀 있는 거라고. 내가 널 반드시 자유롭게 해 줄게!'

나는 문을 닫고 검을 들었다. 대장장이에게 받은 공격 때문에 또 공격을 당해 낼 수 있을지 모르겠다.

"하아아아!" 하는 소리에 몸을 돌리자 팬텀이 더욱 가까이 다가와 있었다. 순간 골렘의 철 주먹이 팬텀을 강타했다.

그사이 나는 재빨리 대장장이가 있는 집 문을 막았다. 그다음에는 창문도 막았다. 혹시라도 햇볕에 탈지도 모르니까.

"가만히 안에 있어."

중얼거리고는 나는 다시 혼돈 속으로 뛰어 들어갔다. 그리고 서머를 발견했다. 손에는 집 문을 막을 흙이 쥐어져 있었다. 그런데 서머 뒤로 파괴수가 뿔을 세우고 달려들고 있었다.

"멍청한 황소야!"

나는 큰 소리로 외치며 달려갔다. 그러고는 검으로 빨갛게 번쩍이는 몸통을 갈랐다.

파괴수는 옆으로 비틀거리며 씩씩거렸다. 그러더니 나를 향해 성난 머리를 돌렸다.

아뿔싸! 나는 서머에게서 괴물을 떨어트리기 위해 몸을 돌려 도망쳤다.

"도망쳐!"

서머가 빗나간 화살 너머로 외쳤다.

"다시 나한테로 유인해 줘!"

나는 최선을 다했지만 내 뒤에는 파괴수만 있는 게 아니었다. 거미와 팬텀, 약탈자들의 공격까지 피해야 했다. 나는 날 기다리고 있는 서머에게로 갔다. 서머는 활을 들고 파괴수를 명중시킬 기회를 노리고 있었다. 등 뒤로 뜨거운 김이 느껴졌고, 귓가에 성난 소리가 들려왔다. 내가 잠깐 뒤를 돌아봤다가 다시 앞을 봤을 때, 서머와 나 사이에 크리퍼가 나타났다!

"가이, 어서 피해! 너 때문에 활을 못 쏘겠어!"

서머가 외쳤다.

방법이 없다! 피할 수가 없다. 만약 옆으로 뛰면 둘 다 양옆에서 날 공격할 것이다.

지금까지 내가 한 일 중 가장 멍청하고 미친 짓을 선택했다.

"가이! 안 돼!"

나는 살아 있는 지뢰를 향해 달렸고, 타이머를 작동시킬 만큼 가까이 다가갔다. 내가 크리퍼의 옆을 스치듯 지나칠 때 크리퍼가 작동을 멈췄다. 내가 서머에게 소리쳤다.

"물러나!"

펑!

뒤를 돌아보니 파괴수가 한두 블록 높이로 솟아올랐다가 떨어지면서 바닥에 새로운 구덩이를 만들었다. 그러더니 다시 일어나 우리에게 달려왔다.

우리 사이의 거리는 고작 열다섯 블록. 서머와 나는 활과 석궁으로 빠르게 파괴수를 공격했다. 파괴수는 불타고 있었다. 마치 살아 있는 용암처럼 우리를 향해 달려왔다. 다가올수록 불꽃의 열기가 느껴졌고 고기 익는 냄새가 났다.

펑 하는 소리와 함께 마침내 파괴수가 연기로 사라졌다.

"주민들은 안전해."

서머가 숨을 몰아쉬며 말했다.

"내가 마지막 집까지 다……."

그때 유리가 부서지는 소리가 나면서 타들어 가는 고통이 느껴졌다. 지긋지긋한 녹색 거품. 독약이다.

"아하하하하하하!"

마지막 마녀가 근처 건물 뒤에서 모습을 드러냈다.

"안으로 들어가자!"

나는 서머를 근처 숙소로 데리고 들어가 문을 닫았다. 그런 후 흙 블록으로 문을 막았다.

"우유!"

나는 서머에게 우유 양동이를 하나 건네고 나도 우유를 마셨다. 잠시 후 우유가 독약만 씻어 낸 게 아니란 걸 깨달았다.

"저주가 사라졌어!"

나는 소리를 지르며 문을 막았던 흙 블록을 떼어 냈다.

"이 전쟁을 끝내기 위해서 우리에게 필요했던 건 평범하디평범한 신선한 우유였나 봐!"

나는 마을에서 적들이 사라졌기를 기대하며 문을 열었다.

하지만 도끼를 든 약탈자가 바로 앞에 있었다. 나는 도끼에 맞은 것보다 실망감 때문에 더 고통스러웠다.

서머가 뒤에서 나를 잡아당겼다. 그리고 다시 흙 블록으로 문을 막고는 무거운 한숨을 내쉬었다.

"이제는 쉽게 전쟁을 끝낼 방법 같은 건 없는 것 같아. 이 전쟁을 끝낼 방법은 이기는 것뿐이야."

"그런데 어떻게…… 이겨?"

나는 머리부터 발끝까지 모든 기운이 빠져나가는 것 같았다.

"만약 이렇게 계속해서 약탈자들이 쳐들어오면……."

"그러면 우리도 계속 싸워야지."

서머의 목소리는 낮고 단호했다. 서머는 내 눈을 똑바로 바라보며 말했다.

"우리는 이 마을을 지킬 거야. 들판, 길, 언덕, 어디에서라도 전쟁을 치를 거야. 우리는 지치거나 후퇴하지 않을 거야. 우리는 끝까지 싸울 거야. 우리는 **절대** 항복하지 않을 거야!"

"서머. 그 말 방금 생각해 낸 거야?"

나는 갑자기 희망을 느꼈다.

"응. 그런 것 같아."

서머도 스스로 한 말에 놀란 듯 대답했다.

"확실히 효과가 있었어."

나는 망가진 검을 들고 말했다. 밖을 내다보니 골렘이 우리를 공격한 마녀를 공격하고 있었다.

"그럼 준비됐어?"

서머의 물음에 나는 고개를 끄덕였다.

"무슨 일이 일어나든지 간에 나는 너와 보낸 시간을 섬에서의 안전한 일생과 결코 맞바꾸지 않을 거야."

"나도 그래, 가이."

서머는 내 주먹에 자신의 주먹을 갖다 댔다.

"성장은 익숙한 곳을 떠났을 때 이뤄지는 거래."

"오, 꽤 멋진 말이다."

나는 이렇게 말하며 웃은 뒤 물었다.

"이 안전한 공간을 떠날 준비 됐어?"

서머는 활을 들었다.

"함께 나가자."

나는 문을 열었다. 그리고 도끼를 휘두르고 있는 약탈자를 향해 달렸다. 내 방패는 약탈자의 공격 두 번 만에 망가져 버렸다. 이제 갑옷만이 내 유일한 보호책이었다!

다행히 약탈자는 내 바지의 가시 공격을 받고 사라졌다.

"에하하하하하!"

또다시 날개 달린 악마가 나타났다. 그리고 그 뒤로 두 팔을 든 소환사가 있었다.

"공중은 내가 맡을게!"

서머는 검에서 활로 바꿔 들며 말했다.

"너는 육지를 맡아!"

나는 석궁을 쏘았다. 화살 세 발이 날아갔고, 가운데 화살이 소환사를 맞혔다. 그때 악마 녀석이 소리를 지르며 날아왔다.

세 발의 화살로 마법사와 저 녀석을 둘 다 잡길 바라는 마음으로 석궁을 쏘았지만 둘 다 맞히지 못했다. 소환사가 다시 팔을 들었고, 악마는 서머를 향해 날아갔다.

"이런 안 돼!"

나는 소환사를 향해 화살을 날렸다. 마침내 소환사는 낯선 무언가를 남기고는 먼지가 되어 사라졌다.

"이게 뭐지?"

나는 서둘러 달려가 둥둥 떠 있는 전리품을 잡았다. 그것은 작은 금색 조각으로 정글 사원에서 발견한 것과 비슷했다.

"에하하하하하!"

순간 검이 내 머리를 내리쳤다. 악마의 공격은 예상치 못했다! 나는 앞으로 비틀거리면서 반격하기 위해 몸을 돌렸다. 급히 팔을 휘둘렀지만 내 공격은 빗나갔고, 또다시 검에 찔렸다.

나는 쓰러지기 일보 직전이었다. 한 번만 더 제대로 된 공격을 받으면 완전히 끝장날 수도 있다.

그때 내 왼손에 들려 있던 소환사가 남기고 간 금색 조각이 눈에 들어왔다.

'어쩌면 이 조각에 마법의 힘이 있지 않을까?'

"보라!"

나는 빛나는 조각을 들어 올리며 생각나는 대로 외쳤다.

"내 너희를 죽이리!"

설마 하늘에서 번개가 내리쳐 악마가 불타 없어지기를 기대한 걸까? 어쩌면 너무 많이 맞아서 정신이 이상해지거나, 기적

355

이 일어나길 바라는 마음이 너무 간절했을지도 모르겠다.

"에하하하하하!"

번개도 공격도 없었다. 내 얼굴로 검이 날아들었다!

충격과 고통, 시야가 어두워졌다. 정신이 혼미해졌다.

'죽는다는 게 이런 기분인가?'

하지만 난 죽지 않았다. 죽어야 하지만 죽지 않았다.

"이게 도대체……?"

나는 말하던 도중 또 한 번의 강력한 공격을 당했다.

아무 일도…… 아니, 아무 일도 없던 것은 아니다. 검이 내 심장을 찔렀을 때 그 충격을 생생하게 느꼈다. 그런데 어떻게 아직도 심장이 뛰는 거지?

조각! 그저 상상인 게 아니었어. 정말로 마법이 있었어!

그 무엇도 함부로 넘겨짚지 말 것.

"자, 이제 이 전쟁을 끝내자!"

나는 날아다니면서 소리를 지르는 악마를 향해 외쳤다.

내가 석궁으로 공격하자, 악마는 고통에 울부짖었다.

"잡았어!"

동시에 서머가 외쳤다. 서머의 마지막 화살이 또 다른 악마를 사라지게 했다.

"서머, 소환사가 이걸 떨어뜨렸어. 내 생각엔 이게 우리를 죽지 않게 막아 주는 것 같아!"

나는 조각을 손에 쥔 채 서머에게 다가갔다.

"우리에게 필요한 물건이네."

서머가 냉정하게 말하며 내 등에 자신의 등을 기댔다.

"앞으로 어떤 일이 일어날지 모르잖아!"

"맞아."

나는 마지막 치유의 물약을 마시며 말했다.

"그런데 다 어디에 있는 거지?"

우리 서로 등을 맞댄 채 제자리를 돌며 주위를 둘러봤지만, 약탈자는 단 한 명도 보이지 않았다.

"당장 나와!"

나는 텅 빈 곳에 대고 외쳤다.

하지만 돌아오는 것은 침묵뿐이었다. 그때 어디선가 이상한 소리가 났다. 휘파람 소리와 무언가 터지는 소리였다.

"무슨 소리지?"

서머가 내 옆으로 오더니 하늘을 가리키며 물었다.

빨간색과 하얀색의 작은 로켓이 연기를 뿜으며 하늘로 발사되고 있었다.

"폭죽인가?"

내가 물었지만, 서머는 대답이 없었다. 돌아보니 서머는 어느새 구멍으로 달려가 빈틈을 흙으로 메우고 있었다.

"새로운 침략이야! 분명해!"

서머가 외쳤다.

"그런데 말이야."

나는 로켓의 포물선을 쳐다보며 서머의 말에 반박했다.

"저게 왜 우리 숙소 쪽에서 날아오고 있는 거지?"

내 말을 들은 서머가 하늘을 쳐다보며 말했다.

"그리고 보니 그 듣기 싫은 나팔 소리도 나지 않잖아?"

무언가 잘못됐다. 아니, 잘된 건가? 우리는 쉽게 희망을 품을 수가 없었다. 하지만 더 이상 약탈자는 없었고, 밤에 나타나는 몹도 모두 사라졌다.

서머는 황급히 벽 위로 올라가서 망원경으로 들판을 살폈다.

"아무도 없어. 어디에도."

나는 숙소를 막고 있던 흙 블록을 주먹으로 부쉈다. 그러자 화살 제조인, 양치기, 석공이 나와 나를 반겼다. 두려움에 떨지 않고 차분하게 '으허허' 소리를 냈다. 그러고는 내게 물건을 건넸다. 양털, 화살, 점토였다.

"우아, 이게 무슨 일이야?"

나는 뒤로 물러섰다.

"다른 주민들도 확인해 봐!"

서머가 말하면서 다른 집을 향해 달려갔다. 문을 열자 주니어와 사서가 나오더니 서머에게 쿠키와 빈 책을 내밀었다.

"다들 왜 이러는 거지?"

"주민들이 축하해 주는 것 같아."

내가 활짝 웃었다.

"아무래도 우리가 이겼나 봐."

에필로그

이제껏 말한 일들은 두 달 전 이야기이고, 그 후로도 많은 일이 있었다. 그중 가장 주목할 만한 일은 약탈자 전초 기지를 다시 지은 것이다. 내 계획을 처음 듣고 서머는 내게 미쳤다고 했다. 하지만 나는 기지를 무너트렸다는 죄책감이 너무 커서 다시 짓지 않고서는 도무지 버틸 수가 없었다.

'망가트렸으면 그에 대한 변상을 해야 한다.'

내가 살던 세상에서 누군가가 전쟁에 관해 이렇게 말했던 것 같다. 한 나라를 침략하면 그 나라를 얻지만, 그 나라를 복구하는 것에 대한 책임도 갖게 된다고 말이다.

우리는 매일 물약과 건축 자재를 챙겨서 기지로 갔다. 서머는 용암 속 재해에서 여전히 생성되고 있는 약탈자들의 주의를 끌었다. 그사이 나는 내가 망가트린 것들을 고쳤다.

쉽진 않았다. 특히 용암 블록이 매달려 있는 곳까지 임시로 모래 기둥을 쌓아 올려야 했던 걸 생각하면 말이다. 지금도 그 생각만 하면 몸이 떨린다.

그리고 거의 매일 작업을 하던 도중 약탈자들이 나타났다. "하아아!" 소리가 들리면 투명화 물약을 마셨다. 갑옷을 입지 않은 상태로 작업을 하다 보니 약탈자와 마주치면 매우 위험한 상황이 벌어질 수도 있기 때문이다.

일정 시간이 되면 서머와 함께 마을로 돌아왔다. 우리는 매일 같은 작업을 반복했다. 시간도 오래 걸렸고 비용도 만만치 않았다. 가지고 있던 에메랄드로 주니어에게서 황금 수박을 사야 했는데, 그 때문에 작업은 한 달이나 더 늦게 마무리됐다.

전초 기지가 완성되자 그곳에 살던 자들은 우리를 쫓아냈다. 하지만 후회는 없다. 감사 인사를 기대하고 한 일은 아니었으니까. 이것은 내가 저지른 잘못에 대한 일종의 책임감이었다.

아, 그렇지. 우리는 전쟁이 끝나고 가장 먼저 좀비로 변한 대장장이를 치료했다. 갖고 있던 마지막 금을 사과에 입히고, 마지막 남은 화약 가루로 투척용 나약함의 물약을 만들었다.

임시 감옥으로 가서 쌓아 놓은 흙 블록을 제거하고 문을 열었다. 좀비가 된 대장장이는 본능적으로 팔을 들어 올린 채 다가와 배고픔을 토로했다.

"물러서."

서머는 나에게 경고를 한 후 문 안으로 물약을 던졌다. 유리병이 깨지면서 잿빛 거품이 일었다.

이제부터가 어려운 일이었다. 나는 황금 사과를 손에 들고 대장장이에게 최대한 가까이 다가갔다. 그리고 팔을 쭉 뻗어 사과를 내밀었다.

대장장이는 황금 사과를 낚아채 가더니 우적우적 씹어 먹었다. 그러자 분홍색과 잿빛이 뒤섞인 거품이 일었고, 대장장이는 몸을 떨었다.

"통하는 것 같아. 분홍색은 치유를 의미하지 않아?"

나는 희망에 찬 목소리로 말했다.

대장장이가 좀비에서 예전의 모습으로 돌아왔다.

"후유, 다행이다."

서머는 주민들 사이로 대장장이를 내보내며 말했다.

"전쟁 때문에 죄 없는 사람들이 어떤 희생을 치르는지 잘 알 수 있는 계기가 됐어."

나는 그 희생에 대해 생각하며 고개를 끄덕였다. 우리가 살던 곳에서는 내가 전초 기지를 다시 지은 것처럼 건물을 재건할 수 있지만, 사람을 되살릴 수는 없다. 다행히 우리는 주민을 단 한 명도 잃지 않았다. 우리가 살던 세상에서는 불가능한 일이다. 그렇기 때문에 언제나 전쟁은 문제를 해결하기 위한 최후의 수단이 되어야 한다.

전초 기지를 재건하는 힘겨운 한 달을 보낸 후, 우리는 다시 엔더 진주를 구매하기 위해 에메랄드를 모아야 했다. 그렇게 또 한 달이 걸렸고, 그동안 우리는 떠날 채비를 했다. '짐 싸기' 같은 물리적 준비뿐만 아니라, 주민들과의 작별 인사도 포함해서 말이다.

석공, 주니어, 사서, 대장장이와 같은 주민들이 아침 산책을 하거나 작업을 할 때, 다가가서 이들이 내게 얼마나 소중했는지 말해 주었다. 우리가 함께 겪어 온 일들을 회상하고, 어둠이 진 후 벽 밖으로 나가는 건 위험한 일이라는 걸 상기시켜 주었다. 그럴 때마다 이들은 그저 "으허허." 하고 대답했다.

그리고 나는 놀라운 광경을 목격했다. 서머는 물고기 양식장을 위해 자신이 만든 댐을 부수며 아홀로틀에게 작별 인사를 하는 모습이었다.

"이제 너는 자유야."

서머는 강물을 타고 헤엄쳐 가는 아홀로틀 가족에게 손을 흔들며 말했다.

"예전에 살던 동굴로 돌아가고 싶으면 여기서 조금만 아래로 헤엄쳐 가면 돼."

서머는 큰 소리로 말하며 눈물을 참으려고 애썼다.

"다들 잘 지내. 그리고 고마웠어."

하지만 내가 다가오는 걸 보자 서머의 떨리던 목소리는 금세 딱딱해졌다.

"수익성 높은 사업을 함께할 수 있어서 좋았어."

나는 서머를 놀리지 않고, 모르는 척 물었다.

"갈 준비 됐어?"

그게 바로 어제의 일이었다.

오늘 우리는 엔더 진주를 사용할 것이다.

우리는 꽃밭 한가운데 서서 선선한 바람이 부는 서쪽을 바라봤다. 서머는 우리가 새로 만든 엔더의 눈을 들어 올렸다.

"무지개의 행운이 따르길."

서머가 공중으로 엔더의 눈을 던졌다. 엔더의 눈은 우리 사이로 날아오르며 반짝이는 분홍색 흔적을 남겼다.

"우리가 왔던 길로 되돌아가는 걸까?"

내가 말했다. 이윽고 엔더의 눈이 바닥으로 떨어졌다.

"얼마나 멀지 모르겠어."

서머는 떨어진 엔더의 눈을 주우며 말했다.

"이 포털은 어쩌면 내 산 아래로 연결되어 있을지 몰라."

"아니면 내 섬일 수도 있어."

내가 고개를 저었다.

"오히려 좋을 것 같은데? 서머 네가 드디어 내 동물 친구를 모두 만날 테니까."

"우아, 맛있겠다!"

"서머!"

"농담이야."

우리는 실컷 웃은 뒤 숙소로 돌아갔다. 장비를 챙기고 마지막 몇 문장을 쓰기 위해서였다.

그리고 마지막 문장을 완성하기 직전 서머가 물었다.

"저 엔드가 정말 마지막일까?"

서머가 우리 앞에 놓인 길을 가리켰다.

"우리가 정말 옳은 방향으로 가는 걸까?"

내가 고개를 끄덕였다.

"우리가 산을 떠날 때도 넌 같은 질문을 했어."

"그랬어?"

서머가 눈을 깜빡였다. 기억을 못 하는 게 분명했다.

"그때 넌 뭐라고 대답했어?"

"그때는 대답하지 못했어."

내가 말했다.

"하지만 지금은 대답할 수 있어."

"뭐라고 대답할 건데?"

나는 서머에게 오래전 읽었던 책에 나온 문장을 인용하여 답했다. 이야기는 우리에게 많은 걸 가르쳐 준다. 여러분도 우리의 이야기를 보며 많은 걸 배웠기를 바란다.

아, 저게 어떤 책이냐고? 그건 생쥐를 입양한 가족의 이야기이다. 생쥐는 친구였던 새가 날아가자 그 새를 찾기 위해 길을 떠난다. 결국 그 생쥐가 새를 찾았는지는 기억나지 않지만, 엔더의 눈을 하늘에 던질 때 이 말이 떠올랐다. 그 말은 우리가 모험을 하면서 배운 모든 교훈을 한 줄로 요약한 것과도 같다. 그리고 왜 모험 자체가 목적지보다 중요한지를 나타낸다.

"그는 어쩐지 자신이 옳은 방향으로 가고 있음을 느꼈다."

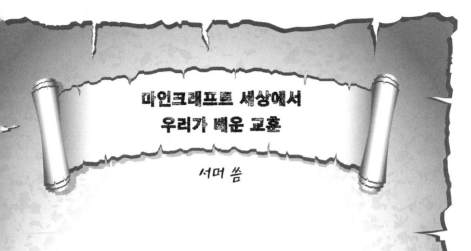

마인크래프트 세상에서
우리가 배운 교훈

서머 씀

1. 처음 만날 때는 싸울 의도가 없다는 걸 보여야 한다. 그렇다고 경계를 늦춰서도 안 된다.

2. 전문화는 모두를 발전시킨다.

3. 거래는 만국 공통어이다. (그리고 돈은 유능한 통역사가 될 수 있다.)

4. 돈은 악마가 아니다. 그걸 위해 무엇이든 하려는 사람이 문제인 것이다.

5. 사업의 성공은 수요와 공급에 달려 있다.

6. 경찰은 범죄자처럼 생겼다는 이유로 그자를 처벌해서는 안 된다.

7. 쇼핑을 할 때는 항상 예산을 정해야 한다.

8. 처벌이 범죄보다 가혹해서는 안 된다.

9. 일을 하지 않는 사람과 할 수 없는 사람을 구분하기 위해서는 모두에게 균등한 기회를 제공해야 한다.

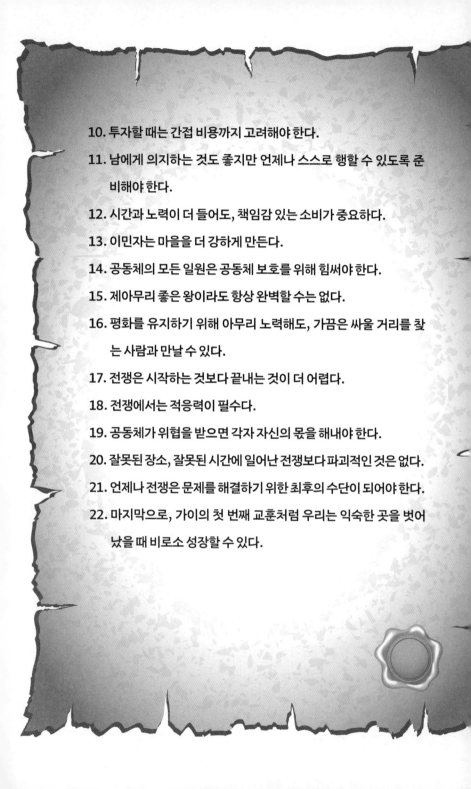

10. 투자할 때는 간접 비용까지 고려해야 한다.

11. 남에게 의지하는 것도 좋지만 언제나 스스로 행할 수 있도록 준비해야 한다.

12. 시간과 노력이 더 들어도, 책임감 있는 소비가 중요하다.

13. 이민자는 마을을 더 강하게 만든다.

14. 공동체의 모든 일원은 공동체 보호를 위해 힘써야 한다.

15. 제아무리 좋은 왕이라도 항상 완벽할 수는 없다.

16. 평화를 유지하기 위해 아무리 노력해도, 가끔은 싸울 거리를 찾는 사람과 만날 수 있다.

17. 전쟁은 시작하는 것보다 끝내는 것이 더 어렵다.

18. 전쟁에서는 적응력이 필수다.

19. 공동체가 위협을 받으면 각자 자신의 몫을 해내야 한다.

20. 잘못된 장소, 잘못된 시간에 일어난 전쟁보다 파괴적인 것은 없다.

21. 언제나 전쟁은 문제를 해결하기 위한 최후의 수단이 되어야 한다.

22. 마지막으로, 가이의 첫 번째 교훈처럼 우리는 익숙한 곳을 벗어났을 때 비로소 성장할 수 있다.

감사의 말

서머와 가이의 이야기를 써 달라고 했던 모든 어린이와 이 여정이 가능하도록 도움을 준 모장, 델 레이, 나의 아내 미셸(언제나!)에게 감사하다. 그리고 《스튜어트 리틀》의 작가 고(故) E. B. 화이트에게도 감사의 인사를 전하고 싶다. 《스튜어트 리틀》의 마지막 문장을 훌륭하게 써 준 덕분에 이 책의 마지막 문장으로 인용할 수 있었다. 스튜어트, 서머, 가이처럼 우리 모두가 옳은 방향으로 가고 있으면 좋겠다.

옮긴이 윤여림

한양대학교를 졸업하고, 이화여자대학교 통번역대학원에서 한불 번역을 공부했다. 현재 유엔제이 번역 회사에서 프랑스어와 영어 전문 통번역사로 활발하게 활동하고 있다. 옮긴 책으로는 《구름사냥꾼의 노래》, 《구름사냥꾼의 노래 2》, 《빅스비 선생님의 마지막 날》, 《굉장한 힘과 운동》, 《벅스》, 《박테리아》, 《마인크래프트: 좀비 섬의 생존자》, 《마인크래프트: 엔더 드래곤 길들이기》, 《마인크래프트: 대혼돈의 무법 지대》, 《마인크래프트: Go! Go! 몹 헌터스》 시리즈 등이 있다.

마인크래프트: 좀비 섬 최후의 날

1판 1쇄 인쇄 2024년 11월 25일
1판 1쇄 발행 2024년 12월 9일

지은이 맥스 브룩스
옮긴이 윤여림
발행인 오영진 김진갑
발행처 제제의숲

책임편집 홍혜미 편집팀장 이희자
디자인팀 안윤민 김현주 강재준
마케팅 박시현 박준서 김승겸 김수연 김예은

출판등록 2013년 1월 25일 제2013-000028호
주소 서울시 마포구 월드컵북로5가길 12 서교빌딩 2층
원고 투고 및 독자 문의 midnightbookstore@naver.com
전화 02-332-7706 팩스 02-332-7741
블로그 blog.naver.com/midnightbookstore
페이스북 www.facebook.com/tornadobook

ISBN 979-11-5873-315-5 74840
ISBN 979-11-5873-096-3 세트

제제의숲은 ㈜심야책방의 자회사입니다.

마인크래프트

마인크래프트 제작사와
세계적 작가들이 손잡은 초특급 어드벤처 시리즈!

OFFICIAL PRODUCT

1억 2천만 유저를 가진 마인크래프트 게임 제작사 모장(MOJANG)의 공식 어린이 소설 시리즈의 한국어판이 마침내 출간되었다. 세상에서 가장 창의적인 게임이 세계적 작가들의 모험에 찬 환상적인 이야기로 펼쳐진다! 이 시리즈는 각 권 도서가 정식 출간되기 전까지 모든 사항이 극비에 부쳐지는 세기의 프로젝트다.

전 세계 1억 2천만 유저들을 열광시킨
마인크래프트 공식 스토리북

마인크래프트: 좀비 섬의 비밀
마인크래프트: 엔더 드래곤과의 대결
마인크래프트: 네더로 가는 지옥문
마인크래프트: 엔더월드의 최후
마인크래프트: 저주받은 바다로의 항해
마인크래프트 던전스: 우민 왕 아칠리저

마인크래프트: 수수께끼의 수중 도시
마인크래프트: 좀비 섬의 생존자
마인크래프트: 엔더 드래곤 길들이기
마인크래프트: 대혼돈의 무법 지대
마인크래프트: 좀비 섬 최후의 날

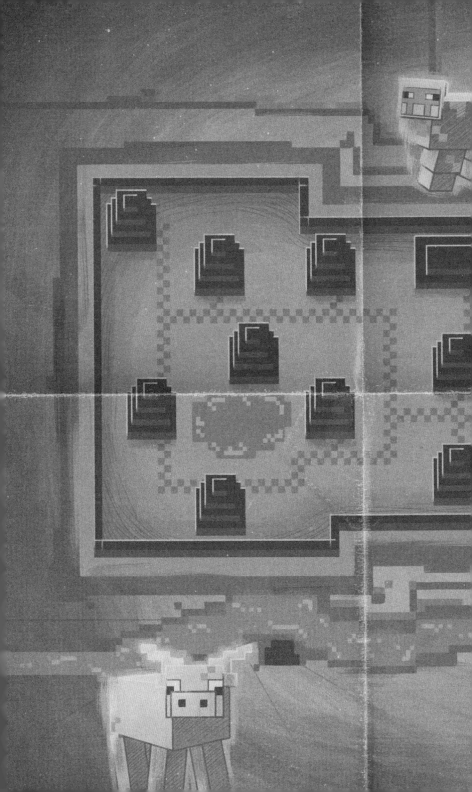